Diogenes Taschenbuch 24791

Ferien am Meer

Entspannende Geschichten

Ausgewählt von
Adrian Asllani

Diogenes

Nachweis am Schluss des Bandes
Das Motto aus: Arthur Rimbaud ›Une Saison en Enfer‹
für diese Ausgabe aus dem Französischen übersetzt
von Adrian Asllani
Covermotiv: Lithografie von Bernard Villemot, ›D'après‹, 1990

Foto: Letitia Morris Gallery

Originalausgabe

info@diogenes.ch · www.diogenes.ch
In Fragen zur Produktsicherheit (GPSR):
truepages UG (haftungsbeschränkt)
Westermühlstraße 29, 80469 München
info@truepages.de
120/25/36/1
ISBN 978 3 257 24791 6

Sie ist wiedergefunden!
Wer? Die Unendlichkeit.
Es ist das Meer
mit der Sonne vereint.
Arthur Rimbaud

Inhalt

ELENA FISCHER

Hotel dei Fiori

Meine Mutter grinste.

Mit der einen Hand schirmte sie ihre Augen gegen die Sonne ab, mit der anderen hielt sie meine. Sie hielt sie ziemlich fest. Der Platz, wo wir angehalten hatten, war ihr anscheinend doch nicht so geheuer.

Sie grinste zuerst mich an, dann das Meer.

Wir waren hier. Wir waren seit zwei Tagen unterwegs, und jetzt waren wir endlich hier. Italien war nicht Florida, aber Italien war auch nicht Deutschland, es war vor allem nicht unser Wohnblock und erst recht nicht unser Laubengang. Und das war alles, was zählte.

Als Luna mitbekommen hatte, dass wir doch nicht nach Frankreich fuhren, sondern nach Italien, hatte sie traurig den Kopf geschüttelt (wegen der Croissants), aber dann hellte sich ihr Blick auf (wegen der Spaghetti), und sie wollte wissen: »Wie sagt man das auf Italienisch, das mit dem guten Leben?«

»La dolce vita?«, fragte ich.

Sie lachte. »Bringt mir einen süßen Italiener mit!«

Danach hörte Luna dieses eine Lied von Adriano Celentano so oft hintereinander, dass nicht nur Uta und Heinz an ihre Tür klopften, sondern auch alle anderen Nachbarn: der von links nebenan, die von untendrunter und die von obendrüber. Natürlich hörte Luna sie nicht. Sie hörte so laut Musik, dass die Menschen unten auf dem Platz vor unserem Block mitsingen konnten. *Azzurro, il pomeriggio è troppo azzurro.*

Das Meer glitzerte, als wären alle Sterne vom Himmel gefallen. Es glitzerte in Blautönen, die es in meinem Wasserfarbenkasten gar nicht gab, und plötzlich fühlte ich mich, als hätte ich Sprudel in meinen Adern. Ich wollte hüpfen und tanzen und schreien, am liebsten alles gleichzeitig. Ich schloss die Augen und öffnete sie wieder. Das Meer war noch da. Die Luft roch vor allem nach Abgasen, aber das war okay. Wir waren ja noch gar nicht richtig da. Aber schon jetzt war alles so echt, dass es wehtat. Und wehte da unten am Strand nicht eine Palme im Wind? Das Wasser war ruhig, aber wir hätten die Wellen von da oben sowieso nicht hören können. Wir standen auf einem Felsvorsprung und starrten nach unten. Es war definitiv höher als der siebzehnte Stock unseres Blocks, es war eine Höhe, die ich im Bauch und in den Beinen spürte.

Hinter uns stand unser Nissan mit laufendem Motor. Meine Mutter hatte den Schlüssel stecken lassen.

»Man darf hier nicht einfach so parken«, hatte ich gesagt, als meine Mutter plötzlich abgebremst hatte und rechts rangefahren war. Sie fuhr so ruckartig, dass mein Notizheft beinahe vom Armaturenbrett fiel.

»Was heißt einfach so?«, fragte meine Mutter. »Ich will das Meer sehen.«

»Wenn man keine Panne hat«, sagte ich, obwohl ich natürlich wusste, dass meine Mutter genau wusste, was ich meinte.

»Siehst du ein Verbotsschild? Ich nicht.«

Ich beugte mich über mein Notizheft.

»Los jetzt, Billie! Sei keine Spielverderberin. Jetzt leg das mal weg, und steig aus!«, sagte meine Mutter von außen durch das heruntergekurbelte Fenster, aber dann presste sie sich plötzlich eng an die Tür. Dicht hinter ihr raste ein Auto vorbei. »Idiot!«, schrie sie und reckte die Faust in die Luft.

Wir hatten gewettet, wer von uns zuerst das Meer sehen würde, und natürlich gewann meine Mutter. In solchen Dingen war sie sehr ehrgeizig. Sie hätte mich nie absichtlich gewinnen lassen. »Verlieren härtet ab«, sagte sie und zuckte mit den Schultern. »Besser, du lernst zu Hause, wie man damit umgeht.«

Laut Straßenkarte war es gar nicht mehr weit bis zu unserem Hotel, aber wir verfuhren uns andauernd. Ich wurde das Gefühl nicht los, dass wir ständig im Kreis fuhren. Wir waren schon eine halbe Ewigkeit unterwegs.

Irgendwann sagte meine Mutter: »Fahr du weiter!«

Sie fuhr rechts ran, schnallte sich ab und nahm mir die Karte aus der Hand.

»Ich bin erst fünfzehn«, sagte ich.

»Ach komm, du kannst fahren, seit du zwölf bist.«

Ich starrte meine Mutter an.

Sie seufzte. »Wenn sie uns anhalten, tun wir so, als ob wir sie nicht verstehen«, sagte sie. »Lächle einfach. So.«

Sie machte es vor.

»Wir verstehen ja auch kein Italienisch«, sagte ich.

»Eben.«

Und damit war das Thema für sie erledigt. Wir tauschten die Plätze. Meine Mutter schob den Sitz nach hinten, legte die Füße aufs Armaturenbrett und schob ihre weiße Sonnenbrille auf die Nase.

Als wir am späten Nachmittag endlich ankamen, merkten wir schnell, dass wir im Paradies gelandet waren. Das Hotel war riesengroß. Am Haupteingang gab es keine normale Tür, sondern eine Schiebetür, die sich automatisch öffnete. Es war ein bisschen, wie ein Einkaufszentrum zu betreten, nur viel schicker. In der Mitte der Halle wuchsen Palmen. Sie waren so groß, dass sie beinahe an das Glasdach stießen. Sie wuchsen auf einer Insel, die Teil eines Springbrunnens war. Rechts davor war so etwas wie eine Sitzecke. Die Sitzecke hieß »Loungebereich« und war direkt vor einer langen Bar. Die Sessel waren mit einem cremefarbenen, glänzenden Stoff bezogen. Meine Mutter ließ die Hand darübergleiten und fragte: »Ist das Satin?« Ich antwortete nicht, ich war abgelenkt. Ganz in der Nähe stand auf einem silbernen Servierwagen eine große Kanne aus Glas. Sie war mit Wasser gefüllt. Zitronenscheiben und Limettenscheiben schwammen darin. Auf dem Wagen standen Gläser, fein säuberlich gestapelt, und ein Schälchen mit Zucker. Daneben lag ein Löffel auf einem kleinen Teller. Konnte man sich etwa seine eigene Limonade machen?

»Herzlich willkommen im Hotel dei Fiori. Darf ich Ihnen ein Glas zur Begrüßung einschenken?«, fragte plötzlich eine freundliche Stimme auf Deutsch. Ich drehte mich um. Einer der Hotelmitarbeiter strahlte mich an. Er hatte sehr weiße Zähne. Vielleicht sahen sie aber auch nur so weiß aus, weil er so braun gebrannt war. Er trug eine Uniform. Hose und Hemd waren so glatt, es sah aus, als hätte er die Sachen eben erst angezogen und sich seither nicht mehr bewegt. Er war jung, hatte schwarze Locken und sah aus wie ein Model aus einer Parfumwerbung. Sofort dachte ich an Luna. Ich fand es schade, dass sie jetzt nicht dabei war. Und das war erst der Anfang. Ich nahm mir vor, ihr alles zu erzählen, wenn wir wieder zu Hause waren. Ich würde ihr alles so genau erzählen, dass sie das Gefühl hatte, dabei gewesen zu sein.

Bevor ich antworten konnte, reichte der Kellner meiner Mutter und mir ein Glas. Einen Moment lang hatte ich Angst, dass er gleich die Hand aufhalten würde, aber er lächelte uns nur weiter an. Und dann tranken wir die köstlichste Limonade, die wir jemals probiert hatten. Diese Limonade hatte nichts mit dem Inhalt der Flaschen zu tun, die wir im Discounter kauften, auch wenn Limonade auf den Etiketten stand.

Nachdem wir unsere Gläser ausgetrunken hatten, füllten wir am Empfang einen Zettel aus. Dann wurden unsere Ausweise kopiert. Mit dem Zimmerschlüssel fuhren wir in den zwölften Stock.

»Beinahe wie zu Hause«, sagte meine Mutter.

»Aber der Fahrstuhl ist schneller, und man hört ihn kaum.« Unser Zimmer war schön. In der Mitte stand ein Doppelbett, darauf lag eine Tagesdecke im selben Creme wie die Sessel im Loungebereich. Auf einem der beiden Nachttische lag eine Klarsichtmappe mit irgendwelchen Zetteln darin.

Ich öffnete die Tür zum Bad.

»Da ist keine Badewanne!«

»Was willst du mit einer Badewanne? Du kannst den ganzen Tag im Pool baden, und wenn der Pool geschlossen hat, kannst du ins Meer«, sagte meine Mutter vom Balkon aus.

Das stimmte natürlich.

Meine Mutter kam rein, wuchtete ihren Koffer aufs Bett und fing an, am Reißverschluss zu zerren.

»Er klemmt«, sagte sie.

»Lass mich mal.«

Einen Moment später hielt ich die Öse in der Hand.

Meine Mutter schnalzte mit der Zunge, sagte aber nichts. Wir wussten beide: Wer billig kauft, kauft am Ende zweimal. Wir wussten aber auch, dass wir unsere Koffer so schnell kein zweites Mal brauchen würden. Niemand gewann zweimal bei einem Radio-Gewinnspiel, selbst dann nicht, wenn man alle Songs der Welt kannte.

Meine Mutter wühlte fluchend nach ihrem Bikini.

»Er ist einfach zu klein«, sagte ich und grinste.

Meine Mutter schnappte sich eines der Kissen, die auf dem Bett lagen, und warf es nach mir. Dann leerte sie ihren Koffer einfach aus. Alles purzelte durcheinander. Der Bikini hatte ganz unten gelegen.

»Warum hast du deine Cowboystiefel mitgenommen?«, wollte ich wissen. »Es ist viel zu warm dafür.«

»Weil ich heiß darin aussehe.«

Ich seufzte. Ich hoffte, dass meine Mutter sich keinen Typen anlachte. Wenn sie sich verliebte, dann war unser Urlaub gelaufen.

Während meine Mutter sich umzog, nahm ich die Mappe vom Nachttisch. Informationen in drei Sprachen. Italienisch, Deutsch und Englisch. Ich schlug sie auf und begann zu lesen. Ich konnte es nicht fassen.

»Wusstest du, dass wir hier fünf Mal am Tag Essen können?«, fragte ich. »Morgens Frühstück, dann ein Snack, dann Mittagsbüfett, dann Kaffee und Kuchen, dann Abendessen?«

Meine Mutter hielt inne, und das Kokosöl, mit dem sie sich gerade die Beine einrieb, tropfte auf den Teppich.

»Was, wenn ich um Mitternacht noch mal Hunger kriege?«, fragte sie.

»Ist das dein Ernst?«

Meine Mutter lachte.

»Natürlich nicht. Kein Mensch braucht fünf Mahlzeiten am Tag.«

»Aber schön ist es trotzdem«, sagte ich.

Meine Mutter nickte.

»Es gibt auch ein Unterhaltungsprogramm, Wassergymnastik, Freigetränke am Pool und eine Betreuung für Kinder.«

»Ein Unterhaltungsprogramm? Was soll das heißen? Führen sie abends Kamele um den Pool?«, fragte meine Mutter.

Ich wusste, dass sie so etwas einmal im Fernsehen gesehen und sich tierisch darüber aufgeregt hatte.

Einmal waren wir im Zirkus gewesen, es war mein Geburtstagsgeschenk. Meine Mutter hatte lange dafür gespart. Als sie die Pferde hereinführten, stand sie auf, nahm meine Hand und sagte: »Wir gehen.« Am nächsten Tag fuhren wir zu einer Pferdekoppel. Meine Mutter erklärte dem Bauern, was passiert war, und dann durfte ich die Pferde mit Karotten füttern und streicheln. Die Nüstern waren weich wie Samt.

»Ich glaube nicht, dass es hier Kamele gibt«, sagte ich und klappte die Mappe zu.

Keine zehn Minuten später saßen wir am Strand und schauten aufs Meer.

»Ein Glück, dass ich auf dich gehört habe«, sagte meine Mutter. »Ein Glück, dass du wusstest, welchen Song sie im Radio gespielt haben.«

Ich nahm ihre Hand und drückte sie.

Dann sprang ich auf.

»Wer zuerst im Wasser ist, hat gewonnen!«

Ich lief los, meine Mutter folgte mir kreischend.

Und dann stürzten wir uns einfach hinein und lachten über die anderen Urlauber, die vorsichtig einen Körperteil nach dem anderen ins Wasser hielten. Sie zogen ihr Leid endlos in die Länge, während wir schon plantschten, schwammen und tauchten. Wir probierten etwas vom Wasser, um zu testen, wie salzig es war, und wir beschlossen, Wasser und Sand in Schraubgläsern nach Hause mitzunehmen. Wir hatten zwar noch keine Ahnung, wo wir die Gläser herbekommen würden, aber uns würde schon noch etwas einfallen.

Irgendwann hatte meine Mutter genug.

»Ich lege mich in die Sonne.«

»Viel Spaß«, sagte ich.

»Bleib nicht zu lange, du musst dich noch eincremen.«

Ich schaute an mir herunter. Meine Haut sah immer aus, als ob ich gerade im Urlaub gewesen war.

»Seit wann muss ich mich eincremen?«, fragte ich.

»Seit jetzt. Die italienische Sonne hat mehr Kraft, merkst du das nicht?«

»Das ist doch dieselbe Sonne wie bei uns.«

»Ich diskutiere nicht«, sagte meine Mutter, als ob ich fünf wäre und nicht fünfzehn.

Meine Mutter zog mich kurz an sich und gab mir einen Kuss auf die Stirn. Ich schubste sie weg.

»Iiih, du glitschiger Fisch!«

Meine Mutter lachte, machte einen Fischmund, ging rückwärts, und dann stolperte sie. Kurz war sie verschwunden. Als sie wieder auftauchte und ich ihren Gesichtsausdruck sah, musste ich so lachen, dass ich Schluckauf bekam.

Ich ließ mich treiben. Der Himmel war blau und wolkenlos. Meine Ohren waren unter Wasser, über mein Gesicht wehte eine leichte Brise. Während mich die Wellen wiegten, überlegte ich, ob ich lieber ein Fisch oder ein Vogel wäre.

Irgendwann, als ich mich wieder hinstellen wollte, merkte ich, dass ich keinen festen Boden mehr unter den Füßen hatte. Ich schaute mich um. Ich war ein gutes Stück aufs offene Meer hinausgetrieben. In der Ferne am Strand leuchteten die Sonnenschirme in allen Farben.

»Keine Panik«, flüsterte ich mir selbst zu.

Ich sagte mir, dass ich eine gute Schwimmerin war.

Ich sagte mir, dass das bloß das Mittelmeer war, nicht die Nordsee. Ich schwamm in einem kleinen Winkel auf den Strand zu, beinahe parallel, weil ich gelesen hatte, dass man dafür am wenigsten Kraft brauchte.

Plötzlich sah ich ein kleines Boot auf dem Wasser schaukeln. Es war leer. Ich schwamm darauf zu. Vielleicht konnte ich mit dem Boot an den Strand paddeln oder wenigstens eine Pause machen. Ich zog mich hoch und ließ mich über den Rand fallen. Einen Moment lang lag ich ausgestreckt auf dem Boden und bewegte mich nicht. Dann setzte ich mich hin und suchte die Paddel. Sie hingen am Rumpf, in einer Halterung. Ich ruckelte daran, aber ich bekam sie nicht ab.

Auf einmal tauchte direkt vor mir ein Kopf aus dem Wasser auf. Ich erschrak so, dass ich beinahe aus dem Boot gekippt wäre.

»Hey, what are you doing!?«, sagte die Meerjungfrau, denn genau das war sie: eine Meerjungfrau. Ich konnte ihren glitzernden Fischschwanz sehen, der sich im klaren Wasser hin- und herbewegte. *»Hey! Get out!«*, sagte sie noch einmal, aber ich konnte nicht antworten, weil ich nicht aufhören konnte, sie anzustarren. Sie war mit Abstand der schönste Mensch, dem ich jemals begegnet war. Sie war auf eine Art schön, die ich nicht verstand. Ich wusste nur, dass ich sofort ihre Hand nehmen und ihr eine Million Fragen stellen wollte. Zum Beispiel, warum sie blaue Haare hatte. Sie trieben um ihren Kopf wie Algen.

Sie zog sich mit einer eleganten Bewegung aus dem Wasser. Mit meinem Blick folgte ich ihren Haaren. Sie waren lang, sehr lang. Ich folgte ihnen bis zu ihrer Hüfte und weiter nach unten bis zu ihrer Flosse. Ihr Fischschwanz schillerte bunt im Sonnenlicht und war so hauteng, dass ich mich fragte, wie sie es überhaupt geschafft hatte, ihn anzuziehen. Und dann ihr Oberteil: hell und glänzend und transparent, es sah aus wie Perlmutt. An den Stellen, wo ihre Brüste waren, war es mit Perlen bestickt. Immer, wenn ich mir eine Meerjungfrau vorgestellt hatte, dann genau so. Wir saßen uns gegenüber, mein Blick klebte auf ihr, ich musste mich zwingen wegzusehen. Ich guckte an ihr vorbei aufs Wasser.

Jetzt wedelte sie mit der Hand vor meinem Gesicht herum. Auf ihrer Stirn hatte sich eine senkrechte Falte gebildet, ihre Augen waren zu Schlitzen verengt. Sie war richtig sauer.

Ich nahm die Hände hoch.

»Ich wollte mich nur kurz ausruhen«, sagte ich auf Deutsch.

»Woher weißt du, dass ich Deutsch spreche?«

Sie drückte Wasser aus ihren Haaren, viel Wasser. Wenn sie so weitermachte, sanken wir gleich.

»Dein Akzent ist ziemlich schrecklich«, sagte ich.

Sie lachte und sagte: »Ich bin halb Deutsche, halb Italienerin. Du traust dich vielleicht was.«

»Danke«, sagte ich trocken.

Sie streckte mir die Hand entgegen.

»Alva.«

Ich nahm ihre Hand und sagte ihr meinen Namen, meinen ganzen Namen, und wenn sie mich danach gefragt hätte, hätte ich ihr auch meine Adresse, meine Blutgruppe und meine Sozialversicherungsnummer verraten.

»Billie? Das passt ja«, sagte sie.

»Passt wozu?«, wollte ich wissen.

»Na, zu einer Piratin«, sagte Alva und guckte mich so merkwürdig an. Und weil sie mich so merkwürdig anguckte und gar nicht mehr wegsah, bekam ich merkwürdige Gefühle im Bauch, ein Ziehen, und gleichzeitig wurde mir sehr heiß.

»Bist du alleine unterwegs?«, fragte sie.

Ich schüttelte den Kopf.

»Nein, meine Mutter ist dabei. Und du?«

Sie lachte, als hätte ich einen Witz gemacht.

»Ich bin mal hier und mal dort«, sagte sie. »Aber meistens im Wasser.«

»Was hat es mit diesem Kostüm auf sich?«

»Kostüm?«

»Na ja, das alles.« Ich deutete mit dem Finger auf ihren Fischschwanz.

»Das ist kein Kostüm«, sagte sie. Die Stirnfalte kam zurück.

»Was ist es dann?«, wollte ich wissen.

»Es ist …« Sie suchte nach Worten. »Das bin ich.«

»Okay«, sagte ich. Ich verstand sie und auch wieder nicht.

»Was machen wir jetzt?«, fragte sie, mehr zu sich selbst als zu mir.

Am liebsten wäre ich für immer mit ihr in diesem Boot sitzen geblieben, aber die Haut auf meinen Schultern brannte.

»Was hattest du vor, bevor ich aufgetaucht bin?«

»Das ist egal«, sagte sie. »Jetzt bist du da. Cooler Badeanzug übrigens.«

Ich wurde rot, so rot wie mein Badeanzug, aber es beruhigte mich, dass Alva das nicht sehen konnte, weil ich sowieso längst Sonnenbrand hatte.

»Ich glaube, ich sollte in den Schatten.«

Sie musterte mich.

»Schaffst du es, von hier bis an den Strand zu schwimmen?«, fragte sie.

Es sah weit aus.

»Ich bin nicht sicher.«

»Dann fahre ich dich ein Stück. Ich will nicht, dass du ertrinkst.«

»Das ist nett.«

»Das bin ich nur in Ausnahmefällen«, sagte sie.

»Ich fühle mich sehr geehrt«, sagte ich.

Sie sah mich mit einem Blick an, den ich nicht deuten konnte. Dann beugte sie sich über den Rand des Bootes und holte die Paddel.

»Ich kann eins nehmen«, sagte ich, aber sie winkte ab.

»Du bringst mich bloß aus dem Rhythmus«, sagte sie, und dann legte sie los, mit einer Kraft, die ich ihr nicht zugetraut hätte.

Der Strand kam näher, aber ich konnte unseren Platz nicht sehen. Wir waren weit entfernt von der Stelle, wo ich ins Wasser gegangen war.

»Wohnst du auch im dei Fiori?«, fragte ich, als ich mich ins Wasser gleiten ließ.

Alva schüttelte den Kopf.

»Ich bin zu Besuch bei meinen Großeltern, im Dorf«, sagte sie. Ich wollte sie fragen, ob wir uns wiedersahen, aber meine Zunge war wie gelähmt.

»Ciao, Billie«, sagte sie, winkte mir zu und paddelte aufs offene Meer hinaus. Ich stand am Strand und starrte ihr nach. Bald sah ich nur noch das Glitzern ihres Fischschwanzes in der Ferne.

Meine Mutter war fuchsteufelswild.

»Wo hast du gesteckt, verdammt?«, rief sie, als sie mich sah. Sie rannte auf mich zu, packte mich an den Schultern und schüttelte mich. Einmal hatte ich gelesen, dass Mütter manchmal ihre Kinder schlagen, wenn sie wiederauftauchen. Anstatt sie in den Arm zu nehmen, schlagen sie sie.

Bevor ich etwas sagen konnte, sagte meine Mutter: »Du warst fast zwei Stunden weg! Ich bin wie eine Verrückte am Strand hin- und hergelaufen! Ich dachte, du bist ertrunken!«

Meine Mutter schlug mich nicht. Stattdessen brach sie in Tränen aus. Sie zog mich so fest an sich, dass meine Knochen knackten. Sie roch nach Kokosnussöl, Schweiß und Sonne.

»Es tut mir leid«, murmelte ich. »Ich bin zu weit rausgeschwommen. Und dann habe ich eine Meerjungfrau getroffen.«

Ich biss mir auf die Lippe. Ich war nicht sicher, ob ich ihr davon erzählen wollte.

Meine Mutter ließ mich los und sah mich an.

»Eine was?« Sie legte ihre Hand auf meine Stirn. »Hast du einen Sonnenstich?«

Sie wartete meine Antwort nicht ab.

»Mir reicht es für heute, lass uns zurückgehen«, sagte sie, drehte sich um und stapfte in Richtung Hotel.

Da fiel mir ein, dass ich meine Badeschlappen direkt am Wasser hatte liegen lassen.

»Ich komme gleich«, sagte ich.

»He, bleib hier!«, rief meine Mutter und packte mich am Arm.

Ich riss mich los.

»Ich hol nur kurz meine Schuhe!«

Es tat mir leid, dass meine Mutter Angst um mich gehabt hatte. Aber hätte ich Alva stattdessen lieber nicht getroffen? Niemals. Ich hatte mich selbst durch ihre Augen gesehen. Es war nur ein Moment gewesen, aber ich mochte, was ich gesehen hatte. Es war neu für mich, und ich hatte das Gefühl, dass ich davon nicht genug bekommen konnte.

In unserem Zimmer duschten wir. Erst meine Mutter, dann ich. Den Kuchen hatten wir verpasst, und jetzt knurrten unsere Mägen. Nach dem Duschen betrachtete ich mich im Spiegel. Ich versuchte, so zu tun, als wäre ich Alva, die Billie ansieht. Was hatte Alva gesehen?

Da trat meine Mutter hinter mich, sie hielt ihre Handflächen nach oben, sie waren ganz weiß. Dann schmierte sie meine Schultern, meinen Rücken und mein Gesicht mit Feuchtigkeitscreme ein. Einen Moment lang war die Creme kalt auf meiner Haut, aber dann kam die Hitze zurück, als ob meine Haut die Sonne nicht loslassen wollte.

»Bringt das was?«, wollte ich wissen.

Meine Mutter schüttelte den Kopf.

»Nein. Aber wenn du Glück hast, schält deine Haut sich nicht so schlimm.«

Natürlich merkte meine Mutter schnell, dass ich anders war als sonst. Wenn man nur zu zweit ist, bemerkt man jedes einzelne Haar, das beim anderen aus der Reihe tanzt. Ich war abwesend, hibbelig, und ich hatte zwar Hunger, aber keinen Appetit.

»Was ist los mit dir?«, fragte meine Mutter, als ich in meinem Essen herumstocherte.

»Nichts«, sagte ich.

Meine Mutter legte ihre Gabel weg und sah mich an.

»Du isst wie eine Meise.« Dann machte sie eine ausladende Geste in Richtung des Büffets. »Das hier ist das Schlaraffenland. Natürlich ist etwas los.«

»Wie ein Spatz«, korrigierte ich.

Meine Mutter zog die Augenbrauen hoch.

»Egal«, sagte ich und seufzte.

»Liegt es an dieser Meerjungfrau?«

Ich verschluckte mich beinahe an einer Olive und starrte meine Mutter an. Woher wusste sie das?

»Leute neben mir am Strand haben sich über sie unterhalten«, sagte meine Mutter. »Als du deine Schlappen holen wolltest.«

»Was haben sie gesagt?«

»Sie haben gesagt, dass sie im Dorf lebt. Dass sie blaue Haare hat und dass sie verrückt ist. Sie trainiert für irgendeinen Meerjungfrauen-Wettbewerb, kannst du dir das vorstellen?«

Ich konnte mir das vorstellen, aber ich verstand nichts davon. Hatte sie nicht gesagt, dass sie ihre Großeltern besuchte?

»Hast du sie auch gesehen?«, fragte ich.

Meine Mutter schüttelte den Kopf.

»Aber du.«

Ich nickte.

»Sie hat mich mit ihrem Boot gerettet.«

Und dann erzählte ich meiner Mutter alles. Fast alles jedenfalls. Den Teil mit dem Ziehen im Bauch ließ ich weg. Aber es hätte keinen Unterschied gemacht. Als dann der Brief auftauchte, wusste meine Mutter sowieso Bescheid.

Über Alva zu sprechen half ein bisschen. Jedenfalls konnte ich danach essen. Ich aß Parmaschinken mit Melone, Tomaten mit Mozzarella, ein großes Stück Lasagne, geröstete Kartoffeln und Lammkotelett, ein Tiramisu, eine Pannacotta und einen Waldmeister-Wackelpudding. Es schmeckte köstlich. Ich starrte auf das neongrüne Armband, das meine Mutter und ich am Empfang bekommen hatten. Es war die Eintrittskarte für alles. Es war das tollste Schmuckstück, das ich jemals besessen hatte.

An diesem Abend konnte ich nicht einschlafen. Ich drehte mich von links nach rechts und wieder zurück, ich konnte einfach nicht still liegen. Die ganze Zeit dachte ich an Alva. Immer wieder sah ich, wie sie aus dem Wasser auftauchte. Ich fragte mich, ob sie mich genauso interessant fand wie ich sie. Aber falls es so war, was dann? Je länger ich über alles nachdachte, desto schlimmer verirrte ich mich in meinem Kopf. »Das ist alles so was von bescheuert«, sagte ich halblaut zu mir selbst und stand auf. Meine Mutter murmelte irgendetwas, aber dann schlief sie sofort wieder ein und fing an zu schnarchen.

Im Bad zog ich mich an und schlich mich aus dem Zimmer. Ich hatte keine Ahnung, was ich tun und wohin ich gehen sollte, ich wusste nur, dass ich hier rausmusste. Bevor ich ging, riss ich eine Seite aus meinem Notizheft und schrieb meiner Mutter vorsichtshalber eine Nachricht.

Ich strandete in der Hotel-Disco, gleich neben dem Pool. Draußen war es immer noch warm. Über der Tanzfläche drehte sich träge eine Discokugel, und bunte Scheinwerfer blinkten im Takt der Musik. Die ganze Zeit lief nur ein einziges Lied: *You're my heart, You're my soul.* Modern Talking. Kein Eros Ramazzotti. Kein Adriano Celentano. Luna wäre enttäuscht gewesen. Beim dritten Mal *»I'm living in my, living in my dreams«* betrat ich die Tanzfläche. Und dann tanzte ich und weinte und hatte keine Ahnung, warum. Ich wusste nur, dass alles genau so war, wie es sein sollte. Keiner nahm Notiz von mir, aber es war ja auch fast keiner da. Aber alle, die da waren, sahen zufrieden und sehr betrunken aus: ein Pärchen, eng umschlungen, und eine ältere Frau, die ihre Hüften im Takt wiegte und ab und zu über ihre eigenen Füße stolperte. Das wars.

Ich war schon halb auf dem Weg in unser Zimmer, da hörte ich, wie plötzlich ein anderer Song begann: *I've Been Thinking About You,* der Name der Band fiel mir nicht ein. Ich überlegte kurz, zurückzugehen, aber ich war so müde, dass ich schon schielte. Als ich mich schließlich ins Bett legte, schlief ich ein, noch bevor ich mich zur Seite drehen konnte.

Am nächsten Morgen wurde ich von der Sonne geweckt, die ins Zimmer schien. Meine Mutter saß auf unserem Balkon. Ich trat hinaus und streckte mich. Die Luft war frisch, ließ aber schon die kommende Hitze erahnen.

»Können wir bitte im Urlaub wohnen?«, fragte ich.

Meine Mutter lachte und trank einen Schluck Kaffee, den sie sich mit der Maschine auf dem Flur gekocht hatte.

Dabei rutschte ihr die Sonnenbrille vom Kopf auf die Nase. Sie schob sie zurecht und sah mich an.

»Sieben Tage können lang genug sein, wenn man es richtig anstellt.«

Und dann schmiedeten wir einen Plan.

Wir würden jeden Tag perfekt nutzen.

Am liebsten waren wir im Wasser. Also würden wir täglich zwei Mal schwimmen gehen. Morgens im Pool, abends im Meer und am nächsten Tag umgekehrt. Wenn wir am Pool oder am Meer herumlagen, würde ich weiter alles aufschreiben, damit ich unseren Urlaub niemals vergaß. An einem Nachmittag würden wir uns das Dorf ansehen. Es war nicht so weit vom Hotel entfernt, wir konnten einfach hinlaufen. Außerdem würden wir am Büffett alles probieren, was es gab. Und mit genau diesem Teil des Plans starteten wir, denn es war Zeit fürs Frühstück. Aber wir kamen gar nicht so weit. Gerade, als wir losgehen wollten, klingelte das Telefon. Ich hob ab.

»Ja, hallo?«, sagte ich.

Ein Mitarbeiter der Rezeption war dran. Er sagte, dass er mit mir sprechen wollte.

»Ja«, sagte ich. »Ich bin dran.«

Meine Mutter beugte sich zu mir und versuchte zu lauschen. Ich drehte mich weg und zog die Schulter hoch.

»Für Sie wurde ein Päckchen abgegeben.«

»Danke«, sagte ich und legte auf.

»Und?«, fragte meine Mutter. »Wer war das?«

»Einer von der Rezeption.«

»Was wollte er?«

»Jemand hat was für mich abgegeben«, sagte ich.

Meine Mutter runzelte die Stirn.

»Wer sollte hier was für dich abgeben? Hat er gesagt, was es ist?«

Ich gab keine Antwort. Ich war schon halb aus der Tür.

»He, warte!«, rief meine Mutter. »Warum muss ich dir jeden Wurm einzeln aus der Nase ziehen?«

Aber da war ich schon im Flur. Beinahe hätte ich verpasst, dass meine Mutter ein einziges Mal eine deutsche Redewendung im Griff hatte.

Mit einem Flamingo hatte ich nicht gerechnet. Mit dem Brief noch weniger. Ich saß mit dem Flamingo auf der Toilette, den Brief auf den Knien. Ich war zur Rezeption gerannt, dann hatte ich mich in der Herrentoilette neben dem Frühstücksraum versteckt. Dort saß ich seit einer halben Stunde und las immer wieder Alvas Nachricht. Und da wurde mir klar, dass ich die ganze Zeit auf sie gewartet hatte. Ich zitterte am ganzen Körper. Ich wusste von meiner Mutter, dass man ein bisschen verrückt wurde, wenn man verliebt war, aber ich wusste nicht, dass man davon Schüttelfrost bekam.

Der Flamingo war sehr pink. Noch war er gefaltet und steckte in einer durchsichtigen Plastiktasche. »Falls es dich mal wieder packt. Ich kann dich nicht immer retten«, schrieb Alva. Und: »Heute, 20 Uhr, am Strand? Alva.«

Vielleicht wollte sie mich nur wiedersehen, weil sie mich nett fand. Vielleicht hatte sie ein Problem, aber keine Freundin. Vielleicht brauchte sie jemanden zum Reden. Beinahe erleichterte mich diese Vorstellung.

Meine Mutter saß im Frühstücksraum und kippte Ahornsirup über einen Pancake, als ich mich neben sie setzte. Ich stippte den Finger in den Ahornsirup und leckte ihn ab.

»Kennen wir uns?«, fragte sie.

»Sehr witzig«, sagte ich.

Dann holte ich tief Luft.

»Das Päckchen ist von Alva.«

»Wer ist Alva?«, fragte meine Mutter.

»Die Meerjungfrau.«

»Oh«, sagte meine Mutter. »Und was ist drin?«

»Ein Flamingo. So ein Schwimmtier. Wir treffen uns heute um acht am Strand.« Den letzten Satz versuchte ich auf die gleiche Art und Weise zu sagen, wie wenn ich sagte: »Ich gehe mal eben runter, Milch holen.« Oder: »Das Wetter soll schön werden, morgen gehe ich ins Schwimmbad.«

Meine Mutter kniff die Augen leicht zusammen. Sie sah aus, als hätte sie bei einer Safari ein interessantes Tier gesichtet, aber vergessen, ihre Brille mitzunehmen.

»Darf ich die Nachricht mal sehen?«

»Ähm, nein«, sagte ich, und meine Hände wurden schwitzig. Ich tastete nach dem Papier in meiner Hosentasche. Ich war kurz davor, es einfach aufzuessen.

Meine Mutter fing an zu grinsen.

»Okay.« Dann lehnte sie sich zurück. »Sieht so aus, als hättest du ein Date.«

»Meinst du wirklich?«

Meine Mutter grinste immer noch. Aber dann wurde sie ernst und legte ihren Arm um mich.

»Ich kenne mich aus mit Dates, vor allem mit ersten. Du kannst mich alles fragen.«

Ich lehnte mich an meine Mutter.

»Danke«, flüsterte ich.

»Nur mit Meerjungfrauen kenne ich mich nicht so gut aus«, flüsterte meine Mutter zurück, weil man immer automatisch zurückflüstert, wenn einen jemand anflüstert. »Das musst du selbst herausfinden.«

Ich sah meine Mutter an.

»Wenn man jemanden sehr liebt … Glaubst du, dass man dann automatisch zurückgeliebt wird? Dass der andere nicht daran vorbeikommt?«, fragte ich.

Meine Mutter wiegte den Kopf und dachte nach.

»Das wäre schön«, sagte sie. »Aber ich bin nicht sicher, ob das so funktioniert.«

Im Grunde hatte ich mir das schon gedacht. Wenn es so einfach wäre, dann wäre Luna nicht schon so oft unglücklich verliebt gewesen. Ihre Liebe war wie ein Bonbonregen an Fastnacht: Er traf einfach alle, die nicht rechtzeitig ihren Schirm aufspannten, auch Popstars und verheiratete Männer. Dann dachte ich an Uta und Heinz. Ich sah Uta vor mir, wie sie auf unserem Sofa saß. Sie weinte, sie hatte einen Sack Tiefkühlerbsen im Gesicht, und sie sagte trotzdem immer, dass Heinz sie ja trotzdem liebte. Und sie ihn irgendwie auch. So eine Trotzdem-Liebe, so eine Irgendwie-Liebe wollte ich nicht. Das war eine schlechte Liebe, wenn überhaupt. »Kann es funktionieren, wenn es eine gute Liebe ist?«, wollte ich wissen.

Meine Mutter schwieg. Dann sagte sie: »Liebe ist wie ein Geschenk. Manchmal freut man sich, dass jemand an einen gedacht hat, aber das Geschenk will man trotzdem nicht haben. Dafür gibt es tausend Gründe.«

»Das ist traurig«, sagte ich.

»Das ist Freiheit«, sagte meine Mutter.

Der Flamingo war riesengroß, und wir brauchten ganz schön viel Luft, um ihn aufzupusten. Wir saßen auf unseren Liegen am Pool und wechselten uns ab, damit keine von uns in Ohnmacht fiel. Ich hatte keine Ahnung, wo wir ihn in unserem Hotelzimmer verstauen sollten, aber eins war klar: Wir würden ihn kein zweites Mal aufpusten.

»Da habt ihr auf jeden Fall beide Platz drauf«, sagte meine Mutter.

Ich verdrehte die Augen.

»Jetzt ist der Pool leider voll«, sagte ich, als wir den Flamingo auf die Wasseroberfläche setzten.

»Übertreib nicht so«, lachte meine Mutter und sprang in den Pool. Dann versuchte sie, auf den Flamingo zu klettern. Es sah grotesk aus, sie bog seinen Hals um und rutschte immer wieder ab. Ich lachte mich halb tot.

Der Bademeister lachte nicht mit.

Stattdessen kam er von der anderen Seite des Beckens zu uns rüber. Er sagte meiner Mutter, dass es erstens verboten war, vom Beckenrand zu springen und zweitens unser XXL-Flamingo eine Gefahr für die anderen Badegäste war.

»Und ich dachte, ihr Italiener wärt entspannter«, fuhr meine Mutter ihn an. Sie hasste es, wenn jemand ihr sagte, was sie zu tun oder zu lassen hatte. »Was denkt der? Dass der Flamingo Kinder frisst?«, murmelte sie in meine Richtung.

Aber als wir nach dem Schwimmen auf unseren Liegen lagen und eine Servicekraft Gratis-Cocktails brachte, hatte sie sich schon wieder beruhigt. Die Gefühle meiner Mutter waren wie Wolken an einem windigen Tag: Sie zogen schnell weiter.

Ich holte mein Notizheft heraus. Ich versuchte, meine Begegnung mit Alva lebendig werden zu lassen, versuchte zu beschreiben, was ich gefühlt hatte. Aber alles war so weit weg, es war beinahe wie ein Traum, an den man sich nicht mehr richtig erinnern konnte. Ich fand einfach nicht die richtigen Worte. Ich riss das Blatt heraus. Dann fing ich am Anfang an und schrieb: *Hotel dei Fiori.*

Irgendwann knurrte mein Magen. Ich klappte mein Notizheft zu. Ich fragte mich, warum ich schon wieder Hunger hatte. Dann fiel es mir ein. Ich hatte gar nichts gefrühstückt. Zum Glück war schon wieder Snack-Zeit.

Das hier, das war das ideale Hotel für Verliebte.

Die letzte Stunde vor meinem Treffen mit Alva war die längste meines Lebens. Meine Mutter lag auf dem Bett und schaute fern. Zumindest tat sie so, als ob.

»Gewöhn dir das gar nicht erst an«, sagte sie, hielt die Augen aber auf den Fernseher gerichtet.

»Was?«, fragte ich, während ich mich im Spiegel betrachtete.

»Dich vor einem Date achtmal umzuziehen.«

»Es waren bisher nur zweimal«, sagte ich gereizt und nahm ein anderes Kleid aus dem Schrank.

Meine Mutter seufzte.

»Du bist schön so, wie du bist. Egal, was du anhast.«

»Du bist meine Mutter«, sagte ich. »Jede Mutter findet ihre Tochter schön.«

»Das ist nicht wahr«, sagte sie.

Ich schlüpfte in das schwarze Kleid.

»Ich weiß noch nicht, wer ich heute Abend sein will, deshalb dauert das so lang.«

Meine Mutter sah mich an.

»Wie wär's mit Billie?«

»Wer ist Billie?«, fragte ich und streckte meinem Spiegelbild die Zunge heraus.

Meine Mutter ließ ihren Blick auf mir ruhen.

Und dann sagte sie, sehr feierlich: »Du bist nicht nur schön, sondern auch verdammt klug.«

Am Ende entschied ich mich für eine Leggings, Turnschuhe und Stulpen. Die Leggings war metallicgrün, die Turnschuhe weiß, die Stulpen rosa. Dazu trug ich ein weißes T-Shirt und band meine Haare mit einem silbernen Haargummi zusammen. Ich sah richtig gut aus.

»Tolles Outfit!«, Alva war aus der anderen Richtung gekommen. Jetzt stand sie barfuß vor mir im Sand. An ihrem Rucksack baumelten Flip-Flops. »Wie eine Meerjungfrau«, sagte sie. Mein Herz setzte einen Schlag aus. Hatte ich mich, ohne es zu wollen, in eine Kopie von ihr verwandelt? Allerdings sah Alva, hier an Land, überhaupt nicht mehr aus wie eine Meerjungfrau, abgesehen von den blauen Haaren. Sie trug eine weite, helle Jeans und ein schwarzes, bauchfreies Top. Das wars. Kein Schnickschnack. Sie sah wahnsinnig cool aus, aber nicht auf eine arrogante Art, sondern so, als würde sie sich mit sich selbst wohlfühlen. All das hätte ich ihr sagen sollen, aber stattdessen sagte ich: »Du bist ja wirklich gekommen.«

Am liebsten hätte ich mir sofort die Zunge abgebissen.

»Warum hätte ich nicht kommen sollen? Ich habe doch dich gefragt«, sagte sie.

Sie kam einen Schritt auf mich zu, und dann umarmte sie mich. In diesem Moment kam alles zurück, alles, was ich nicht hatte beschreiben können: das Gefühl, dass ich ihr nicht ausweichen konnte. Das Gefühl, mit ihr verbunden zu sein, als wäre da ein Seil, von ihrem Bauch in meinen, und wir zogen beide daran. Ich atmete tief ein. Alva roch nach Zitronen und nach irgendetwas Erdigem. Sie roch so gut, ich war erledigt.

»Du zitterst ja!«, sagte Alva, ließ mich los und strich mit ihrer Hand sachte über meine Schulter und an meinem Arm entlang nach unten. Wie von selbst landete meine Hand in ihrer.

Ich sagte nichts. Ich konnte nicht. Ich nickte nur.

»Gehen wir spazieren?«, fragte sie.

Ich räusperte mich und nickte noch mal.

Wir gingen in die Richtung, aus der Alva gekommen war. Die Bewegung meiner Beine, das Rauschen des Meeres und die warme Brise lullten mich ein. Ich wurde ganz ruhig. Es fühlte sich beinahe so an, wie mit einer normalen Freundin spazieren zu gehen. Rechts von uns lag das Meer, links ein Hotel neben dem anderen. Irgendwann wurde der Strand schmaler, bis er schließlich beinahe aufhörte und große Steine den Weg versperrten.

Alva ließ meine Hand los und sah mich an.

»Kannst du klettern?«

»Klar«, sagte ich.

Alva kletterte voran. Sie setzte ihre nackten Füße sicher

auf die Steine. Sie musste das schon tausend Mal gemacht haben.

Auf der anderen Seite öffnete sich eine Bucht mit einer kleinen Grotte. Alva ging auf sie zu, ich folgte ihr. Der Eingang war groß genug, um ohne Probleme hineinzulaufen. Es war ziemlich dunkel und kühl. Ich zögerte und blieb stehen. Alva drehte sich zu mir um. »Ich habe Kerzen mitgebracht.« Sie setzte ihren Rucksack ab und stellte ihn auf den Boden.

Sie hatte *was*? Beinahe hätte ich gelacht. Das alles kam mir vor wie in einem schlechten Film. Einem sehr schlechten Film.

»Hast du etwa auch ein Picknick in deinem Rucksack?«, wollte ich sie necken, aber Alva lachte nicht. Sie nickte bloß und sagte: »Nur, wenn du Lust hast. Wir können auch einfach weiter spazieren, das ist genauso …«

Sie sah zu Boden, und da wurde mir klar, dass ich sie verletzt hatte. Und wenn es eine Sache gab, die ich nicht ertragen konnte, dann, jemanden zu verletzen. Ich mochte sie doch. Ich wusste zwar nicht, wie das sein konnte, schließlich kannten wir uns kaum, aber so war es nun einmal.

»Es tut mir leid«, sagte ich.

Da sah sie mich an, und ich sah, dass sie mir schon verziehen hatte. Wenn Blicke Farben hätten, dann wäre ihrer cremefarben gewesen, so wie die Satinbezüge der Sessel im Loungebereich.

Und da knallte in meinem Kopf eine Sicherung durch. Vielleicht, weil sie in diesem Moment gar nicht mehr cool war. Vielleicht, weil es plötzlich um alles ging. Jedenfalls nahm ich ihr Gesicht in meine Hände und küsste sie.

Sie war überrascht, es dauerte eine Sekunde, bis sie reagierte. Aber dann zog sie mich an sich, sie wurde ganz weich, ihre Lippen öffneten sich, und dann fühlte es sich kurz so an, als würde ich von irgendwo herunterfallen, aber es war ein gutes Gefühl, vielleicht wie fliegen.

Wir saßen in der Grotte auf einer Decke, an den Wänden tanzten Schatten. Alva hatte ziemlich viele Kerzen mitgebracht, und es war überhaupt nicht wie in einem schlechten Film, es war schön. Sie zog Trauben und Käse aus ihrem Rucksack, Schinken und Weißbrot, Tiramisu in zwei kleinen Gläsern, Wasser und eine Flasche Wein.

Dann begannen wir zu essen. Eigentlich wollte ich sie lieber die ganze Zeit weiterküssen, aber ich hatte einen Riesenhunger.

»He, das ist verrückt«, sagte Alva leise, beugte sich zu mir und strich mir eine Locke aus dem Gesicht.

»Was ist verrückt?«, fragte ich.

»Das hier. Wir. Wir in Rekordgeschwindigkeit. Wir mit Raketenantrieb.«

Ich musste lachen.

Alva küsste mich auf die Nasenspitze. Sie küsste mich rechts und links auf die Mundwinkel.

Sie küsste mich auf den Hals, und dann kam sie zurück und küsste mich richtig auf den Mund. Wir vergaßen, dass wir essen wollten.

Danach redeten wir. Wir redeten und lachten, und es war, als ob wir uns schon ewig kannten. Ich erzählte ihr von ihrem Flamingo in unserem Pool, sie erzählte mir, dass sie Meeresbiologie studierte.

»Und du?«, fragte sie mich. »Was machst du?«

»Du meinst nach der Schule?«

Alva stellte ihr Glas Wein neben sich auf den Boden.

»Du gehst noch zur Schule?« In Alvas Augen flackerte etwas auf, das ich nicht deuten konnte. »Wie alt bist du?«

»Fünfzehn«, sagte ich. »Und du?«

Alva lächelte und machte eine vage Handbewegung ins Nichts. Ich traute mich nicht nachzuhaken.

Schließlich sagte sie: »Lass uns einfach diesen Abend genießen.«

Da war mir klar, dass es keinen zweiten geben würde. Am liebsten hätte ich geweint, aber ich riss mich zusammen.

Nachdem wir gegessen hatten, gingen wir baden. Das war nicht der Plan gewesen, falls es überhaupt einen Plan gegeben hatte. Jedenfalls hatten wir keine Badesachen dabei. Wir zogen uns aus, ich sah Alva nicht an. Ich wusste, dass es besser für mich war, nicht hinzusehen. Ich starrte aufs Meer. Die Wasseroberfläche glänzte schwarz. Als wir ins Wasser liefen, stellte ich mir vor, dass mein Körper in flüssiges Lakritz tauchte. Ich war noch nie nachts im Meer geschwommen. Es war gleichzeitig schön und unheimlich. Alva war dicht neben mir, ihre Haare schwebten um uns herum und kitzelten mich. Wir drehten uns auf den Rücken und ließen uns eine Weile treiben. Alva achtete darauf, dass wir sicher waren, das Wasser war nie so tief, dass wir nicht mehr hätten stehen können. Sobald wir den Boden unter den Füßen verloren, schob sie mich sanft zurück in Richtung Strand. Ich wusste, dass Alva das nicht für sich selbst tat. Sie war in den Wellen zu Hause. Sie tat es für mich.

Ihre Hände auf meinen Schultern und meinem Rücken, ich wusste, dass ich ihr nie mehr näher kommen würde.

Alva brachte mich bis zum Hotel. Zum Abschied küsste sie mich auf den Mund, es war ein unschuldiger Kuss. Als sie mich losließ, sagte sie: »Es war schön. Pass auf dich auf.« Ich sah ihr nach, wie sie in der Dunkelheit verschwand, wie sie immer kleiner wurde, wie sie über den Strand ging, als ob er ihr gehörte: aufrecht, bedächtig.

Bevor ich unser Hotelzimmer betrat, wischte ich mir übers Gesicht. Meine Mutter sah natürlich trotzdem sofort, dass ich geweint hatte. Sie nahm mich wortlos in den Arm. Und dann erzählte ich ihr alles.

»Irgendwann tut es nicht mehr weh. Du wirst sehen«, sagte sie, als ich geendet hatte. »Aber vergessen wirst du sie nie.«

Am nächsten Tag lag ich mit meiner Mutter am Pool, ich wollte nicht ans Meer. Im Grunde war alles wie immer. Wir schwammen, wir neckten uns gegenseitig, wir vertrugen uns, wir aßen, tranken, ich schrieb in mein Notizheft und eine Postkarte für Luna, meine Mutter las Magazine, und dann wieder von vorne.

Am übernächsten Tag fragte einer der Kellner meine Mutter, ob sie nach Dienstschluss etwas mit ihm trinken wollte. Meine Mutter sagte Nein und drückte meinen Arm. Ich konnte es nicht fassen. Der Kellner sah verdammt heiß aus.

Am überübernächsten Tag fühlte sich das Treffen mit Alva schon sehr weit weg an. Aber dann fiel ihr Brief aus meiner Hosentasche, und natürlich las ich ihn wieder und wieder. Da begriff ich, dass nicht nur Verliebtheit in Wellen kam und ging. Mit Liebeskummer war es genau das Gleiche.

Und dann fuhren wir wieder nach Hause.

Luna hatte uns eine Begrüßungstorte gebacken, und als ich ihr von all den gebräunten Muskeln, den weißen Zähnen und dem charmanten Lächeln der Italiener erzählte, hing sie so gebannt an meinen Lippen, dass sie vergaß zu kauen.

Von Alva erzählte ich Luna nichts. Ich konnte nicht. Immer, wenn ich an Alva dachte, zog sich mein Herz zusammen, und ich fühlte mich so leer.

Aber am Ende hatte meine Mutter recht gehabt. Irgendwann tat es nicht mehr weh. Und trotzdem: Immer, wenn ich am Meer war, suchte ich in den Wellen nach diesem Glitzern, nach diesem Glitzern ihres Fischschwanzes, das mir sagen würde, dass Alva auf mich gewartet hatte.

Ich klappe mein Notizheft zu, bohre meine Zehen in den Sand und schaue aufs Meer. Ich bin zwar nach Italien gefahren, aber natürlich nicht mit meiner Mutter. Meine Mutter ist seit zwei Jahren tot.

Neben mir stehen die beiden Tiramisu-Gläser von Alva. Ich habe eines mit Meerwasser gefüllt, eines mit Sand. Wenn meine Mutter nicht mehr in den Urlaub fahren kann, dann bringe ich den Urlaub eben zu meiner Mutter.

Ich vermisse sie immer noch jeden Tag. Schreiben hilft, aber nur ein bisschen. Manchmal geht es mir besser, manchmal schlechter, aber da ist meine Mutter immer.

Ich weiß: Wären wir gemeinsam in den Urlaub gefahren und wieder nach Hause in unseren Wohnblock, dann wäre alles genau so passiert. Oder wenigstens beinahe so. Die besten Geschichten sind immer wahr, auch wenn nicht alles genau so passiert ist, oder? Ich bin jedenfalls sicher, dass meine Mutter gerne dabei gewesen wäre, im Hotel dei Fiori, wo ich mich zum ersten Mal verliebt habe.

THOMAS MANN

Reise nach Venedig

Mehrere Geschäfte weltlicher und literarischer Natur hielten den Reiselustigen noch etwa zwei Wochen nach jenem Spaziergang in München zurück. Er gab endlich Auftrag, sein Landhaus binnen vier Wochen zum Einzuge instandzusetzen, und reiste an einem Tage zwischen Mitte und Ende des Mai mit dem Nachtzuge nach Triest, wo er nur vierundzwanzig Stunden verweilte und sich am nächstfolgenden Morgen nach Pola einschiffte.

Was er suchte, war das Fremdartige und Bezuglose, welches jedoch rasch zu erreichen wäre, und so nahm er Aufenthalt auf einer seit einigen Jahren gerühmten Insel der Adria, unfern der istrischen Küste gelegen, mit farbig zerlumptem, in wildfremden Lauten redendem Landvolk und schön zerrissenen Klippenpartien dort, wo das Meer offen war. Allein Regen und schwere Luft, eine kleinweltliche, geschlossen österreichische Hotelgesellschaft und der Mangel jenes ruhevoll innigen Verhältnisses zum Meere, das nur ein sanfter, sandiger Strand gewährt, verdrossen ihn, ließen ihn nicht das Bewußtsein gewinnen, den Ort seiner Bestimmung getroffen zu haben; ein Zug seines Innern, ihm war noch nicht deutlich, wohin, beunruhigte ihn, er studierte Schiffsverbindungen, er blickte suchend umher, und auf einmal, zugleich überraschend und selbstverständlich, stand ihm sein Ziel vor Augen. Wenn man über Nacht das Unvergleichliche, das märchenhaft Abweichende zu erreichen wünschte, wohin ging man? Aber das war klar. Was sollte er hier? Er war fehlgegangen. Dorthin hatte er reisen wollen. Er säumte nicht, den irrigen Aufenthalt zu kündigen. Anderthalb Wochen nach seiner Ankunft auf der Insel trug ein geschwindes Motorboot ihn und sein Gepäck in dunstiger Frühe über die Wasser in den Kriegshafen zurück, und er ging dort nur an Land, um sogleich über einen Brettersteg das feuchte Verdeck eines Schiffes zu beschreiten, das unter Dampf zur Fahrt nach Venedig lag.

Es war ein betagtes Fahrzeug italienischer Nationalität, veraltet, rußig und düster. In einer höhlenartigen, künstlich erleuchteten Koje des inneren Raumes, wohin Aschenbach sofort nach Betreten des Schiffes von einem buckligen und unreinlichen Matrosen mit grinsender Höflichkeit genötigt wurde, saß hinter einem Tische, den Hut schief in der Stirn und einen Zigarettenstummel im Mundwinkel, ein ziegenbärtiger Mann von der Physiognomie eines altmodischen Zirkusdirektors, der mit grimassenhaft leichtem Geschäftsgebaren die Personalien der Reisenden aufnahm und ihnen die Fahrscheine ausstellte. »Nach Venedig!« wiederholte er Aschenbachs Ansuchen, indem er den Arm reckte und die Feder in den breiigen Restinhalt eines schräg geneigten Tintenfasses stieß. »Nach Venedig erster Klasse! Sie sind bedient, mein Herr!« Und er schrieb große Krähenfüße, streute aus einer Büchse blauen Sand auf die Schrift, ließ ihn in eine tönerne Schale ablaufen, faltete das Papier mit gelben und knochigen Fingern und schrieb aufs neue. »Ein glücklich gewähltes Reiseziel!« schwatzte er unterdessen.

»Ah, Venedig! Eine herrliche Stadt! Eine Stadt von unwiderstehlicher Anziehungskraft für den Gebildeten, ihrer Geschichte sowohl wie ihrer gegenwärtigen Reize wegen!« Die glatte Raschheit seiner Bewegungen und das leere Gerede, womit er sie begleitete, hatten etwas Betäubendes und Ablenkendes, etwa als besorgte er, der Reisende möchte in seinem Entschluß, nach Venedig zu fahren, noch wankend werden. Er kassierte eilig und ließ mit Croupiergewandtheit den Differenzbetrag auf den fleckigen Tuchbezug des Tisches fallen. »Gute Unterhaltung, mein Herr!« sagte er mit schauspielerischer Verbeugung. »Es ist mir eine Ehre, Sie zu befördern ... Meine Herren!« rief er sogleich mit erhobenem Arm und tat, als sei das Geschäft im flottesten Gange, obgleich niemand mehr da war, der nach Abfertigung verlangt hätte. Aschenbach kehrte auf das Verdeck zurück.

Einen Arm auf die Brüstung gelehnt, betrachtete er das müßige Volk, das, der Abfahrt des Schiffes beizuwohnen, am Quai lungerte, und die Passagiere an Bord. Diejenigen der zweiten Klasse kauerten, Männer und Weiber, auf dem Vorderdeck, indem sie Kisten und Bündel als Sitze benutzten. Eine Gruppe junger Leute bildete die Reisegesellschaft des ersten Verdecks, Polenser Handelsgehilfen, wie es schien, die sich in angeregter Laune zu einem Ausfluge nach Italien vereinigt hatten. Sie machten nicht wenig Aufhebens von sich und ihrem Unternehmen, schwatzten, lachten, genossen selbstgefällig das eigene Gebärdenspiel und riefen den Kameraden, die, Portefeuilles unterm Arm, in Geschäften die Hafenstraße entlang gingen und den Feiernden mit dem Stöckchen drohten, über das Geländer gebeugt, zungengeläufige Spottreden nach. Einer, in hellgelbem, übermodisch geschnittenem Sommeranzug, roter Krawatte und kühn aufgebogenem Panama, tat sich mit krähender Stimme an Aufgeräumtheit vor allen andern hervor. Kaum aber hatte Aschenbach ihn genauer ins Auge gefaßt, als er mit einer Art von Entsetzen erkannte, daß der Jüngling falsch war. Er war alt, man konnte nicht zweifeln. Runzeln umgaben ihm Augen und Mund. Das matte Karmesin der Wangen war Schminke, das braune Haar unter dem farbig umwundenen Strohhut Perücke, sein Hals verfallen und sehnig, sein aufgesetztes Schnurrbärtchen und die Fliege am Kinn gefärbt, sein gelbes und vollzähliges Gebiß, das er lachend zeigte, ein billiger Ersatz, und seine Hände, mit Siegelringen an beiden Zeigefingern, waren die eines Greises. Schauerlich angemutet sah Aschenbach ihm und seiner Gemeinschaft mit den Freunden zu. Wußten, bemerkten sie nicht, daß er alt war, daß er zu Unrecht ihre stutzerhafte und bunte Kleidung trug, zu Unrecht einen der ihren spielte? Selbstverständlich und gewohnheitsmäßig, wie es schien, duldeten sie ihn in ihrer Mitte, behandelten ihn als ihresgleichen, erwiderten ohne Widerwillen seine neckischen Rippenstöße. Wie ging das zu? Aschenbach bedeckte seine Stirn mit der Hand und schloß die Augen, die heiß waren, da er zu wenig geschlafen hatte. Ihm war, als lasse nicht alles sich ganz gewöhnlich an, als beginne eine träumerische Entfremdung, eine Entstellung der Welt ins Sonderbare um sich zu greifen, der vielleicht Einhalt zu tun wäre, wenn er sein Gesicht ein wenig verdunkelte und aufs neue um sich schaute. In diesem Augenblick jedoch berührte ihn das Gefühl des Schwimmens, und mit unvernünftigem Erschrecken aufsehend, gewahrte er, daß der schwere und düstere Körper des Schiffes sich langsam vom gemauerten Ufer löste. Zollweise, unter dem Vorwärts- und Rückwärtsarbeiten der Maschine, verbreiterte sich der Streifen schmutzig schillernden Wassers zwischen Quai und Schiffswand, und nach schwerfälligen Manövern kehrte der Dampfer seinen Bugspriet dem offenen Meere zu. Aschenbach ging nach der Steuerbordseite hinüber, wo der Bucklige ihm einen Liegestuhl aufgeschlagen hatte und ein Steward in fleckigem Frack nach seinen Befehlen fragte.

Der Himmel war grau, der Wind feucht. Hafen und Inseln waren zurückgeblieben, und rasch verlor sich aus dem dunstigen Gesichtskreise alles Land. Flocken von Kohlenstaub gingen, gedunsen von Nässe, auf das gewaschene Deck nieder, das nicht trocknen wollte. Schon nach einer Stunde spannte man ein Segeldach aus, da es zu regnen begann.

In seinen Mantel geschlossen, ein Buch im Schoße, ruhte der Reisende, und die Stunden verrannen ihm unversehens. Es hatte zu regnen aufgehört; man entfernte das leinene Dach. Der Horizont war vollkommen. Unter der trüben Kuppel des Himmels dehnte sich rings die ungeheure Scheibe des öden Meeres. Aber im leeren, im ungegliederten Raume fehlt unserem Sinn auch das Maß der Zeit, und wir dämmern im Ungemessenen. Schattenhaft sonderbare Gestalten, der greise Geck, der Ziegenbart aus dem Schiffsinnern, gingen mit unbestimmten Gebärden, mit verwirrten Traumworten durch den Geist des Ruhenden, und er schlief ein.

Um Mittag nötigte man ihn zur Kollation in den korridorartigen Speisesaal hinab, auf den die Türen der Schlafkojen mündeten und wo am Ende des langen Tisches, zu dessen Häupten er speiste, die Handelsgehilfen, einschließlich des Alten, seit zehn Uhr mit dem munteren Kapitän pokulierten. Die Mahlzeit war armselig, und er beendete sie rasch. Es trieb ihn ins Freie, nach dem Himmel zu sehen: ob er denn nicht über Venedig sich erhellen wollte.

Er hatte nicht anders gedacht, als daß dies geschehen müsse, denn stets hatte die Stadt ihn im Glanze empfangen. Aber Himmel und Meer blieben trüb und bleiern, zeitweilig ging neblichter Regen nieder, und er fand sich darein, auf dem Wasserwege ein anderes Venedig zu erreichen, als er, zu Lande sich nähernd, je angetroffen hatte. Er stand am Fockmast, den Blick im Weiten, das Land erwartend. Er gedachte des schwermütig-enthusiastischen Dichters, dem vormals die Kuppeln und Glockentürme seines Traumes aus diesen Fluten gestiegen waren, er wiederholte im stillen einiges von dem, was damals an Ehrfurcht, Glück und Trauer zu maßvollem Gesange geworden, und von schon gestalteter Empfindung mühelos bewegt, prüfte er sein ernstes und müdes Herz, ob eine neue Begeisterung und Verwirrung, ein spätes Abenteuer des Gefühles dem fahrenden Müßiggänger vielleicht noch vorbehalten sein könne.

Da tauchte zur Rechten die flache Küste auf, Fischerboote belebten das Meer, die Bäderinsel erschien, der Dampfer ließ sie zur Linken, glitt verlangsamten Ganges durch den schmalen Port, der nach ihr benannt ist, und auf der Lagune, angesichts bunt armseliger Behausungen, hielt er ganz, da die Barke des Sanitätsdienstes erwartet werden mußte.

Eine Stunde verging, bis sie erschien. Man war angekommen und war es nicht; man hatte keine Eile und fühlte sich doch von Ungeduld getrieben. Die jungen Polesaner, patriotisch angezogen auch wohl von den militärischen Hornsignalen, die aus der Gegend der öffentlichen Gärten her über das Wasser klangen, waren auf Deck gekommen und, vom Asti begeistert, brachten sie Lebehochs auf die drüben exerzierenden Bersaglieri aus. Aber widerlich war es zu sehen, in welchen Zustand den aufgestutzten Greisen seine falsche Gemeinschaft mit der Jugend gebracht hatte. Sein altes Hirn hatte dem Weine nicht wie die jugendlich rüstigen standzuhalten vermocht, er war kläglich betrunken. Verblödeten Blicks, eine Zigarette zwischen den zitternden Fingern, schwankte er, mühsam das Gleichgewicht haltend, auf der Stelle, vom Rausche vorwärts und rückwärts gezogen. Da er beim ersten Schritte gefallen wäre, getraute er sich nicht vom Fleck, doch zeigte er einen jammervollen Übermut, hielt jeden, der sich ihm näherte, am Knopfe fest, lallte, zwinkerte, kicherte, hob seinen beringten, runzeligen Zeigefinger zu alberner Neckerei und leckte auf abscheulich zweideutige Art mit der Zungenspitze die Mundwinkel. Aschenbach sah ihm mit finsteren Brauen zu, und wiederum kam ein Gefühl von Benommenheit ihn an, so, als zeige die Welt eine leichte, doch nicht zu hemmende Neigung, sich ins Sonderbare und Fratzenhafte zu entstellen: ein Gefühl, dem nachzuhängen freilich die Umstände ihn abhielten, da eben die stampfende Tätigkeit der Maschine aufs neue begann und das Schiff seine so nah dem Ziel unterbrochene Fahrt durch den Kanal von San Marco wieder aufnahm.

So sah er ihn denn wieder, den erstaunlichsten Landungsplatz, jene blendende Komposition phantastischen Bauwerks, welche die Republik den ehrfürchtigen Blicken nahender Seefahrer entgegenstellte: die leichte Herrlichkeit des Palastes und die Seufzerbrücke, die Säulen mit Löw' und Heiligem am Ufer, die prunkend vortretende Flanke des Märchentempels, den Durchblick auf Torweg und Riesenuhr, und anschauend bedachte er, daß zu Lande, auf dem Bahnhof in Venedig anlangen, einen Palast durch eine Hintertür betreten heiße, und daß man nicht anders, als wie nun er, als zu Schiffe, als über das hohe Meer die unwahrscheinlichste der Städte erreichen sollte.

Die Maschine stoppte, Gondeln drängten herzu, die Fallreepstreppe ward hinabgelassen, Zollbeamte stiegen an Bord und walteten obenhin ihres Amtes; die Ausschiffung konnte beginnen. Aschenbach gab zu verstehen, daß er eine Gondel wünsche, die ihn und sein Gepäck zur Station jener kleinen Dampfer bringen solle, welche zwischen der Stadt und dem Lido verkehren; denn er gedachte am Meere Wohnung zu nehmen. Man billigt sein Vorhaben, man schreit seinen Wunsch zur Wasserfläche hinab, wo die Gondelführer im Dialekt miteinander zanken. Er ist noch gehindert, hinabzusteigen, sein Koffer hindert ihn, der eben mit Mühsal die leiterartige Treppe hinuntergezerrt und geschleppt wird. So sieht er sich minutenlang außerstande, den Zudringlichkeiten des schauderhaften Alten zu entkommen, den die Trunkenheit dunkel antreibt, dem Fremden Abschiedshonneurs zu machen. »Wir wünschen den glücklichsten Aufenthalt«, meckert er unter Kratzfüßen. »Man empfiehlt sich geneigter Erinnerung! Au revoir, excusez und bon jour, Euer Exzellenz!« Sein Mund wässert, er drückt die Augen zu, er leckt die Mundwinkel, und die gefärbte Bartfliege an seiner Greisenlippe sträubt sich empor. »Unsere Komplimente«, lallt er, zwei Fingerspitzen am Munde, »unsere Komplimente dem Liebchen, dem allerliebsten, dem schönsten Liebchen ...« Und plötzlich fällt ihm das falsche Obergebiß vom Kiefer auf die Unterlippe. Aschenbach konnte entweichen. »Dem Liebchen, dem feinen Liebchen«, hörte er in girrenden, hohlen und behinderten Lauten in seinem Rücken, während er, am Strickgeländer sich haltend, die Fallreepstreppe hinabklomm.

Wer hätte nicht einen flüchtigen Schauder, eine geheime Scheu und Beklommenheit zu bekämpfen gehabt, wenn es zum ersten Male oder nach langer Entwöhnung galt, eine venezianische Gondel zu besteigen? Das seltsame Fahrzeug, aus balladesken Zeiten ganz unverändert überkommen und so eigentümlich schwarz, wie sonst unter allen Dingen nur Särge es sind, – es erinnert an lautlose und verbrecherische Abenteuer in plätschernder Nacht, es erinnert noch mehr an den Tod selbst, an Bahre und düsteres Begängnis und letzte, schweigsame Fahrt. Und hat man bemerkt, daß der Sitz einer solchen Barke, dieser sargschwarz lackierte, mattschwarz gepolsterte Armstuhl, der weichste, üppigste, der erschlaffendste Sitz von der Welt ist? Aschenbach ward es gewahr, als er zu Füßen des Gondoliers, seinem Gepäck gegenüber, das am Schnabel reinlich beisammen lag, sich niedergelassen hatte. Die Ruderer zankten immer noch, rauh, unverständlich, mit drohenden Gebärden. Aber die besondere Stille der Wasserstadt schien ihre Stimmen sanft aufzunehmen, zu entkörpern, über der Flut zu zerstreuen.

Es war warm hier im Hafen. Lau angerührt vom Hauch des Scirocco, auf dem nachgiebigen Element in Kissen gelehnt, schloß der Reisende die Augen im Genusse einer so ungewohnten als süßen Lässigkeit. Die Fahrt wird kurz sein, dachte er; möchte sie immer währen! In leisem Schwanken fühlte er sich dem Gedränge, dem Stimmengewirr entgleiten.

Wie still und stiller es um ihn wurde! Nichts war zu vernehmen als das Plätschern des Ruders, das hohle Aufschlagen der Wellen gegen den Schnabel der Barke, der steil, schwarz und an der Spitze hellebardenartig bewehrt über dem Wasser stand, und noch ein drittes, ein Reden, ein Raunen, – das Flüstern des Gondoliers, der zwischen den Zähnen, stoßweise, in Lauten, die von der Arbeit seiner Arme gepreßt waren, zu sich selber sprach. Aschenbach blickte auf, und mit leichter Befremdung gewahrte er, daß um ihn her die Lagune sich weitete und seine Fahrt gegen das offene Meer gerichtet war. Es schien folglich, daß er nicht allzu sehr ruhen dürfe, sondern auf den Vollzug seines Willens ein wenig bedacht sein müsse.

»Zur Dampferstation also«, sagte er mit einer halben Wendung rückwärts. Das Raunen verstummte. Er erhielt keine Antwort.

»Zur Dampferstation also!« wiederholte er, indem er sich vollends umwandte und in das Gesicht des Gondoliers emporblickte, der hinter ihm, auf erhöhtem Borde stehend, vor dem fahlen Himmel aufragte. Es war ein Mann von ungefälliger, ja brutaler Physiognomie, seemännisch blau gekleidet, mit einer gelben Schärpe gegürtet und einen formlosen Strohhut, dessen Geflecht sich aufzulösen begann, verwegen schief auf dem Kopfe. Seine Gesichtsbildung, sein blonder, lockiger Schnurrbart unter der kurz aufgeworfenen Nase ließen ihn durchaus nicht italienischen Schlages erscheinen. Obgleich eher schmächtig von Leibesbeschaffenheit, so daß man ihn für seinen Beruf nicht sonderlich geschickt geglaubt hätte, führte er das Ruder, bei jedem Schlage den ganzen Körper einsetzend, mit großer Energie. Ein paarmal zog er vor Anstrengung die Lippen zurück und entblößte seine weißen Zähne. Die rötlichen Brauen gerunzelt, blickte er über den Gast hinweg, indem er bestimmten, fast groben Tones erwiderte:

»Sie fahren zum Lido.«

Aschenbach entgegnete:

»Allerdings. Aber ich habe die Gondel nur genommen, um mich nach San Marco übersetzen zu lassen. Ich wünsche den Vaporetto zu benutzen.«

»Sie können den Vaporetto nicht benutzen, mein Herr.«

»Und warum nicht?«

»Weil der Vaporetto kein Gepäck befördert.«

Das war richtig; Aschenbach erinnerte sich. Er schwieg. Aber die schroffe, überhebliche, einem Fremden gegenüber so wenig landesübliche Art des Menschen schien unleidlich. Er sagte:

»Das ist meine Sache. Vielleicht will ich mein Gepäck in Verwahrung geben. Sie werden umkehren.«

Es blieb still. Das Ruder plätscherte, das Wasser schlug dumpf an den Bug. Und das Reden und Raunen begann wieder: Der Gondolier sprach zwischen den Zähnen mit sich selbst.

Was war zu tun? Allein auf der Flut mit dem sonderbar

unbotmäßigen, unheimlich entschlossenen Menschen, sah der Reisende kein Mittel, seinen Willen durchzusetzen. Wie weich er übrigens ruhen durfte, wenn er sich nicht empörte! Hatte er nicht gewünscht, daß die Fahrt lange, daß sie immer dauern möge? Es war das Klügste, den Dingen ihren Lauf zu lassen, und es war hauptsächlich höchst angenehm. Ein Bann der Trägheit schien auszugehen von seinem Sitz, von diesem niedrigen, schwarzgepolsterten Armstuhl, so sanft gewiegt von den Ruderschlägen des eigenmächtigen Gondoliers in seinem Rücken. Die Vorstellung, einem Verbrecher in die Hände gefallen zu sein, streifte träumerisch Aschenbachs Sinne, – unvermögend, seine Gedanken zu tätiger Abwehr aufzurufen. Verdrießlicher schien die Möglichkeit, daß alles auf simple Geldschneiderei angelegt sei. Eine Art von Pflichtgefühl oder Stolz, die Erinnerung gleichsam, daß man dem vorbeugen müsse, vermochte ihn, sich noch einmal aufzuraffen. Er fragte:

»Was fordern Sie für die Fahrt?«

Und über ihn hinsehend antwortete der Gondolier:

»Sie werden bezahlen.«

Es stand fest, was hierauf zurückzugeben war. Aschenbach sagte mechanisch:

»Ich werde nichts bezahlen, durchaus nichts, wenn Sie mich fahren, wohin ich nicht will.«

»Sie wollen zum Lido.«

»Aber nicht mit Ihnen.«

»Ich fahre Sie gut.«

Das ist wahr, dachte Aschenbach und spannte sich ab. Das ist wahr, du fährst mich gut. Selbst, wenn du es auf meine Barschaft abgesehen hast und mich hinterrücks mit einem Ruderschlage ins Haus des Aides schickst, wirst du mich gut gefahren haben.

Allein nichts dergleichen geschah. Sogar Gesellschaft stellte sich ein, ein Boot mit musikalischen Wegelagerern, Männern und Weibern, die zur Gitarre, zur Mandoline sangen, aufdringlich Bord an Bord mit der Gondel fuhren und die Stille über den Wassern mit ihrer gewinnsüchtigen Fremdenpoesie erfüllten. Aschenbach warf Geld in den hingehaltenen Hut. Sie schwiegen dann und fuhren davon. Und das Flüstern des Gondoliers war wieder wahrnehmbar, der stoßweise und abgerissen mit sich selber sprach.

So kam man denn an, geschaukelt vom Kielwasser eines zur Stadt fahrenden Dampfers. Zwei Munizipalbeamte, die Hände auf dem Rücken, die Gesichter der Lagune zugewandt, gingen am Ufer auf und ab. Aschenbach verließ am Stege die Gondel, unterstützt von jenem Alten, der an jedem Landungsplatze Venedigs mit seinem Enterhaken zur Stelle ist; und da es ihm an kleinerem Gelde fehlte, ging er hinüber in das der Dampferbrücke benachbarte Hotel, um dort zu wechseln und den Ruderer nach Gutdünken abzulohnen. Er wird in der Halle bedient, er kehrt zurück, er findet sein Reisegut auf einem Karren am Quai, und Gondel und Gondolier sind verschwunden.

»Er hat sich fortgemacht«, sagte der Alte mit dem Enterhaken. »Ein schlechter Mann, ein Mann ohne Konzession, gnädiger Herr. Er ist der einzige Gondolier, der keine Konzession besitzt. Die andern haben hierher telephoniert. Er sah, daß er erwartet wurde. Da hat er sich fortgemacht.«

Aschenbach zuckte die Achseln.

»Der Herr ist umsonst gefahren«, sagte der Alte und

hielt den Hut hin. Aschenbach warf Münzen hinein. Er gab Weisung, sein Gepäck ins Bäder-Hotel zu bringen, und folgte dem Karren durch die Allee, die weißblühende Allee, welche, Tavernen, Basare, Pensionen zu beiden Seiten, quer über die Insel zum Strande läuft.

Er betrat das weitläufige Hotel von hinten, von der Gartenterrasse aus und begab sich durch die große Halle und die Vorhalle ins Office. Da er angemeldet war, wurde er mit dienstfertigem Einverständnis empfangen. Ein Manager, ein kleiner, leiser, schmeichelnd höflicher Mann mit schwarzem Schnurrbart und in französisch geschnittenem Gehrock, begleitete ihn im Lift zum zweiten Stockwerk hinauf und wies ihm sein Zimmer an, einen angenehmen, in Kirschholz möblierten Raum, den man mit stark duftenden Blumen geschmückt hatte und dessen hohe Fenster die Aussicht aufs offene Meer gewährten. Er trat an eins davon, nachdem der Angestellte sich zurückgezogen, und während man hinter ihm sein Gepäck hereinschaffte und im Zimmer unterbrachte, blickte er hinaus auf den nachmittäglich menschenarmen Strand und die unbesonnte See, die Flutzeit hatte und niedrige, gestreckte Wellen in ruhigem Gleichtakt gegen das Ufer sandte.

Die Beobachtungen und Begegnisse des Einsam-Stummen sind zugleich verschwommener und eindringlicher als die des Geselligen, seine Gedanken schwerer, wunderlicher und nie ohne einen Anflug von Traurigkeit. Bilder und Wahrnehmungen, die mit einem Blick, einem Lachen, einem Urteilsaustausch leichthin abzutun wären, beschäftigen ihn über Gebühr, vertiefen sich im Schweigen, werden bedeutsam, Erlebnis, Abenteuer, Gefühl. Einsamkeit zeitigt das Originale, das gewagt und befremdend Schöne, das Gedicht. Einsamkeit zeitigt aber auch das Verkehrte, das Unverhaltnismäßige, das Absurde und Unerlaubte. – So beunruhigten die Erscheinungen der Herreise, der gräßliche alte Stutzer mit seinem Gefasel vom Liebchen, der verpönte, um seinen Lohn geprellte Gondolier, noch jetzt das Gemüt des Reisenden. Ohne der Vernunft Schwierigkeiten zu bieten, ohne eigentlich Stoff zum Nachdenken zu geben, waren sie dennoch grundsonderbar von Natur, wie es ihm schien, und beunruhigend wohl eben durch diesen Widerspruch. Dazwischen grüßte er das Meer mit den Augen und empfand Freude, Venedig in so leicht erreichbarer Nähe zu wissen. Er wandte sich endlich, badete sein Gesicht, traf gegen das Zimmermädchen einige Anordnungen zur Vervollständigung seiner Bequemlichkeit und ließ sich von dem grüngekleideten Schweizer, der den Lift bediente, ins Erdgeschoß hinunterfahren.

Er nahm seinen Tee auf der Terrasse der Seeseite, stieg dann hinab und verfolgte den Promenadenquai eine gute Strecke in der Richtung auf das Hotel Excelsior. Als er zurückkehrte, schien es schon an der Zeit, sich zur Abendmahlzeit umzukleiden. Er tat es langsam und genau, nach seiner Art, da er bei der Toilette zu arbeiten gewöhnt war, und fand sich trotzdem ein wenig verfrüht in der Halle ein, wo er einen großen Teil der Hotelgäste, fremd untereinander und in gespielter gegenseitiger Teilnahmslosigkeit, aber in der gemeinsamen Erwartung des Essens, versammelt fand.

Er nahm eine Zeitung vom Tische, ließ sich in einen Ledersessel nieder und betrachtete die Gesellschaft, die sich von derjenigen seines ersten Aufenthaltes in einer ihm angenehmen Weise unterschied.

Ein weiter, duldsam vieles umfassender Horizont tat sich auf. Gedämpft vermischten sich die Laute der großen Sprachen. Der weltgültige Abendanzug, eine Uniform der Gesittung, faßte äußerlich die Spielarten des Menschlichen zu anständiger Einheit zusammen. Man sah die trockene und lange Miene des Amerikaners, die vielgliedrige russische Familie, englische Damen, deutsche Kinder mit französischen Bonnen. Der slawische Bestandteil schien vorzuherrschen. Gleich in der Nähe ward polnisch gesprochen.

Es war eine Gruppe halb und kaum Erwachsener, unter der Obhut einer Erzieherin oder Gesellschafterin um ein Rohrtischchen versammelt: Drei junge Mädchen, fünfzehn- bis siebzehnjährig, wie es schien, und ein langhaariger Knabe von vielleicht vierzehn Jahren. Mit Erstaunen bemerkte Aschenbach, daß der Knabe vollkommen schön war. Sein Antlitz, bleich und anmutig verschlossen, von honigfarbenem Haar umringelt, mit der gerade abfallenden Nase, dem lieblichen Munde, dem Ausdruck von holdem und göttlichem Ernst, erinnerte an griechische Bildwerke aus edelster Zeit, und bei reinster Vollendung der Form war es von so einmalig persönlichem Reiz, daß der Schauende weder in Natur noch bildender Kunst etwas ähnlich Geglücktes angetroffen zu haben glaubte. Was ferner auffiel, war ein offenbar grundsätzlicher Kontrast zwischen den erzieherischen Gesichtspunkten, nach denen die Geschwister gekleidet und allgemein gehalten schienen. Die Herrichtung der drei Mädchen, von denen die Älteste für erwachsen gelten konnte, war bis zum Entstellenden herb und keusch. Eine gleichmäßig klösterliche Tracht, schieferfarben, halblang, nüchtern und gewollt unkleidsam von Schnitt, mit weißen Fallkrägen als einziger Aufhellung, unterdrückte und verhinderte jede Gefälligkeit der Gestalt. Das glatt und fest an den Kopf geklebte Haar ließ die Gesichter nonnenhaft leer und nichtssagend erscheinen. Gewiß, es war eine Mutter, die hier waltete, und sie dachte nicht einmal daran, auch auf den Knaben die pädagogische Strenge anzuwenden, die ihr den Mädchen gegenüber geboten schien. Weichheit und Zärtlichkeit bestimmten ersichtlich seine Existenz. Man hatte sich gehütet, die Schere an sein schönes Haar zu legen; wie beim Dornauszieher lockte es sich in die Stirn, über die Ohren und tiefer noch in den Nacken. Das englische Matrosenkostüm, dessen bauschige Ärmel sich nach unten verengerten und die feinen Gelenke seiner noch kindlichen, aber schmalen Hände knapp umspannten, verlieh mit seinen Schnüren, Maschen und Stickereien der zarten Gestalt etwas Reiches und Verwöhntes. Er saß, im Halbprofil gegen den Betrachtenden, einen Fuß im schwarzen Lackschuh vor den andern gestellt, einen Ellenbogen auf die Armlehne seines Korbsessels gestützt, die Wange an die geschlossene Hand geschmiegt, in einer Haltung von lässigem Anstand und ganz ohne die fast untergeordnete Steifheit, an die seine weiblichen Geschwister gewöhnt schienen. War er leidend? Denn die Haut seines Gesichtes stach weiß wie Elfenbein gegen das goldige Dunkel der umrahmenden Locken ab. Oder war er einfach ein verzärteltes Vorzugskind, von parteilicher und launischer Liebe getragen? Aschenbach war geneigt, dies zu glauben. Fast jedem Künstlernaturell ist ein üppiger und verräterischer Hang eingeboren, Schönheit schaffende Ungerechtigkeit anzuerkennen und aristokratischer Bevorzugung Teilnahme und Huldigung entgegenzubringen.

Ein Kellner ging umher und meldete auf englisch, daß die Mahlzeit bereit sei. Allmählich verlor sich die Gesellschaft durch die Glastür in den Speisesaal. Nachzügler, vom Vestibül, von den Lifts kommend, gingen vorüber. Man hatte drinnen zu servieren begonnen, aber die jungen Polen verharrten noch um ihr Rohrtischchen, und Aschenbach, in tiefem Sessel behaglich aufgehoben und übrigens das Schöne vor Augen, wartete mit ihnen.

Die Gouvernante, eine kleine und korpulente Halbdame mit rotem Gesicht, gab endlich das Zeichen, sich zu erheben. Mit hochgezogenen Brauen schob sie ihren Stuhl zurück und verneigte sich, als eine große Frau, grau-weiß gekleidet und sehr reich mit Perlen geschmückt, die Halle betrat. Die Haltung dieser Frau war kühl und gemessen, die Anordnung ihres leicht gepuderten Haares sowohl wie die Machart ihres Kleides von jener Einfachheit, die überall da den Geschmack bestimmt, wo Frömmigkeit als Bestandteil der Vornehmheit gilt. Sie hätte die Frau eines hohen deutschen Beamten sein können. Etwas phantastisch Luxuriöses kam in ihre Erscheinung einzig durch ihren Schmuck, der in der Tat kaum schätzbar war und aus Ohrgehängen, sowie einer dreifachen, sehr langen Kette kirschengroßer, mild schimmernder Perlen bestand.

Die Geschwister waren rasch aufgestanden. Sie beugten sich zum Kuß über die Hand ihrer Mutter, die mit einem zurückhaltenden Lächeln ihres gepflegten, doch etwas müden und spitznäsigen Gesichtes über ihre Köpfe hinwegblickte und einige Worte in französischer Sprache an die Erzieherin richtete. Dann schritt sie zur Glastür. Die Geschwister folgten ihr: die Mädchen in der Reihenfolge ihres Alters, nach ihnen die Gouvernante, zuletzt der Knabe. Aus irgendeinem Grunde wandte er sich um, bevor er die Schwelle überschritt, und da niemand sonst mehr in der Halle sich aufhielt, begegneten seine eigentümlich dämmergrauen Augen denen Aschenbachs, der, seine Zeitung auf den Knien, in Anschauung versunken, der Gruppe nachblickte.

Was er gesehen, war gewiß in keiner Einzelheit auffallend gewesen. Man war nicht vor der Mutter zu Tische gegangen, man hatte sie erwartet, sie ehrerbietig begrüßt und beim Eintritt in den Saal gebräuchliche Formen beobachtet. Allein das alles hatte sich so ausdrücklich, mit einem solchen Akzent von Zucht, Verpflichtung und Selbstachtung dargestellt, daß Aschenbach sich sonderbar ergriffen fühlte. Er zögerte noch einige Augenblicke, ging dann auch seinerseits in den Speisesaal hinüber und ließ sich sein Tischchen anweisen, das, wie er mit einer kurzen Regung des Bedauerns feststellte, sehr weit von dem der polnischen Familie entfernt war.

Müde und dennoch geistig bewegt, unterhielt er sich während der langwierigen Mahlzeit mit abstrakten, ja transzendenten Dingen, sann nach über die geheimnisvolle Verbindung, welche das Gesetzmäßige mit dem Individuellen eingehen müsse, damit menschliche Schönheit entstehe, kam von da aus auf allgemeine Probleme der Form und der Kunst und fand am Ende, daß seine Gedanken und Funde gewissen scheinbar glücklichen Einflüsterungen des Traumes glichen, die sich bei ernüchtertem Sinn als vollständig schal und untauglich erweisen. Er hielt sich nach Tische rauchend, sitzend, umherwandelnd, in dem abendlich duftenden Parke auf, ging zeitig zur Ruhe und verbrachte die Nacht in anhaltend tiefem, aber von Traumbildern verschiedentlich belebtem Schlaf.

Das Wetter ließ sich am folgenden Tage nicht günstiger an. Landwind ging. Unter fahl bedecktem Himmel lag das Meer in stumpfer Ruhe, verschrumpft gleichsam, mit nüchtern nahem Horizont und so weit vom Strande zurückgetreten, daß es mehrere Reihen langer Sandbänke freiließ. Als Aschenbach sein Fenster öffnete, glaubte er den fauligen Geruch der Lagune zu spüren.

Verstimmung befiel ihn. Schon in diesem Augenblick dachte er an Abreise. Einmal, vor Jahren, hatte nach heiteren Frühlingswochen hier dies Wetter ihn heimgesucht und sein Befinden so schwer geschädigt, daß er Venedig wie ein Fliehender hatte verlassen müssen. Stellte nicht schon wieder die fiebrige Unlust von damals, der Druck in den Schläfen, die Schwere der Augenlider sich ein? Noch einmal den Aufenthalt zu wechseln würde lästig sein; wenn aber der Wind nicht umschlug, so war seines Bleibens hier nicht. Er packte zur Sicherheit nicht völlig aus. Um neun Uhr frühstückte er in dem hiefür vorbehaltenen Büfettzimmer zwischen Halle und Speisesaal.

In dem Raum herrschte die feierliche Stille, die zum Ehrgeiz der großen Hotels gehört. Die bedienenden Kellner gingen auf leisen Sohlen umher. Ein Klappern des Teegerätes, ein halbgeflüstertes Wort war alles, was man vernahm.

In einem Winkel, schräg gegenüber der Tür und zwei Tische von seinem entfernt, bemerkte Aschenbach die polnischen Mädchen mit ihrer Erzieherin. Sehr aufrecht, das aschblonde Haar neu geglättet und mit geröteten Augen, in steifen blauleinenen Kleidern mit kleinen weißen Fallkrägen und Manschetten saßen sie da und reichten einander ein Glas mit Eingemachtem. Sie waren mit ihrem Frühstück fast fertig. Der Knabe fehlte.

Aschenbach lächelte. Nun kleiner Phäake! dachte er. Du scheinst vor diesen das Vorrecht beliebigen Ausschlafens zu genießen. Und plötzlich aufgeheitert rezitierte er bei sich selbst den Vers:

»Oft veränderten Schmuck und warme Bäder und Ruhe.«

Er frühstückte ohne Eile, empfing aus der Hand des Portiers, der mit gezogener Tressenmütze in den Saal kam, einige nachgesandte Post und öffnete, eine Zigarette rauchend, ein paar Briefe. So geschah es, daß er dem Eintritt des Langschläfers noch beiwohnte, den man dort drüben erwartete.

Er kam durch die Glastür und ging in der Stille schräg durch den Raum zum Tisch seiner Schwestern. Sein Gehen war sowohl in der Haltung des Oberkörpers wie in der Bewegung der Knie, dem Aufsetzen des weiß beschuhten Fußes von außerordentlicher Anmut, sehr leicht, zugleich zart und stolz und verschönt noch durch die kindliche Verschämtheit, in welcher er zweimal unterwegs, mit einer Kopfwendung in den Saal, die Augen aufschlug und senkte. Lächelnd, mit einem halblauten Wort in seiner weich verschwommenen Sprache nahm er seinen Platz ein, und jetzt zumal, da er dem Schauenden sein genaues Profil zuwandte, erstaunte dieser aufs neue, ja erschrak über die wahrhaft gottähnliche Schönheit des Menschenkindes. Der Knabe trug heute einen leichten Blusenanzug aus blau und weiß gestreiftem Waschstoff mit rotseidener Masche auf der Brust und am Halse von einem einfachen weißen Stehkragen abgeschlossen. Auf diesem Kragen aber, der nicht einmal sonderlich elegant zum Charakter des Anzugs passen wollte, ruhte die Blüte des Hauptes in unvergleichlichem Liebreiz, – das Haupt des Eros, vom gelblichen Schmelze parischen Marmors, mit feinen und ernsten Brauen, Schläfen und Ohr vom rechtwinklig einspringenden Geringel des Haares dunkel und weich bedeckt.

Gut, gut! dachte Aschenbach mit jener fachmännisch kühlen Billigung, in welche Künstler zuweilen einem Meisterwerk gegenüber ihr Entzücken, ihre Hingerissenheit kleiden. Und weiter dachte er: Wahrhaftig, erwarteten mich nicht Meer und Strand, ich bliebe hier, solange du bleibst! So aber ging er denn, ging unter den Aufmerksamkeiten des Personals durch die Halle, die große Terrasse hinab und geradeaus über den Brettersteg zum abgesperrten Strand der Hotelgäste. Er ließ sich von dem barfüßigen Alten, der sich in Leinwandhose, Matrosenbluse und Strohhut dort unten als Bademeister tätig zeigte, die gemietete Strandhütte zuweisen, ließ Tisch und Sessel hinaus auf die sandig bretterne Plattform stellen und machte es sich bequem in dem Liegestuhl, den er weiter zum Meere hin in den wachsgelben Sand gezogen hatte.

Das Strandbild, dieser Anblick sorglos sinnlich genießender Kultur am Rande des Elementes, unterhielt und erfreute ihn wie nur je. Schon war die graue und flache See belebt von watenden Kindern, Schwimmern, bunten Gestalten, welche die Arme unter dem Kopf verschränkt auf den Sandbänken lagen. Andere ruderten in kleinen rot und blau gestrichenen Booten ohne Kiel und kenterten lachend. Vor der gedehnten Zeile der Capannen, auf deren Plattformen man wie auf kleinen Veranden saß, gab es spielende Bewegung und träg hingestreckte Ruhe, Besuche und Geplauder, sorgfältige Morgen-Eleganz neben der Nacktheit, die keck-behaglich die Freiheiten des Ortes genoß. Vorn auf dem feuchten und festen Sande lustwandelten einzelne in weißen Bademänteln, in weiten, starkfarbigen Hemdgewändern. Eine vielfältige Sandburg zur Rechten, von Kindern hergestellt, war rings mit kleinen Flaggen in den Farben aller Länder besteckt. Verkäufer von Muscheln, Kuchen und Früchten breiteten kniend ihre Waren aus. Links, vor einer der Hütten, die quer zu den übrigen und zum Meere standen und auf dieser Seite einen Abschluß des Strandes bildeten, kampierte eine russische Familie: Männer mit Bärten und großen Zähnen, mürbe und träge Frauen, ein baltisches Fräulein, das an einer Staffelei sitzend unter Ausrufen der Verzweiflung das Meer malte, zwei gutmütighäßliche Kinder, eine alte Magd im Kopftuch und mit zärtlich unterwürfigen Sklavenmanieren. Dankbar genießend lebten sie dort, riefen unermüdlich die Namen der unfolgsam sich tummelnden Kinder, scherzten vermittelst weniger italienischer Worte lange mit dem humoristischen Alten, von dem sie Zuckerwerk kauften, küßten einander auf die Wangen und kümmerten sich um keinen Beobachter ihrer menschlichen Gemeinschaft.

Ich will also bleiben, dachte Aschenbach. Wo wäre es besser? Und die Hände im Schoß gefaltet, ließ er seine Augen sich in den Weiten des Meeres verlieren, seinen Blick entgleiten, verschwimmen, sich brechen im eintönigen Dunst der Raumeswüste. Er liebte das Meer aus tiefen Gründen: aus dem Ruheverlangen des schwer arbeitenden Künstlers, der vor der anspruchsvollen Vielgestalt der Erscheinungen an der Brust des Einfachen, Ungeheuren sich zu bergen begehrt; aus einem verbotenen, seiner Aufgabe gerade entgegengesetzten und ebendarum verführerischen Hange zum Ungegliederten, Maßlosen, Ewigen, zum Nichts. Am Vollkommenen zu ruhen, ist die Sehnsucht dessen, der sich um das Vortreffliche müht; und ist nicht das Nichts eine Form des Vollkommenen?

ANNA LARCHER

Cure

In den Sommerferien geht es in ein Land, dessen Sprache wir nicht sprechen. Wir fahren frühmorgens los und kommen abends an. Es ist schwül in unserem kleinen Auto und die Oberschenkel kleben an den Sitzen. Wenn wir die Autobahn verlassen und Mama endlich *jetzt* sagt, dürfen wir die Fensterscheiben runterkurbeln. Dann strecken wir die Arme aus dem Fenster, riechen die fremde Luft. Es ist alles ein bisschen schiefer und alles ein bisschen bunter als zu Hause. Die Häuser sitzen hier tiefer im Boden.

Wir fahren an der blauen Tafel vorbei – dieses Jahr können wir die weiße Schrift auch entziffern: Wir lesen langsam, verstehen nicht, warum das s ein Dach und das c einen Strich hat. Du liest laut: *Capresiz*.

Zaprešić, korrigiert Mama.

Nach der blauen Tafel einmal um den großen Kreisel und zur Tankstelle, wo wir anhalten, um zu tanken, obwohl wir gleich da sind. Mama raucht, an unser kleines Auto gelehnt. Sie raucht nur im Sommer und nur hier. Wir finden, es stinkt. Wir finden, sie riecht dann anders. Wir rennen ums Auto, um die Säulen, reißen die schwarzen Schläuche los – wir sind aufgeregt, so wie jedes Jahr. Wir ziehen die Sandalen ab, der Asphalt ist warm. Testen uns gegenseitig, ob wir noch zählen können in der fremden Sprache, die wir nur von Mamas Telefongesprächen und dem Sommer kennen: *jedan, dva, tri, četiri*.

Wir sind aufgeregt zu sehen, ob alles noch so ist wie immer. Hüpfen vor Mama auf und ab, zerren an ihrem Kleid und an ihren Armen. Aber jedes Mal ist alles wie immer: Beim rosaroten Haus geht's um die Kurve, ich schnalle mich ab, du schreist empört: *He, noch nicht! – Mama!* Und Mama sagt wie jedes Jahr nichts, sieht nur geradeaus, murmelt leise: *Wir sind fast da*. Also schnallst du dich auch ab.

Alle Häuser in der Straße sehen gleich aus. Die gleiche braune Farbe, alle komisch dünn, der gleiche kurze, langweilige Rasen davor. Vor dem letzten Haus in der Straße halten wir an. Ich öffne die Autotür, renne zum Gartentor und reiße es auf; hopse die drei Steinplatten entlang, die zwei Stufen hoch in Bakicas Arme.

Bakica trägt immer eine Schürze und riecht so, wie ihre Küche riecht. Dort gehen wir auch als Erstes hin: Es gibt Schnitzel und Palačinken. Bakica redet mit uns, die Wörter klingen wie Purzelbäume – manchmal verstehen wir sie, oft auch nicht. An manche Wörter erinnern wir uns: Gut. Essen. Käse. Brot. Bett. Schule. Und wenn wir Bakica anstarren, weil wir eben nicht verstehen, sagt sie nur: *Cure, cure*. Mädchen, Mädchen.

Wir rennen ins Zimmer unterm Dach und die Bretter der Treppe wackeln bei jedem Tritt. Wir reißen die Fenster auf. Es ist heiß, viel zu heiß. Wir sind aufgedreht, streiten uns, wer beim Fenster und wer im Eck an der Wand schläft. Mama entscheidet, ich verliere dieses Jahr, du darfst ans Fenster. Im kleinen Badezimmer putzen wir die Zähne, ich sitze auf der Waschmaschine. Bakica bringt uns Handtücher, *cure, cure*. Wenn wir auf unseren Matratzen liegen, das Licht gelöscht, kommt sie nochmals ins Zimmer und sagt *laku noć*, Gute Nacht. Mama gibt uns einen Kuss auf die Stirn, schließt die Tür. Oft sind wir zu aufgeregt zum Schlafen, schleichen raus in den Flur, treten nur dort auf, wo der Boden nicht knarzt, und schielen von der Treppe aus runter ins Wohnzimmer: Mama und Bakica sitzen auf dem ausgesessenen Sofa, es ist rot und man sinkt weich in die Kissen ein. Die Wanduhr schlägt laut, wir zählen mit: *deset*, zehn.

Am nächsten Morgen steuern wir Legotrucks durch die langen Fransen des Wohnzimmerteppichs, geben im Garten den sechs Gartenzwergen Namen und setzen uns abwechselnd auf die Schaukel, bis wir nicht mehr warten können: In Badehosen gekleidet, setzen wir uns ins Auto. Meine ist gelb mit roten Seesternchen, deine blau mit grünen Krokodilen. Das Leder des Sitzes ist alt und brüchig, es piekst in meine rechte Pobacke. Mama lädt die Taschen in den Kofferraum, und Bakica hat wie jedes Jahr Semmeln mit *marelica*-Marmelade geschmiert. Sie steigt vorne ein und schimpft: *Ma ne! Što je to?!* Purzelbaum, Purzelbaum – im Auto trägt man Hosen oder Röcke, keine Badehose mit Seesternchen und Krokodilen, findet Bakica. Mama startet den Wagen, sagt laut etwas in der anderen Sprache. Bakica antwortet noch lauter. Sie streiten den ganzen Weg, bis zur Tankstelle, wo wir immer halten und uns Bakica die Semmeln gibt.

Mama steigt aus. Sie raucht normalerweise eine, heute aber zwei Zigaretten. Bakica hustet übertrieben und kurbelt das Fenster hoch, dabei riechen wir im Auto den Rauch gar nicht. *Cure, cure.*

Als Mama wieder einsteigt, schweigen wir alle. Es ist seltsam still. Ich lausche dem Rauschen der anderen Autos und wühle mit meinem Zeigefinger im kleinen Loch an der rechten Seite des Fahrersitzes.

Wir fragen Mama, *wie weit noch?*, obwohl wir wissen, dass es noch weit ist. Dass wir noch an ganz vielen grünen Hügeln und großen Schildern vorbeifahren müssen. Noch dreimal anhalten werden, weil Bakica immer Pipi muss. Meine Wangen sind immer heißer, meine Füße zappeliger. *Wie lange noch?* Du singst die Weihnachtslieder, die wir in der Schule gelernt haben. *Weihnachtslieder singt man nicht im Sommer*, rufe ich, und du wirst wütend, weil ich auf deine Sitzseite gekommen bin.

Bei der dritten Tankstelle scheint die Sonne so hell, dass ich die Augen zusammenkneifen muss. Ich darf eine Cola und du einen Eistee trinken, darum weiß ich, dass wir bald beim langen Tunnel sind. Als wir dort einfahren, schließt Bakica die Augen. Sie mag Tunnel nicht. Ihr wird schlecht davon, hat uns Mama erklärt. Ich beuge mich vor und warne sie: *Noch nicht! Augen weiter zu lassen, Bakica!* Mama flüstert ihr etwas zu, und Bakica sucht meine Hand. Ihre Haut ist ganz hart und faltig. Der Tunnel ist sehr lange, über fünf Kilometer, hat Mama gesagt. Länger als unser Weg zur Schule. Du lehnst dich bei jeder Kurve nach vorne, aber das Ende ist noch nicht in Sicht. *Die Augen weiter zu lassen, Bakica.* Es kribbelt in meinen Füßen. Endlich sehen wir das halbrunde Licht, das schnell größer wird. Du quiekst, und ich drücke vor Aufregung Bakicas Lederhand.

Wir fliegen aus dem Tunnel – ich sehe Flecken, viele kleine dunkle Kreise, die zucken. Ich blinzle schnell, erkenne langsam wieder die Autobahn und die drei Autos vor uns, dunkelblau, schwarz, weiß.

Bakica, mach die Augen auf!, rufst du aufgeregt. Du hüpfst im Sitz, deine Hand an der Fensterscheibe. Wir lachen, schauen auf die braungelbe Steinwand, die vorbeizieht. *Wie lange noch?*, fragst du, und Mama antwortet: *Noch ein bisschen.*

Bakica drückt noch einmal meine Hand, bevor sie sie loslässt. In meinem Bauch ist es jetzt ganz warm. Wir lehnen uns über den Sitz in der Mitte, um vorne rauszugucken, wollen alles sehen, wollen es ja nicht verpassen, und da fahren wir auch schon um die Kurve und du kreischst: *Da!* Und jetzt sehe ich ihn auch, den glitzernden Streifen Hellblau am Horizont. Er taucht kurz wieder ab – *da!* –, und kommt als dünner Strich wieder zum Vorschein.

Bakica fragt, was los sei. *Das Meer! Da!* Sie dreht den Kopf nach links, *gdje to?*, sie guckt nach vorne, guckt in die falsche Richtung, wie kann sie es nicht sehen? *Da, Bakica, da!* Wir fuchteln wild und tippen hibbelig ans Fenster.

Ihr macht mir lauter Fettflecken, schimpft Mama.

Ah, more, sagt Bakica überrascht, und Mama muss lachen.

Wir jauchzen, schauen auf das glitzernde Blau, es ist noch schöner, noch größer als letztes Jahr. Ich rufe, dass ich heute noch baden möchte, und du, dass du morgen die Badehose mit den Fischen anziehst. Und wie jedes Jahr sage ich: *Bitte, Mama.* Und ihre dunklen Augen im Rückspiegel sehen mich eine Weile an, bevor sie nickt. Wenn sie *jetzt* sagt, kurble ich das Fenster runter. Strecke die Hand aus dem Fenster und spüre die heiße Luft in meinem Gesicht, atme ein. Es riecht salzig, nach Meer.

KURT TUCHOLSKY

Koffer auspacken

In der Fremde den Koffer auspacken, der etwas später gekommen ist, weil er sich unterwegs mit andern Koffern noch unterhalten mußte: das ist recht eigentümlich.

Du hast dich schon ein bißchen eingelebt, der Türgriff wird leise Freund in deiner Hand, unten das Café fängt schon an, dein Café zu sein, schon sind kleine Gewohnheiten entstanden ... da kommt der Koffer. Du schließt auf –

Eine Woge von Heimat fährt dir entgegen.

Zeitungspapier raschelt, und auf einmal ist alles wieder da, dem du entrinnen wolltest. Man kann nicht entrinnen. Ein Stiefel guckt hervor, Taschentücher, sie bringen alles mit, fast peinlich vertraut sind sie dir, schämst du dich ihrer? Wie zu nahe Verwandte, denen du in einer fremden Gesellschaft begegnest; alle siezen dich, sie aber sagen dir: Du –! und drohen am Ende noch, sprichst du mit einer Frau, schelmisch mit dem Finger. Das mag man nicht.

Wer hat den Koffer gepackt? Sie? Eine warme Welle steigt dir zum Herzen empor. So viel Liebe, so viel Sorge, so viel Mühe und Arbeit! Hast du ihr das gedankt? Wenn sie jetzt da wäre ... Sie ist aber nicht da. Und wenn sie da sein wird, wirst du es ihr nicht danken.

Die Sachen im Koffer sprechen nicht die Sprache des Landes, nicht die Sprache der Stadt, in der du dich befindest. Ihre stumme Ordnung, ihre sachliche Sauberkeit im engen Raum sind noch von da drüben. Da liegen sie und sprechen schweigend. Mit etwas abwesenden Augen stehst du im Hotelzimmer und erinnerst dich nicht ... nein, du bist gar nicht da – du bist da, wo sie herkommen, atmest die alte Luft und hörst die alten, vertrauten Geräusche ... Zwei Leben lebst du in diesem Augenblick: eines körperlich, hier, das ist unwahrhaftig; ein andres seelisch, das ist ganz wahr.

Ein Mann, der sich lyrisch Hosen in den Schrank hängt! Schämen solltest du dich was! Tuts ein Junggeselle, dann geht es noch an; mit sachlich geübten Händen baut er auf und packt fort, glättet hier und bürstet da ... Ein Verheirateter, das ist immer ein bißchen lächerlich; wie ein plötzlich selbständiges Wickelkind ist er, ohne Muttern, etwas allein gelassen in der weiten Welt.

Der Bademantel erinnert nicht nur; in seinen Falten liegen Stücke jener andern Welt, aus der du kamst. Das ist schon so. Aber faltest du ihn auseinander, dann fallen die Stücke heraus, verflüchtigen sich, auf einmal hängt er vertraut und doch fremd da, ein gleichgültiger Bademantel, den das Ganze nicht so sehr viel angeht ... Und da ist etwas praktisch zusammengerollt, hier ist ein besonderer Trick des Packens zu sehn, hast du die Krawatten gestreichelt, alter Junge? Als ob du noch nie gereist wärst!

Leicht irr stehst du im Zimmer, in der einen Hand einen Leisten, in der andern zwei Paar Socken, und stierst vor dich hin. Gut, daß dich keiner sieht. Um dich ist Bäumerauschen, ein Klang, Schmettern dreier Kanarienvögel und eine Intensität des fremden Lebens, die du dort niemals gefühlt hast. Tropfen quillen aus einem Schwamm, den du nie, nie richtig ausgepreßt hast. So saftig war er? Hast du das nicht gewußt? Zu selbstverständlich war es, du warst undankbar – das weißt du jetzt, wo es zu spät ist.

Eine Parfumflasche ist zerbrochen, das gute Laken hat einen grünlichen Fleck, ein Geruch steigt auf, und jetzt erinnert sich die Nase. Die hat das beste Gedächtnis von allen! Sie bewahrt Tage auf und ganze Lebenszeiten; Personen, Strandbilder, Lieder, Verse, an die du nie mehr gedacht hast, sind auf einmal da, sind ganz lebendig, guten Tag! Guten Tag, sagst du überrascht, ziehst den alten Geruch noch einmal ein, aber nach dem ersten Aufblitzen der Erinnerung kommt dann nicht mehr viel, denn was nicht gleich wieder da ist, kommt nie mehr. Schade um das Parfum, übrigens. Die Flasche hat unten ein häßlich gezacktes Loch, es sieht fast so aus, wie etwas, daraus das Leben entwichen ist …

Also das ist dummer Aberglaube, es ist ganz einfach eine zerbrochene Flasche.

Unten, auf dem Boden des Koffers, liegen noch ein paar Krümel, Reisekrümel, Meteorstaub fremder Länder. Jetzt ist der Koffer leer.

Und da liegen deine Siebensachen auf den Stühlen und auf dem Bett, und nun räumst du sie endgültig ein. Jetzt ist das Zimmer satt und voll, fast schon ein kleines Zuhause, und alle Erinnerungen sind zerweht, verteilt und dahin. Noch ein kleines – und du wirst dich auf deiner nächsten Station zurücksehnen: nach diesem Zimmer, nach diesem dummen Hotelzimmer.

1927

PETER BICHSEL

Vom Meer

Dann wäre noch zu sagen, daß es mir hier sehr gut gefällt, ich lege auch eine Ansichtskarte bei, dort wo das Kreuz steht, wohne ich, im ersten Stock, das Fenster mit den geschlossenen Läden. Hier ist es schon sehr heiß, gestern stieg das Thermometer über 30 Grad. Gut, daß immer ein leichter Wind vom Meer her weht.

Ein Brief, geschrieben am 19. Mai, irgendwo steckengeblieben und hier am 25. eingetroffen, fremde Briefmarke, verwischter Stempel und auch ein Geruch; Geruch, wie ihn Briefe haben. Noch im Treppenhaus reißt sie ihn auf, blättert ihn durch, bleibt vor der Wohnungstür stehen, liest den Satz fertig, greift blind nach der Türfalle. Jetzt ist der Umschlag zerrissen, der Absender unleserlich, Via Alberti, vielleicht.

Vielleicht ist das Meer im Frühling nicht so lächerlich. Gut, daß immer ein leichter Wind vom Meer her weht. Der 19. war ein Sonntag, dolce far niente, Brief geschrieben, am Montag auf die Post gebracht, gut, daß immer ein leichter Wind vom Meer her weht. »Gut« und einige Sätze über Palmen, Pizzas und Venedig. Und unter der Adresse steht »Svizzera« in großen Buchstaben, zweimal unterstrichen. Wer sammelt Briefmarken?

Sie faltet den Brief, faltet ihn noch einmal, faltet ihn zu einem kleinen Paket, öffnet ihn, streicht ihn glatt und denkt nach. Heute hat es geregnet, sie versucht den Brief wegzulegen, versucht, sich Italien vorzustellen – Espresso mit einem Glas Wasser, Acqua, Campari und ein Tellerchen mit Oliven –, zündet sich dann endlich eine Zigarette an, faltet den Brief wieder.

Und er schreibt »gut«, gut, daß immer ein leichter Wind vom Meer her weht. Er ist in seinem Zimmer, ein Sonntag irgendwo am Meer, Mittelmeer, Via Alberti sehr wahrscheinlich, schreibt diesen Brief, der heute am 25. angekommen ist, den der Postbote mit den Zeitungen, den Drucksachen, den Rechnungen in den Briefkasten gesteckt hat, diesen Brief, der nicht verlorengegangen ist, der eine vollständige Adresse trägt, der einen Empfänger gefunden hat, einen Brief vom Meer.

Er schreibt, was man vom Meer schreibt und daß es blau sei und er schreibt »herzliche Grüße« wie man »herzliche Grüße« schreibt und er entschuldigt seine Schrift, entschuldigt sein langes Schweigen und schreibt, daß es gut sei, daß immer ein leichter Wind vom Meer her wehe.

Dann, später einmal, wirft der Postbote einen Brief in den Kasten, und unter der Adresse steht »Svizzera«, und es ist seine Schrift, und es ist angenehm am Meer, es gefällt ihm gut.

URS WIDMER

Der Müll an den Stränden

Wisst ihr noch, wie es war?, erinnert ihr euch? Hört ihr noch, tief in euch verborgen, den Nachhall jener Tage, da die Meere an die Gestade schlugen, die menschenleer waren? Wo keiner ging?, keine schritt? Als der Wind das Schilfgras bog, die Salzluft über Steine strich? Nicht einmal eine Eidechse huschte. Der Himmel war blau, groß, leuchtend, aber in wilden Nächten erinnerten Gewitter an die Zeiten der Schöpfung, die noch nicht weit zurücklagen. Blitzkaskaden, ohrenbetäubendes Gedonner, Regen, als stürze der ganze Himmel herab. Aber dann, am nächsten Morgen: ein umso klareres Licht, Steine, die funkelten, dampfende Uferbäume. Viel mehr gab es nicht. Es gab die Zeit, und es gab die Schönheit. Die Zeit: das Schlagen der Wellen, von denen wir später den Rhythmus des Atmens lernten. Die Schönheit: überall. Alles war schön, alles. Die Steine waren schön. Die Büsche waren schön. Der Sand. Die Ginster. Die Luft leuchtete so, dass sie sichtbar war. Schön waren die Uferfelsen, die vom Wind schräggewehten Pinien, die Olivenbäume an den Hügelhängen, die Lavendel. Der Sand war weiß, gelb, zuweilen beinah rot.

Im Wasser war das Leben, nicht am Land. Im Wasser wuchsen die Korallen, die Algen, der Tang. Seesterne, Meerigel.

Zwischen blauen Felsen und violetten Unterwassergebirgen schwammen Schwärme aus Millionen Fischen, die, als hätten sie *einen* Willen, alle im selben Augenblick zur Seite zuckten, wegtauchten in schwarze Meeresgräben. Größere Fische mit breiten Mäulern schoben sich vorüber. Rochen segelten. Haie glitten lautlos. Dann wieder glitzernde Kleinstfische, wie Regengesprüh. Da, dort, überall. Ein Getümmel: dann hatte eine Muräne einen Barsch verschluckt. Die Flundern taten, als seien sie der Sandboden, bis sie jäh flohen. Grünes Licht von oben, da wo die todbringende Luft war, in die nie ein Meerbewohner hineinlugte.

An den Stränden gab es keine Lebewesen, hinter den Stränden auch nicht, schon gar nicht auf den Gebirgen, wo der Regen fiel und im Winter der Schnee. Nichts bewegte sich, kein Sandfloh hüpfte. Nur die Götter gingen, spurenlos. Der junge Zeus, dessen wahren Namen wir nicht anhören könnten – sein Klang würde uns zerreißen –, war noch auf keine Menschin aus, weil er noch nie eine gesehen hatte. Es gab noch keine, noch für Jahrmillionen nicht. Die Evolution hatte noch nicht einmal den Schwan ins Auge gefasst, geschweige denn den Stier. Sie tat sich mit den Einzellern schwer. Noch verwandelte sich Zeus nicht, wozu auch. Göttinnen gab es, die ja. Denen konnte er begegnen, wie er war. Elfen huschten, Gnome grunzten, und da und dort quiekten Geister, die sich balgten. Stille dann wieder, Stille, ewiglang, kratertief. Der eigene Herzschlag, hätten die Götter Herzen, wäre ein Donnern gewesen. Das Fallen einer Tannnadel war ein solches Getöse, dass alle Göttlichen innehielten und zu dem armen Baum hinschauten. Wenn

Schneeflocken auf die Berge fielen, lauschten sie fassungslos dem Geprassel.

Niemand weiß, welche Wesen sich als Erste aufs Feste wagten, in die Atemluft. Irgendein winziger Fisch vermutlich wurde von einer Welle gegen das Ufer gespült und machte nicht rechtzeitig rechtsumkehrt mit seinem Schwarm. Anders als andere vor ihm – ihre Kadaver lagen zu Millionen um ihn herum – war er nicht bereit zu sterben, erwies sich in seiner Todesnot als fähig, die Kiemen in Lungen zu verwandeln, und wand sich weg, kroch keuchend im feuchten Sand landeinwärts. Beine hatte er noch keine. Die Schöpfung ließ sich Zeit, und die Göttlichen nahmen den neuen Erdling nicht ernst, lasen die Botschaft, die er für sie hatte, nicht von seinen Lippen ab. »Hier bin ich, ich werde nicht der Einzige bleiben, der Lärm von meinesgleichen wird euch verscheuchen.« Wie war der erste Landlurch hässlich! Lippenlos, schrumpelig, grauenvoll. Die Götter, die Göttinnen glichen Blumen, Büschen. Sie *waren* Büsche und Bäume. Andere flogen, schwebten, wirbelten, schäumten, schwangen sich von Ast zu Ast oder glitten auf Wellen, und einige, Frauen wohl, waren so anmutig, dass die Sonne selber von ihnen geblendet wurde. Sie sangen, ja, die Göttinnen sangen. Ganze Inseln sangen, Kontinente. Die Meere dröhnten, auch wenn niemand da war, dem Gesang zu lauschen. Leis lockend weit draußen oder, wenn wir damals unterwegs hätten sein können und einem Gestade näher gekommen wären, tosend laut wie ein Niagara aus Klängen. Wer sich, als die Menschen erschaffen und die Schifffahrt erfunden war, dem Singen näherte, war verloren. Oder gerettet. Alte Sagen sagten zwar, dass die singenden Wesen ihre Bewunderer fräßen: aber dass keine und keiner zurückkehrten, könnte auch bedeuten, dass es auf den singenden Inseln unendlich viel schöner als anderswo war. Als überall sonst, im Tonlosen. Dass es keinen Grund gab, heimzukehren zu Frau und Kind und Hund. Zu Arbeit, Leid und Weh. Aber das war später. Noch sangen die Göttinnen allein, mit den Gnomen zuweilen, deren Grölen sie mochten, denn sie waren in einer Weise weitherzig, die es heute nicht mehr gibt. Sie lachten, wie sie sangen, und sie sangen, wie sie atmeten. – Was die Götter und Göttinnen aßen, wissen wir nicht. Ich denke, nichts. Vielleicht hat unser Unglück – ich meine, unser Menschenunglück – überhaupt erst damit begonnen, dass ein erster Affe Speise in sich hineinstopfte, aus Blödheit und Spielerei, nicht aus Notwendigkeit, und wir taten es ihm sogleich nach, weil wir *jede* Blödheit nachahmen. Kaum acht Stunden später hatten wir Bauchschmerzen. Seitdem hocken wir, Mann und Frau, Bettlerin und Kaiser, in langen Reihen am Wegrand, rund um den Erdball, hilflos. Es hilft uns nichts, unsere Schwäche zu verbergen. Machtvoll zu tun, unabhängig. Noch vom prunkvollsten Staatsempfang stürmen wir aufs Klo und reißen uns im Laufen die Orden weg, um noch rechtzeitig die Hosenträger zu lösen. Durch uns und nur durch uns kam der Dreck auf die Erde, der Abfall, die Ökologie. Hätten wir, wie die Götter, nichts gegessen, hätten wir uns gerettet. Vielleicht. Sicher. Nichts hinein, nichts heraus. Keine Bedürfnisse. Es gäbe keine Restaurants und kaum Ladengeschäfte. Hie und da ein paar Jeans, Hemden und Socken, das vielleicht. – Als der Tod noch gerecht war, in alten Zeiten, nahm er genau so viele Greise mit sich, wie Säuglinge hinzukamen. Keinen mehr, keinen weniger. Damals noch wären wir vielleicht, wenige nur und immer gleich viele, mit den Göttern ausgekommen, mit den Elfen und den Kobolden, die, den Göttern hierin gleich, auch keine Losung hinterlassen. Kein Gott geht in die Büsche, keine Göttin kauert sich ins Schilfgras. Auch die Urtiere kannten kein Fressen. Die Kartoffeln wucherten vor sich hin. Die Orangen fielen, überreif, von den Bäumen und verfaulten, Dünger für die nächsten Orangen. Die Kontinente, die noch nicht auseinandergebrochen waren, hätten uns überreichlich Platz geboten. Da einer, dort eine, weite Ebenen, am Horizont ein paar Giraffen und ein Gnu.

Es kann aber auch sein, dass jener wunderbare Maler viel späterer Jahre recht hatte, dem seine Phantasie oder ein Medici-Fürst befahl, eine Frau zu malen, die dem Meer entsteigt. Dass das, was er für ein Bild seiner Einbildungskraft hielt, eine Erinnerung war. Dass das erste Lebewesen, das aus dem Meer geboren wurde, kein Lurch war, kein Einzeller, sondern jene Frau, die – auf dem Bild – aus einer Muschel tritt, sich trockenschüttelt, sich die Haare aus dem Gesicht streicht, die Lungenatmung versucht. – Sie hatte sehr schöne Lungen. Nach vier oder fünf Atemzügen ging sie im weißen Sand den Strand entlang und hinterließ die ersten Fußabdrücke. Es kann schon auch sein, nicht wahr?, dass dann einer der Götter just dort lustwandelte, und wenn es Zeus war, der Andersnamige, folgte er gewiss schnüffelnd und schnuppernd der unvertrauten Spur und fand deren Urheberin auf den weißen Felsen oben. Da stand der

Gott, unvorstellbar, nackt auf Götterweise, über der hingelagerten Venus, von der wir wissen, wie sie aussah. – Auch sie hieß nicht Venus, wird nur von uns so genannt; erhielt von Zeus einen Namen, dessen Klang sie gerade noch aushielt, der uns jedoch töten würde. – Bei aller Sympathie für die Göttinnen: nichts Schöneres gab es damals, auch unter ihnen nicht. Zeus, der so ein Wesen noch nie gesehen hatte, strich mit einem Zeigefinger sacht über die Wangen der Frau. Sie lächelte. Die Liebe war erfunden. Sie wälzten sich zwischen Schilfhalmen, murmelnd, küssend, juchzend, stöhnend, schreiend und heulend, blind, stockenden Atems. Die Leidenschaft war erfunden. Dann lagen sie im Sand, still. Nun lächelte Zeus, beinah ein Mensch geworden. Die Frau blickte ernst, fast eine Göttin. Zeus wollte nur noch mit der Frau sein, mit keiner andern; später, als sie wieder weg war, mit solchen, die ihr glichen. Leda war eine von diesen: fürchtete aber die Kraft seines Glieds und versuchte es statt seiner mit Vögeln. – Bald waren auch die ersten paar Millionen Sandflöhe unterwegs. Eidechsen huschten nun. Den Gnomen vor allem gefiel das neue Getier, sie legten den schlafenden Elfen Olme auf die Bäuche und kitzelten sie mit Spinnen. – Wie freute sich die Frau, wenn Zeus zu ihr kam. Wie hielten sich die Göttinnen die Hände vor die Augen – mit gespreizten Fingern nämlich –, wenn sie das vor ihren Blicken verbargen, was die beiden miteinander taten und von dem sie ausgeschlossen waren.

Natürlich kam es, wie es kommen musste. Irgendwo waren doch Menschen geworden, aus Affen, aus Plasma, aus dem All gefallen: und vermehrten sich vom ersten Tag an.

In Afrika waren plötzlich welche, auch in Asien wagten sie sich aus den Wäldern hervor, und die ersten Barbaren, friedfertige Menschen, wanderten bis dahin, wo die Götter wohnten. Diese guckten verdutzt hinter den Felsen hervor. Die Prophezeiung des Lurchs begann sich zu bewahrheiten. Der Anfang des Lärms! Die Barbaren ihrerseits wunderten sich über die Fußspuren im Sand, die Abdrücke der immer gleichen zwei Füße, die so zierlich waren, dass sie nur einer Frau gehören konnten. Sie bekamen sie nie zu Gesicht, aber in den ersten Nächten – später nicht mehr – hörten sie sie. Ihre Glücksschreie, in die sich zuweilen göttliches Röcheln mischte. Die Barbaren richteten sich an den Stränden ein, bauten Hütten, fingen Fische, Hasen, hämmerten und dröhnten. Die Götter zogen sich in die Gebirge zurück. Von diesen aus gesehen war der Strand immer noch ein weißes Band, nur dass jetzt Menschen auf ihm gingen, Kinder spielten. Aber noch immer versank jeden Abend die Sonne im Meer. Sie beleuchtete die Welt der Fische für die Dauer einer Nacht. Wie sie hinter die Berge kam, hinter denen sie jeden Morgen aufstieg, war ein Rätsel, das auch die Philosophen nicht zu lösen vermochten, weder die der Barbaren noch die der Götter. Die waren sowieso Langschläfer und dachten morgens nur träge Gedanken. Auch Venus, wiewohl menschenähnlich, war, in den Armen von Zeus liegend, nicht auf Erkenntnis aus. Auch sie kümmerte nicht, dass just in jenen Tagen der erste Müll der Menschengeschichte herumzuliegen begann. Münzen, Tonscherben, Amulette.

Inzwischen sind die Strände mit Verlorenem zugeschüttet. Bulldozergroße Putzmaschinen kämmen jeden Abend die

Badestrände durch und hinterlassen dennoch Tonnen von Plastik. Im hohen Norden allerdings fliegen heute noch Millionen Vögel auf, wenn wir kommen. Im hohen Norden sind nur wir, die Wenigen, die, denen die Vielen im Süden ein Greuel sind. Im Norden sind wir, die Andern, wir mit den Teleobjektiven, den Vogelschutzmitgliedsbüchern, dem Schwur, die letzten Vögel vor uns Menschen zu schützen. Kreischend umflattern sie uns. Schilfgras ist an den Stränden des Nordens, Schilf und Gras, sonst nichts. Hie und da Schmieröl. Nur solche wie ich gehen an den Stränden des Nordens, die Stille zu suchen, den noch nie betretenen Ort. Eine eisige Brise bläst, Luft direkt vom Pol. Kriechtiere fliehen in Panik. Die Vögel kreisen höher. Da stehen die wie ich, die nicht wie die sind, die die Vögel in den Kanaren ausgerottet haben. Ich stehe mit wehenden Haaren, atme tief. Noch nie bin ich so glücklich gewesen, so einsam. Ahh, die Luft der Arktis. Das Schiff, das mich an Land gesetzt hat, hupt in der Ferne. Von überallher stapfen die andern Einsamen auf den Landesteg zu. Als auch ich mich von der nordischen Herrlichkeit abwende, kreischen die Vögel über mir doppelt so laut. Ich winke ihnen, flattere beinah.

Was fühlten die Klippen von Dover, als die Kiele der Schiffe Wilhelms des Eroberers sich in sie bohrten? Als die Krieger, sich Mut zuheulend, ins knietiefe Wasser sprangen und zum Strand hin rannten? Als die Verteidiger brüllend auftauchten und das Blut den Sand rot färbte? Strände verlieren ihre Unschuld nur einmal. Das Ufer, an dem Columbus Amerika betrat, auch wenn er es für Indien hielt. Der Sand, über den Cortez ging, seine Missionare im Schlepp, seine Schlächter. Immer noch dampft das Blut der Kreuzfahrer und ihrer Opfer an den Ufern vor Jerusalem. Noch ewig liegen die Blindgänger unter den Badegästen der Normandie.

Kein Strand ist mehr unschuldig, heute. Überall liegen verlorene Dinge, die an etwas erinnern, schenkt man ihnen nur Gehör. Schaut man sie nur lange genug an. Puppen, Schnüre, Ketten. Speiseeislutscherstiele. Bade-Entchen. Fadenspulen. Flaschen. Halbe Scheren. Sandschaufeln. Portemonnaies, alle ohne Geld. Federbälle. Kämme, Garderobenummern. Lippenstifte. Sie erinnern an Kleines, nicht an Großes. An die erste Liebe am Strand, nicht an die Bombe von Hiroshima. Die wird sowieso erinnert. Sie hat unser aller Leben zertrümmert, für Generationen, für immer. Seither ist alles möglich, und alles geschieht ja auch tatsächlich. Nichts, was denkbar ist, geschieht nicht; zudem oft das Ungedachte. Die Wirklichkeit lässt keine Ungeheuerlichkeit aus. Die Phantasie ist längst eine kleine, sorgsame Anarchistin geworden, die in den verkrusteten Falten des Gedächtnisses herumkramt und Dinge zutage fördert, die kein Mensch mehr für möglich hält. Sie waren aber möglich, einst, vor Hiroshima, bevor die Erinnerung verstrahlt wurde und die kleinen Dinge ausschied. Seither handelt auch unser Gedächtnis nach dem Gesetz des größten Marktanteils und der höchsten Einschaltquote. Was nicht mehrheitsfähig ist, lohnt die Erinnerung nicht.

Gleich mit dem ersten Menschen begann das Licht zu schwinden. Unbemerkt von diesem, langsam, nicht der

Rede wert. Es war weiterhin viel Licht da. Karthago leuchtete, dass man's kaum anschauen konnte; noch die Marmorsäulen des alten Roms konnten nur durch gerußte Scherben betrachtet werden. Aber heute: geh den Strand entlang: du siehst den Sand unter dir nicht mehr. Das Licht ist weggetrampelt. Nur in unserer Erinnerung noch geht die Sonne auf, in unsern Hirnen. Und wir wundern uns, dass die Haut nicht mehr warm werden will. Stehen frierend, aneinandergeklumpt, gereizt, aufeinander einschimpfend, immer atemloser: und denken, ohne es uns zu gestehen, dass bald, übermorgen vielleicht, der ganze Menschenpulk implodieren wird. Wie alte Pilze. Schwarzer Staub, der sich mit dem Sand mischen wird, ihn ein bisschen dunkler färbend. – Kommen dann die Götter zurück und machen weiter, als sei nichts gewesen? In der Tat, nur wir sind gewesen, fast nichts. Sie lachen, sie freuen sich ihrer Unsterblichkeit. Sie sind nicht viele, verglichen mit uns inzwischen. Sie kehren gern an die Strände zurück und bleiben erst am Ufer stehen, die Füße im nassen Sand, schauen entzückt aufs weite Meer. – Nur Venus hält nicht inne, geht weiter, Schritt vor Schritt. Zeus schaut ihr mit weit aufgerissenen Augen nach, wie sie sich entfernt, wie sie im Meer versinkt, ihre Knöchel, ihre Schenkel, ihr Rücken, der Kopf. Erst jetzt ruft er nach ihr, krächzt eher. Eine Weile lang noch schwimmen die rotblonden Haare auf der Wasseroberfläche. Tanzen auf den Wellen. Dann tauchen sie jäh. Venus hat ihre Kiemenatmung wiedergefunden. Erinnert sich erneut an die Meereshöhlen, an die alten Spiele mit den Wassertieren. Sie ist zurück. Ihre Freunde von einst sind nicht mehr da, aber die, die sie an den alten Orten trifft, gleichen ihnen. Zeus ist vergessen, was er sie lehrte. Dieser, der verlassene Gott, steht am Ufer, zum ersten Mal einsam. Er tut zwei Schritte ins Wasser, zwei zurück. Es ist nicht sein Element. Er ist ein Landgott. Lange noch träumt er von der Verschwundenen, ihren Haaren, wie sie schwammen. – Alte Briefe sagen uns, dass Botticelli auch dieses Bild gemalt hat – die Venus, versinkend –, dass es aber seinem Medici-Fürsten nicht gefiel, so dass er es mit tanzenden Damen übermalte.

Mit den Göttern kam das Entzücken auf die Erde. Mit den Menschen das Entsetzen. Da wir die Götter nicht vergessen haben, nicht ganz, sind wir entzückt *und* entsetzt. Wir lieben unser Entzücken, und wir versuchen, den Namen, den wir jenem andern Gefühl geben müssten, nicht zu denken, nicht allzu oft, weil wir unser Leben weiterführen wollen. Das Entsetzen. Das Entsetzen über das, was wir mit uns anrichten, mit unsereinem. Mit den Dingen. Mit den Tieren. Einst war die Zukunft ein lockendes Versprechen, heute ist sie eine Drohung. Eine Gewissheit beinah, obwohl wir nicht aussprechen wollen, was denn so gewiss ist.

Mit den Menschen kam die Erinnerung auf die Erde. Das ist ihre Leistung. Das ist ihre Schwäche. Mit der Erinnerung kam die Trauer. Alles, was uns einmal geschehen ist, ist in uns aufbewahrt. In uns ist ein dunkler Kern, ein schwarzes Loch, ein geheimes Behältnis, in dem mehr Tränen aufbewahrt sind, als die Weltmeere fassen. Sie schlagen an die Strände, unsere Tränen, salzig, schwemmen all die Dinge ans Ufer, die wir verloren haben. – Die Trauer bewegt sich auf einer spiralförmigen Flugbahn in uns, weltallgroß. Immer erneut nähert sie sich, in hohem Tempo, dem Kern des Erinnerns, entfernt sich rasend, weil ihr das fast Gesehene, das beinah Erkannte nicht aushaltbar scheint. Sie wird ja wieder zurückkommen, in der nächsten Spiralendrehung, wieder lugen, wieder nur schnell, aus einer etwas andern Blickrichtung. Vielleicht sollte sie innehalten, die ängstliche Trauer, wenn sie am bedrohlichen Ort ist. Was einst nicht auszuhalten war und doch ausgehalten wurde, wäre heute, sähe sie nur ruhig hin, fast leicht zu leben. Zeit ist vergangen. Vielleicht müsste sie lachen, die verschreckte Trauer, vor Erleichterung. Weinen würde sie gewiss. Wenn die Trauer weint, ist das wie ein Gelächter bei ihr.

Ich bin keiner von den Stränden. Ich bin ein Binnenländer. Da wo ich aufgewachsen bin, ragen schwarze Felsen in den Himmel. Wer die Sonne sehen will – Spinner sind das meist, Frauen, Kinder –, kriegt einen steifen Nacken. Föhnwinde rasen von den Gebirgen herunter und setzen Dörfer in Flammen. Die verzweifelten Bewohner versuchen das Feuer mit Steinen zu löschen. An den Tagen ohne Föhn regnen Sturzfluten vom Himmel. Schneemassen im Winter. Heulende Stürme. Bären gingen einst. Das Meer war jahrhundertelang eine Sage, so glaubwürdig wie das Paradies. Später, als erste Reisende die Existenz des fernen ewiggroßen Wassers bestätigten, wurde es eine Hoffnung. Eine Sehnsucht. Mein Gott, was haben wir uns nach dem Meer gesehnt. Keiner von uns und keine, die und der sich nicht eines Tags auf den Weg machte, das Meer zu suchen. Erst heute werden schon die Dreijährigen per Charter an ferne Ufer gekarrt und starren ohne zu staunen zum Horizont.

Erst vor kurzem ist die Sehnsucht abgeschafft worden. Es gibt ja auch keine Einsamkeit mehr, keine Trauer. Wir haben die Taschen voller hochwirksamer Medikamente, mit denen wir das leiseste Unbehagen in uns auf der Stelle bekämpfen und deren einzige Nebenwirkung ist, dass wir auch ein unverhofftes Glück nicht spüren. – Wir sehnten uns, dass es gar nicht wahr sein durfte. Die Sehnsucht zerriss uns beinah. Und irgendwann zogen wir dann los, stiegen um Mitternacht durchs Fenster, die Schuhe in der Hand, dass uns der Vater, die Mutter nicht hörten. Wie sie schrien am nächsten Morgen! »Ans Meer ist er, der Bub! Stellt euch vor, es sucht das weite Wasser, das Mädel!« Sie rauften sich die Haare, die Eltern. »*Wir* sind immer hiergeblieben! Sieh, wir sind gut herausgekommen! Herr Hutzel, Frau Brutzel, gute Leut!« – Wir aber schlichen die ersten Kilometer im Mondlicht die Bäche entlang. Gingen dann aufrechter, die Füße in den Schuhen nun. Wir erreichten die Passhöhen. Jetzt schien die Sonne. Vor uns, tief unter uns, lagen die Länder, in denen die Zitronen wuchsen. Strahlend, leuchtend, blau in der Ferne. Oh, ein Maler zu sein. Wir waren keine Maler, gingen umso schneller bergab. Nach Tagen und Wochen zwischen Kastanienbäumen und Oleandern: jener jähe Augenblick, den niemand jemals vergisst, dem er zugestoßen ist: Als wir ahnungslos um eine Wegbiegung kamen UND VOR UNS LAG DAS MEER. Wasser bis zu allen Horizonten. Wir rannten zum Strand hinunter. Standen keuchend, bis wir imstande waren, die ans Ufer schlagenden Wellen zu hören, jenes Rauschen, das unser Gedächtnis nie mehr verlassen sollte. Später gingen wir barfuß im Sand. Überall Spuren von Vögeln, wie Dreizacke.

Heißt mein Text, dass es nie mehr wie einst sein wird? – Ja. – Dass der Tod den Weg zum Strand auch gefunden hat? – Ja. – Der Tod wohnt in den hohen Bergen und ist fühllos. Er kennt die Hoffnung nicht, und so kannte er lange Zeit den Weg zum Meer nicht. Er vertat sich in seinen Bergen, heulte herum und schlug dahin, dorthin. Die Pest nannte man ihn. Särge stapelten sich, Gruben füllten sich. Ihm machte es keine Freude, er kennt keine Freude. Eher zufällig entdeckte er dann doch das Meer. War es ein heftiger Wind, der ihn von den Gipfeln herunterblies? Jedenfalls: da hockte er im Sand, die Beinknochen im Wasser. Staunte nicht, weil der Tod nie staunt; sah aber doch verwirrt nach links und rechts. Die Gischt schäumte ihm unter die schwarze Kutte, ans beinerne Gesäß. Die Sense immer noch in seiner rechten Hand wie eine Standarte. Sein Schädel wiegte sich, er verstand nicht. Wo war er? Dann tappte er durch den Sand, und wenn später die Verliebten kamen, sich zu küssen, sahen sie Spuren, die sie frieren machten. Wie die der Vögel, scharfwinklige Zacken, aber größer, mit fünf knöchernen Zehen. Daneben die Abdrücke des Sensenstiels, im Maß der erst zögernden, dann immer größeren Schritte. An jenem Abend starb ein erster Mensch am Strand, ein junger Mann, der sich bis dahin wie ein Gott gefühlt hatte. Die Überlebenden standen entsetzt um seinen Kadaver herum. Es gefiel dem Tod am Meer – der Tod kennt kein Gefühl –, er wütete fast heiter in den Strandstädten herum, und in den Bergen, bei uns, kehrte für eine Weile Ruhe ein. Die Menschen gingen weniger gebückt für kurze Jahre. Aber natürlich kam der Tod zurück, er ist schnell wie der Sturm. Er setzt sich auf das nächste

Sturmtief und lässt sich mitwirbeln, schneller als im Nu hat er den ganzen Kontinent überwunden. – Natürlich konnte er den wirklichen Göttern nichts anhaben. Sie versteckten sich nicht vor ihm, er verbarg sich vor ihnen. Er, der in keinen Spiegel blickte, wusste, dass er entsetzlich aussah, grauenvoll, auch für seinesgleichen. Gar für Götter! Immer seltener wieder kam er an die Strände, er, der keine Kränkung kennt. Es war ihm trotzdem nicht wohl in den Knochen. Einmal, aus reiner Lust und Tollerei, stellten ihm ein paar von den Göttern, die kindischeren, eine Falle. So etwas wie eine Elefantengrube, über die sie dürre Aste und Blätter gelegt hatten. Aber er tappte nicht hinein. Nie hat man jedenfalls gehört, dass der Tod von der Erde verschwunden wäre für Stunden, Tage, Jahrhunderte. Die Strände meidet er aber schon zuweilen.

Und natürlich ist nun ein Strand, allenfalls ein Ufergebirg der Ort, wo sich alle Götter mit dem Schöpfer treffen, dem, der das Ganze geschaffen hat. Er hat sich klein gemacht, um auf seiner Schöpfung weilen zu können, hat sich eine Gestalt gegeben. Bleibt allerdings trotzdem unbeschreibbar. Aber er kann auf einem Felsen hocken und mit den Geistern konferieren. Er kennt sie nicht näher – hat so viele andere Erden in seinem All –, aber er erinnert sich ihrer mit Sympathie. Sie sitzen alle um ihn herum, in ihrer menschenähnlichen Herrlichkeit. So wie sie hätten wir werden können, wäre nicht etwas schiefgegangen. Der Schöpfer weiß, dass er nicht unschuldig daran ist. Er will sich keine Vorwürfe machen, dazu ist er zu groß, aber er denkt, dass er sich in ein paar entscheidenden Stunden um uns hätte kümmern müssen. Uns die Werkzeuge aus der Hand schlagen. Ein Machtwort sprechen. – Es sind viele Götter zusammengekommen, viel mehr, als wir gedacht hätten. Jeder Busch hat seinen Gnom, jeder Baum seine Göttin. Das Meer sogar hat seinen Gott, der, tangbehangen, zwischen Dorngebüschen hingelagert sein Reich überblickt. Der Schöpfer sagt den Göttern seine Absicht. Er wird eine neue Erde schöpfen, sagt er, die gleiche wie die alte. Nur ohne die Menschen, ohne den Tod. Ohne den Schmerz. Ohne die Zeit. Ohne das Gedächtnis. Die Göttinnen und Götter nicken, ein bisschen nachdenklich. Und wir?, sagt eine Elfe. Eben, sagt der Schöpfer. Seht. Ich habe meine Schöpfung bereits bei mir. Er holt ein Etwas aus der Tasche seines Gewands – auch das Gewand ist nicht beschreibbar –, so etwas wie einen Apfel oder eine Orange. Blau, alles in allem. Und als die Göttinnen und Götter genauer hinschauen, sehen sie, dass es eine Erde ist. Klein, ja winzig zwar, aber alles gleich wie unsere: die Wasser, die Kontinente. Könnten sie noch Kleineres sehen, sähen sie auch Fische, Rehe, Löwen. Na?, sagt der Schöpfer, und wir bemerken verblüfft, dass auch er gelobt werden möchte. Toll, sagen also die Götter. Wunderherrlich, rufen die Göttinnen. Diese Farben. Dieses Licht. Na also, sagt der Schöpfer. Ich mag euch nämlich, meine Götter. Das Erdenleben ist euch nicht mehr zumutbar. Schaut doch. Tatsächlich sehen sie auf ihrer Erde, ringsum, qualmende Schlote, im Stau kriechende Autos, Berge, die von Maschinen ausgehöhlt werden, Bäume, die gefällt am Boden liegen, schwarze Ströme, rußigen Schnee, schwefelgelbe Schaumteppiche, die die Bäche hinuntertreiben. Menschen überall, schreiend, gestikulierend. Rufen sie um Hilfe? Wissen sie es besser? – Seht ihr, was ich meine?, sagt der Schöpfer. Die Göttinnen nicken und vergraben ihre schönen Köpfe in den Halskuhlen der Götter, die wortlos bleiben. Wenn es euch recht ist, fährt der Schöpfer fort: und alle Götter nicken sofort. Mach nur, mach, rufen sie. Tränen haben sie schon in den Augen, das schon. Anders als der Tod, anders vielleicht sogar als der Schöpfer, können sie traurig sein. Der Schöpfer, kraft seines unendlichen Willens, schrumpft die Göttlichen so, dass sie auf der kleinen Mandarinenerde Platz finden – für sie ist sie wieder gleich groß wie die alte –, und nun wirft er sie mit einem kräftigen Schwung in sein All, wo sie fliegt und fliegt, immer weiter weg, in ein schwarzes Loch, bis in ein anderes Weltensystem. Um die Wahrheit zu sagen, wir wissen nicht so recht, wohin. Auch nicht, was der Herr jetzt tut. Er entfernt sich jedenfalls, und inzwischen sehen wir nicht einmal mehr seinen Rücken, den unsre Ahnen, wenn wir ihre Schriften richtig deuten, zuweilen riesig am Nachthimmel ahnten. Um ihm nicht zu sagen, dass sie seine Mimikry erkannt hatten, nannten sie ihn Milchstraße. Aber Gott lässt sich nicht täuschen. Nun haben wir auch keine Milchstraße mehr. – Den Tod hat er allerdings bei uns zurückgelassen. Seitdem der Tod allein ist, rast er. Aber das ist dem Schöpfer egal. Er, dessen Gedächtnis unendlich ist, denkt nicht mehr an uns. Und die Göttinnen und Götter balgen sich an den Sandstränden der neuen Erde, lachen und kichern. Nur einer steht unverwandt am Ufer des Meers, wartet und wartet, dass eine Frau aus den Wellen käme und sich alles wiederholte, alles minus die Menschen.

ALFRED ANDERSCH

Ein Vormittag am Meer

Sie hatten sich vorgenommen, im Urlaub früh aufzustehen, schon morgens am Strand zu sein, wenn noch niemand am Strand war, aber statt dessen schliefen sie lange und frühstückten spät.

Die Kinder waren schon vor ihnen auf, und sie hörten im Halbschlaf, wie sie in dem Garten hinter dem Haus spielten. Der Garten war weiter nichts als ein Stück gerodeter Waldboden mit ein paar Büschen darauf, von Maschendraht umzäunt.

Nach dem Frühstück ging seine Frau mit den Kindern, zwei kleinen Mädchen von vier und fünf Jahren, zum Strand. Er sah ihr zu, wie sie die große rote Badetasche packte. Sie trug ein kurzes blaues Kleid und Leinenschuhe in der Farbe ihrer Haare, einem verschossenen ausgebleichten Blond. Ihre Arme und Beine waren braungebrannt.

Die Place Gambetta, an der das Haus stand, das sie gemietet hatten, war gar kein Platz, sondern bloß eine weite sandige Fläche, von Kiefern bestanden, unter denen seine Frau und die Kinder davongingen, auf die Düne zu. Die Kiefern warfen lichte Schatten auf sie. Die Kinder drehten sich manchmal nach ihm um und schrien ihm irgend etwas zu. Auch seine Frau wandte sich einmal zu ihm zurück und winkte. Sie trug eine große dunkle Sonnenbrille, die ihr braungebranntes Gesicht noch kleiner und fester machte, als es ohnehin schon war.

Er ging ins Haus, um sich sein Buch zu holen. Das Haus war geschmacklos möbliert, mit neuen, falsch geschwungenen Eisenstühlen und billigen polierten Furnieren. Es kostete für drei Wochen 1500 Francs. Seine Frau hatte es für viel zu teuer gehalten, aber er hatte ihr nachgewiesen, daß sie es sich leisten konnten. Er war Tiefbauingenieur, Angestellter am Bauamt in Dortmund. Alles in allem verbrauchte er für diese Reise an die Atlantikküste, seinen Jahresurlaub, nur wenig mehr als ein Monatsgehalt.

Er ließ sich in einem Liegestuhl vor dem Haus nieder, nachdem er den Sonnenschirm so gestellt hatte, daß er ihm Schatten gab. Er hätte seinen Urlaub lieber nicht in einem Seebad verbracht. Seiner sehr empfindlichen Haut wegen konnte er nicht den ganzen Tag am Strand verbringen. Außerdem langweilte er sich dort, auf einem Badetuch im Sand liegend. Er veränderte immer wieder seine Lage; von Sandkörnern oder der Sonne gepeinigt, sprang er stets von neuem auf, um kurze nutzlose Gänge zu machen. Nur das Baden selbst befriedigte ihn. Aber seine Frau liebte Seebäder, das Meer, und für die beiden kleinen Mädchen war es das beste.

Ehe er zu lesen begann, beobachtete er die Franzosen, die über den Platz zum Strand gingen. Sie erschienen in geschlossenen Familien oder in Kameraderien. Es gab keine Einzelgänger, fast keine einzelnen Ehepaare. In ihrem Auftreten, ihren Stimmen waren sie schärfer, selbstbewußter als die Deutschen. Sie waren eine Nation. Er war froh darüber, daß ihm nur selten der Gedanke kam, einer Nation anzugehören. Die französischen Kinder aus den

Ferienlagern im Wald zogen in geordneten Scharen, Lieder singend, über die Place Gambetta.

Er las ein Buch über die Katharer. Das Thema des Katharismus interessierte ihn, seitdem er vor einiger Zeit im Fernsehen einen Kulturfilm über katharische Kultstätten in Südfrankreich gesehen hatte. Die Katharer gaben eine Erklärung für die Existenz des Bösen: sie glaubten, oder vielmehr sie hatten geglaubt, denn sie waren vollständig ausgerottet worden, die Schöpfung sei nicht das Werk Gottes, sondern des Teufels. Er dachte: Wenn ich religiös wäre, wäre ich Katharer. Er hatte das Buch mitgenommen, weil er festgestellt hatte, daß das Seebad, in das sie fuhren, in einem Gebiet lag, in dem der katharische Glaube geherrscht hatte; aber auf seinen Spazierfahrten in das Hinterland hatte er nichts gefunden, was an diese Vergangenheit erinnerte. Vielleicht hätte er sich an einen Heimatforscher wenden müssen, aber dafür sprachen er und seine Frau zu wenig Französisch.

Er las nur wenige Seiten, konnte sich nicht auf die Lektüre konzentrieren. Der Himmel über den Kiefernwipfeln war zu grell, zu hellblau, zu flach. Auch die Badegäste, die Jugendlichen auf ihren Fahrrädern, die Autos paßten nicht zu dem Thema. Er ging in das Haus, trank ein Glas Mineralwasser, obwohl er keinen Durst hatte. Er setzte sich an den Eßtisch, zog seine Reiseschreibmaschine über die Platte aus billigem poliertem Furnierholz heran und schrieb einen Brief an seine Bank. Er war vor der Abreise nicht mehr dazugekommen, seine Zahlungen zu erledigen. Folgende Zahlungen waren zu leisten: DM 231.50 für Licht und Strom im zweiten Vierteljahr 1970, DM 4880.– für

Hypotheken-Zinsen plus Amortisation seines Hauses in einer Dortmunder Stadtrandsiedlung, DM 115.20 für die Inspektion seines Autos (VW 1500 bei Kilometerstand 25 000), DM 72.80 für Telefon, einige kleinere Ratenzahlungen. Am längsten dachte er über die Zahlung für sein Haus nach. Er hatte, um es erwerben zu können, eine Hypothek von 80 000 Mark aufnehmen müssen, zu 8 Prozent, so daß er also halbjährlich 3200 Mark zu zahlen hatte, zuzüglich 2000 Mark Amortisation für jedes Halbjahr. (Der Betrag verringerte sich also mit der Zeit, wenn auch unbeträchtlich.) Seine Frau hatte ihm vor drei Jahren, als er den Entschluß faßte, das Haus zu kaufen, davon abgeraten, doch er hatte ihr vorgerechnet, daß sie – wenn man die Zinsen als Miete betrachtete – monatlich nur DM 533.– bezahlten, nach zwei Jahren Kapital-Abzahlung beispielsweise nur noch DM 480.–. Ja, aber, hatte sie gesagt, du zahlst an Zinsen insgesamt mehr als den Betrag der Hypothek, das Haus kostet dich also mindestens das Doppelte von dem, was sein Bau wirklich gekostet hat. Seine Frau war vor ihrer Heirat Sekretärin gewesen.

Er schrieb die Aufstellung, adressierte den Umschlag, schloß den Brief. Er war stolz darauf, daß er alle seine Zahlungen regelmäßig von den Rücklagen aus seinem Gehalt bestreiten konnte. Er war überhaupt stolz auf sich, auf die vollkommen geordneten, klaren Verhältnisse, in denen er sich befand. Obwohl er nur die Ingenieurschule besucht hatte, nicht die Technische Hochschule, war es ihm gelungen, einen nicht subalternen Posten am Stadtbauamt zu bekommen. Er würde eines Tages ins Beamtenverhältnis übernommen werden. Nach den Examen hatte er ein paar

Jahre für private Baufirmen gearbeitet, aber ihre Profitgier widerte ihn an, und er strebte instinktiv nach Sicherheit. Er war der Ansicht, das gesamte Bauwesen, zu dem er auch die Hypotheken-Banken rechnete, müsse, nach Art der Bahn oder Post, in eine große staatliche Behörde verwandelt werden. Aus diesem Grunde war er auch Mitglied der Sozialdemokratischen Partei; obwohl die Pläne der Partei nichts dergleichen vorsahen, fühlte er sich mit seinen Gedanken doch bei ihr aufgehoben.

Er streifte seine Hose ab, zog die Badehose an, dann die Hose wieder darüber. Er schloß das Haus ab und ging, Sandalen an den Füßen, zum Strand. Von der Höhe der Düne aus stellte er, wie jeden Tag, befriedigt fest, daß der Strand zu riesig war, als daß die Badegäste, selbst in der Hochsaison, ihn bedecken konnten. Sie bildeten da und dort Kolonien, lockere, sich ständig verändernde Aggregatzustände aus Körpern und Sonnenschirmen, aber zwischen ihnen blieb die gelbe und weiße Fläche leer; leer verlor sie sich nach Süden und Norden in Horizonte aus hellgrauem Wasserstaub. Das Meer gliederte seinen Saum heute in einige lange, in weiten Abständen sich nähernde Wogen, deren weiß schäumende Kammhöhe er von hier oben aus nicht schätzen konnte; offenbar waren sie nicht gefährlich, denn die Strandwächter hatten am Mast neben ihrer Hütte den grünen Wimpel gesetzt, der das Baden freigab. Er schob einen Augenblick lang seine Sonnenbrille auf die Stirne, um die wirkliche Farbe des Ozeans festzustellen: er war eine einzige stählerne Masse, eigentlich farblos, unter einem Himmel aus Milchglas, so leer und bedeutungslos wie die Kinderschreie, die vom Strand zu ihm heraufdrangen.

Er fand seine Frau und die Kinder an der gleichen Stelle wie immer vor, unter dem blauen Sonnenschirm, den sie gemietet hatten. Die beiden kleinen Mädchen sprangen erfreut auf, als er kam, und er ging mit ihnen eine halbe Stunde lang am Strand spazieren, half ihnen, Muscheln zu finden. Als sie zurückkehrten, hatte seine Frau sich in die Sonne gelegt. Er zog sich aus und setzte sich in den Schatten des Sonnenschirms. Sie unterhielten sich halblaut über die Kinder und über die Badegäste, die in ihrer Nähe saßen oder lagen. Er war fünfunddreißig Jahre alt und im Jahre 1935 geboren. Er kannte seine Frau seit sieben Jahren, also seit 1963, geheiratet hatten sie vor fünf Jahren, sie war jetzt dreißig. Sie war noch immer schlank, und die Farbe ihrer Haare hatte sich nicht verändert; zu einem ›Pferdeschwanz‹ zusammengefaßt, lagen sie in einem verschossenen, ausgebleichten Blond auf ihrem braunen Rücken. Irgendwo hatte er einmal gelesen, eine Frau mit solchen Haaren werde auf französisch eine *fille aux cheveux de lin* genannt, und etwas später hatte er im Radio ein Klavierstück von Debussy gehört, das diesen Titel trug. Er hatte eine Plattenaufnahme davon besorgt, und eine Zeitlang hatten sie sich das Stück häufig zusammen angehört. Er nahm sich vor, die Platte herauszusuchen und sie ihr wieder einmal vorzuspielen, nach dieser Reise.

Sie hatte schon gebadet, so daß er ohne sie zum Wasser ging; nur die beiden kleinen Mädchen liefen hinter ihm her. Er kam an den beiden Strandwächtern vorbei, Polizisten aus Toulouse, die einen Kurs in Rettungsschwimmen gemacht hatten. Sie standen wie immer bewegungslos mit verschränkten Armen und blickten aufs Meer, Götterbilder ohne Hirn. Einer von ihnen sagte zu ihm: »Attention, monsieur!« Er wandte sich um und bemerkte, daß inzwischen der gelbe Wimpel gesetzt worden war, der den Badenden Vorsicht empfahl. Er nickte. Die beiden kleinen Mädchen blieben vor den ersten Schaumgirlanden zurück.

Er sah, daß die erste – oder die letzte! – Woge sich weit draußen und riesengroß brach. Entschlossen ging er auf sie zu; er wollte heute unbedingt schwimmen. Wenn der gelbe Wimpel flatterte, war es eigentlich verboten, zu schwimmen. Er hatte bereits Erfahrungen mit diesen Wellen gemacht und wußte, daß man sie untertauchen mußte, um sie zu überwinden. Eine Weile beobachtete er sie, wie sie hoch über ihm stand. Dann, als ihre inneren Massen sich wieder einmal erhoben, stieß er sich waagrecht in ihre grüne Basis hinein, fühlte eine Sekunde lang die Schwere ihres Sogs, kam aber sofort frei. Er bereitete sich sogleich auf die zweite dieser Wogen vor, durchstieß auch sie und befand sich danach auf dem hohen Ozean, der keine weiteren Schwierigkeiten bot. Sorgfältig schwimmend ließ er sich aus tiefen Tälern auf die Höhen des Wassers tragen. Er wußte, daß er sich, wenn er sich wieder dem Strand zuwandte, in Gefahr begab. Um diesen Augenblick hinauszuzögern, schwamm er immer weiter nach Westen. Er versuchte zu überlegen, wie er bei der Rückkehr mit dem Gegensog der vom Strand zurückflutenden Wassermassen fertigwerden könne, kam aber zu keinem Schluß.

Draußen verwandelten sich die Wogen in eine Dünung, von deren Höhe aus er den Strand als schmalen Strich erblickte, eine dünne zitternde Horizontale aus Schirmen und Schatten, sehr weit weg. Er entschloß sich umzukehren. Er war sehr überrascht, als ihn noch auf offener See, noch lange vor der Zone der Brandungswellen, eine Sturzsee im Rücken traf und ihn in den Katarakt ihres Zusammenbruchs schleuderte. Er schluckte Wasser. Er kam frei, aber nur, um zu erkennen, das bereits die nächste der großen Wände über ihm war. Sie drückte ihn zu ihrem Grund hinab, wo er voller Entsetzen wahrnahm, wie sein Körper sich zu drehen begann. Er verlor die Richtung, einmal spürte er den Sand des Meerbodens, dann war nur noch Wasser um ihn, eine fließende Schwere, seine Augen füllten sich mit der Farbe Grün.

BENJAMIN MYERS

Hinaus ins große Unbekannte

Die Bucht tat sich vor mir auf, ein weites glaziales Becken, vor mehreren Hunderttausend Jahren von knirschendem Eis und rieselndem Wasser geformt.

Ich näherte mich ihr von Norden und sah ein gigantisches halbes Amphitheater mit Farmen und Dörfchen darin, während das Land vom Moor her hinunter drängte. Dahinter erstreckten sich die Felder bis hin zum blaugrünen Meer, über dem schwindelerregend einige Häuschen hingen, wie eingestreut in diesen Einschnitt ins Land. Zwischen ihnen und dem Wasser: ein schmaler glitzernder Streifen Sand. Ein bronzenes Band.

Die Häuser hockten waghalsig über den Gezeiten auf einer bröckelnden Steilklippe aus lockerer Erde und nassem Lehm, die durch salzige Gischt und Brandung allmählich erodiert wurde. Sie muteten an wie gestrandete Matrosen, die in den Stürmen von Jahrhunderten Schiffbruch erlitten hatten. Die Zeit selbst nagte an diesem Küstenabschnitt, gestaltete unsere Insel neu in einer Epoche der Unsicherheit.

Mir kam der Gedanke, dass das Meer uns die endliche Existenz aller festen Materie vor Augen führt und dass die einzig wahren Grenzen nicht Schützengräben und Unterstände und Kontrollpunkte sind, sondern zwischen Fels und Meer und Himmel liegen.

Ich blieb stehen, um meine Feldflasche am Straßenrand an einer Quelle zu füllen, die in einen Steintrog plätscherte, und kam mir vor, als hätte ich ein Gemälde betreten. Die Sonne war eine gleißend weiße Scheibe über einer lasierten Landschaft, und ich begriff, vielleicht zum ersten Mal, was Menschen dazu brachte, einen Pinsel in die Hand zu nehmen oder ein Gedicht zu schreiben: der Impuls, die den Herzschlag beschleunigende Empfindung einzufangen, dieses *Im-Jetzt-Sein,* ausgelöst durch eine ebenso atemberaubende wie unerwartete Aussicht. Kunst war der Versuch, den Moment in Bernstein zu gießen.

Das frische Wasser rann mir durch die Kehle wie seidene Bänder, kühlte meinen Magen für einen Moment und sammelte sich dort. Nie schmeckt Wasser besser, als wenn es frisch aus der Erde kommt und aus Metall getrunken wird; ganz gleich, welches Behältnis, ob Kelle oder Kanne, irgendwie scheint Metall den Geschmack zum Leben zu erwecken.

Ich trank noch mehr, legte dann die hohlen Hände zusammen und hielt sie in den Strahl, eine Pfütze auf meinen rosigen Handtellern, tupfte mir das Wasser auf Stirn, Gesicht und Hals. Ich füllte meine Feldflasche erneut und ging weiter.

Es war Krieg gewesen, und obwohl der Kampf zu Ende war, tobte er noch immer in den Männern und Frauen, die ihn mit sich nach Hause genommen hatten.

Er lebte in ihren Augen weiter oder hing ihnen schwer um die Schultern wie ein blutgetränkter Umhang. Und er blühte in ihren Herzen, eine schwarze Blume, die dort

Wurzeln geschlagen hatte und nie mehr ausgerissen werden konnte. Die Samen waren so toxisch, so tief gesät, dass die Erinnerungen nichts anderes sein konnten als für alle Zeiten giftig.

Kriege dauern an, lange nachdem die Schlachten geendet haben, und damals fühlte sich die Welt an, als wäre sie voller Löcher. Sie erschien mir vernarbt und zerschmettert, ein Ort, der von den Mächtigen seines Sinns beraubt worden war. Alles war in Scherben, alles verbrannt.

Ich war weder alt genug, um mich zum Helden gemacht zu haben, noch jung genug, um den Wochenschaubildern entkommen zu sein oder den langen dunklen Schatten, die die heimkehrenden Soldaten wie leere Särge hinter sich herzogen. Denn niemand gewinnt einen Krieg wirklich; manche verlieren bloß ein bisschen weniger als andere.

Ich war ein Kind, als er begann, und ein junger Mann, als er zu Ende ging, und danach war Verlust allenthalben sichtbar, hing wie eine große schwere Wolke über der Insel, und selbst noch so viele rot-weiß-blaue Flaggen oder Orden, die den Überlebenden an die schluchzende Brust gesteckt wurden, konnten nichts daran ändern.

Den Geschichtsbüchern sollte nicht unbedingt Glauben geschenkt werden: Der Sieg der Alliierten schmeckte nicht süß, und die Winter, die folgten, sollten so eisig und unerbittlich sein wie alle Winter. Denn so wenig sich die Elemente auch um den Wahnsinn der Menschen scheren, denjenigen, die die ersten Filmaufnahmen von Stacheldraht und Massengräbern gesehen hatten, kam nun selbst der weiße, jungfräuliche Schnee unrein vor.

Doch mit den Augen der Jugend gesehen, war der Krieg

eine Abstraktion, eine Erinnerung zweiten Grades, die bereits verblasste. Es war nicht *unser* Krieg. Er würde nicht *unser* Leben ruinieren, ehe es überhaupt begonnen hatte.

Im Gegenteil, er hatte in mir einen Hang zum Abenteuer geweckt, ein Fernweh, den Wunsch, über das Ende der Straße hinauszutreten, wo das Pflaster endlich in Felder überging und das industrialisierte Nordengland sich unter dem ersten warmen Dunst einer bevorstehenden Zeit des Wachstums verlor, zu erkunden, was genau eigentlich hinter dieser schimmernden Luftspiegelung lag, die den Horizont in einen wogenden Ozean aus erblühendem Grün verwandelte.

Ich war sechzehn und frei und hungrig. Hungrig nach Essen, wie wir das alle waren – die Mangelversorgung hielt noch viele Jahre an –, doch mein Appetit beschränkte sich nicht nur auf das rein Essbare. Allen, die das Glück hatten, am Leben zu sein, erschien der gegenwärtige Augenblick wie ein kostbares leeres Gefäß, das nur darauf wartete, mit Erfahrungen gefüllt zu werden. Zeit war wertvoller geworden. Sie war das Einzige, das wir in Hülle und Fülle besaßen, obwohl der Krieg uns gelehrt hatte, dass auch sie eine begrenzte Ressource war und dass es eine der größten Sünden war, sie unklug zu verbringen oder verschwenderisch mit ihr umzugehen.

Wir waren junge Männer und Frauen, und wir lebten jetzt für die Gefährten, die auf fremden Feldern gefallen oder wie Moorhühner vom Himmel geschossen worden waren, oder für die armen in Massengräbern verscharrten Seelen.

Das Leben wartete da draußen, bereit, gierig getrunken

zu werden. Vertilgt und verschlungen zu werden. Meine Sinne waren erwacht und unersättlich, und ich schuldete es mir selbst und all den anderen meiner Generation, die nach ihren Müttern schreiend gestorben oder in den Lachen ihres eigenen Blutes ertrunken waren, mich mit dem Leben vollzustopfen.

Stärker als alles andere war jedoch der Lockruf der natürlichen Welt, in die ich mich versenken wollte. Aus Büchern wusste ich, dass der Norden Englands ein abwechslungsreiches Terrain aus Heidelandschaften und Wäldern, Mooren und Bergen, Schluchten und Tälern bot, alles bewohnt von Pflanzen- und Tierarten, die nur darauf warteten, von meinen staunenden und neugierigen Augen gesehen zu werden.

Zu Hause hatte ich alle Möglichkeiten erschöpft, gewissenhaft Aufzeichnungen von sämtlichen Zug- und Standvögeln gemacht, die ich gesichtet hatte. Ich hatte eine kleine Sammlung aus sorgfältig gewaschenen und von Fleischresten gesäuberten Knochen und Schädeln angelegt, die ich in einer Teekiste neben dem alten Kohlenkasten an der Hintertür aufbewahrte, da meine Mutter sie nicht im Haus haben wollte. Ich hatte geangelt und frettiert, Ratten gejagt und Fallen gestellt und einmal sogar mit schlechtem Gewissen das Ei eines brütenden Raben aus seinem luftigen Nest geraubt, doch schon bald war mir nicht mehr wohl bei der Vorstellung, Tiere aus Spaß zu töten, aus reinem Nervenkitzel zu erlegen. Schon allein, ihr gewohntes Leben zu stören, kam mir frevelhaft vor. Ich hatte so viel Zeit meiner Kindheit auf Bäumen verbracht, jetzt jedoch war ich der vertrauten Ausblicke überdrüssig, des immer gleichen Wandels der Jahreszeiten. Ich wollte sehr viel mehr von dem erleben, was anderswo geschah, jenseits der Grenzen meines ländlichen Bergarbeiterdorfs, das irgendwo zwischen der Stadt und dem Meer in einer sanft gewellten Landschaft lag. Ich wollte überrascht werden. Nur wenn ich allein in der Natur war, hatte ich je eine Ahnung von meinem wahren Ich bekommen; die übrige Zeit bestand nur aus Spielplatzlärm und Schulunterricht, häuslichen Pflichten und banaler Zerstreuung.

Ich war im Frühjahr voller Ungeduld aufgebrochen. Der Rucksack auf meinen Schultern enthielt lediglich das Allernotwendigste für eine Reise, deren einziges Ziel die Bewegung war: Schlafsack, eine Decke und eine Unterlegplane, Kleidung zum Wechseln. Zwei Töpfe, einen Becher, meine Feldflasche, Taschenmesser, Gabel, Löffel und Teller. Eine kleine Schaufel für das Geschäft im Freien. Keine Landkarte.

Einen Rasierer brauchte ich ebenfalls nicht.

Außerdem hatte ich Schreibblock und Stift dabei, ein Stück Seife, eine Zahnbürste, Streichhölzer und eine Maultrommel, die mir mein Großvater geschenkt hatte. Er gab mir den klugen Rat, dass man immer Geld verdienen könne, wenn man ein Musikinstrument beherrschte, da die Engländer ein Volk seien, das fleißiges Bemühen höher bewerte als Talent und dem es schon genüge, wenn jemand sich an etwas versuchte. Und obwohl ich mir noch nicht beigebracht hatte, dieses seltsame und verwunschen klingende Instrument zu spielen, hatte ich die feste Absicht dazu. Auf den Wegen und Straßen, die vor mir lagen, stellte ich mir jede

Menge freie Zeit und ziemlich viele Abende vor, deren einsame Stille sich gewiss mit etwas Musik lindern ließe, ganz gleich, wie misstönend und ungeschickt sie erzeugt wurde.

Am Morgen meines Aufbruchs bestand meine Mam zudem darauf, mir ein Päckchen in den Rucksack zu stopfen, das einige dicke Scheiben Schinken, Käse, Äpfel und ein großes Fladenbrot enthielt, alles eingewickelt in einen Waschlappen, von dem ich ihr hoch und heilig versprechen musste, dass ich ihn wenigstens einmal am Tag benutzen würde.

Die Luft war kühl, als ich die historische Stadt verließ und den Fluss unterhalb der hohen Türme der mächtigen Kathedrale erreichte, die erhaben auf ihrem Felsvorsprung in die Höhe ragte. Ich ließ mich von dem träge fließenden Wasser leiten, folgte seinem Ufer flussaufwärts durch eine bewaldete Schlucht und dann weiter, hinaus ins große Unbekannte.

Den größeren Teil meiner Jugend hatte ich bislang damit verbracht, aus Klassenzimmerfenstern zu starren und mich nach einem Leben in der Natur zu sehnen, darauf zu warten, dass die Schulglocke endlich durch die Korridore schallte, damit ich frei durch Wiesen und Felder stromern konnte.

Und jetzt endlich war ich davon umgeben, einem Wunderland, einer blühenden Jahreszeit, erfüllt von den warmen Lauten der Ringeltauben und dem Klopfen der Spechte, von dem Geruch nach Kreuzkraut, Balsam und, jenseits der Bäume auf den sanften Wiesen, dem betörenden, einschläfernden Moschusduft des Rapses.

Bald würden auch die Schwalben und Mauersegler aus Nordafrika zurückkehren, um hier zu übersommern, dem Mittelpunkt der Welt, Nordengland, dem grünsten Land, das es je gab, so stark und saftig, dass es einen jungen Mann schwindelig machen konnte.

An den Flussufern würzte Bärlauch die Luft. Ich rupfte im Gehen die ledrigen Blätter ab und kaute sie, spürte den satten, intensiven Geschmack zäh auf der Zunge. Beinahe ölig.

Ich verließ den Wear, weil er mich, wenn ich ihm weiter folgte, nach Westen führen würde, stromaufwärts zu den Hochlandtälern von Wolsingham, Westgate und Wearhead, wo der Fluss angeblich aus der Erde quoll, kaum mehr als ein kleines gurgelndes Rinnsal, und dahinter nichts als winzige Dörfchen mit Namen wie Cowshill und Cornriggs. Arbeit würde ich dort kaum finden.

Hier und da ging ich an Gleisen entlang und über warme Teerstraßen. Ich sah verlassene Steinbrüche, gähnende Abgründe in der Erde, offen und zerklüftet wie klaffende Münder, aus denen riesige Zähne gezogen worden waren. Ich suchte mir meinen Weg an den verrosteten Resten von Bahnschienen entlang und über die Trampelpfade von Zinn- und Schiefergruben. Ich kam an stillgelegten Gipswerken vorbei, an Lichtungen, wo Kabeltrommeln und umgekippte Rollwagen herumlagen, aber keine Menschenseele zu sehen war. Wenn möglich blieb ich in Wäldern und Tälern, auf Wiesen und Feldern.

Ich suchte mir unterwegs Arbeit als Tagelöhner, auf Farmen oder kleinen Höfen und manchmal in abgelegenen Häusern, weil viele Familien Männer verloren hatten oder aber erleben mussten, dass sie erschöpft und entkräftet zurückkehrten, als Gebrochene, mit fehlenden Teilen wie gebrauchte Puzzlespiele. Nur wenige waren heil und gesund genug zurückgekommen, um ihr Leben so weiterzuführen, als wäre nichts geschehen, und obwohl manche noch immer körperlich bei Kräften waren, hatten sie ihre psychische Energie eingebüßt.

Diese Häuser benötigten stets junge Muskelkraft, um die Aufgaben zu verrichten, die diese kaputten Männer nicht mehr erledigen konnten, und wenn ich an Türen klopfte, wies man mich nur selten ab.

Hinter den Türen fand ich schweigsame Überlebende, die unvorstellbare Dinge gesehen hatten. Der Krieg war gewissermaßen eine Krankheit, die nur der Lauf der Zeit behandeln konnte und an der viele bis ans Ende ihres Lebens leiden würden.

Ich arbeitete mich unverdrossen weiter, bis Durham in Cumbria überging und Cumbria irgendwann von North Yorkshire begrüßt wurde, wo der Abbau von Zinn und Blei noch immer der Hauptindustriezweig war und ansonsten auf den windgepeitschten Hängen der Moore das ganze Jahr über Schafe grasten. Im Sommer trieb man die wolligen Geschöpfe zusammen, um sie zu scheren, und in den langen, nicht enden wollenden Wintern mussten sie zuweilen aus Schneewehen ausgegraben werden. Die Landschaft unterschied sich von der meiner Heimat – zwar war sie ebenso hügelig und vernarbt, aber irgendwie auf reizvollere Art und Weise. Die Neuheit des Unbekannten war berauschend. Hier klang sogar alles anders, die leere Weite der Moore ein flüsternder Ort, frei von dem Dröhnen und Rattern des Bergarbeiterlebens. Ein mit Mythen beladener Ort. Er begeisterte mich.

Auf einer dieser Farmen küsste ich ein wortkarges Mädchen namens Theresa, die nach Anis schmeckte und mit ihrer seltsam zuckrigen Zunge meinen Mund ganze zehn Sekunden lang erkundete, ehe sie sich umdrehte und davonlief. Obwohl sie mich mit einem Elan erforscht hatte, der schon fast brachial war, um mir dann urplötzlich nicht mehr Interesse entgegenzubringen als einem vorbeizockelnden Esel, war ich mir dennoch bewusst, dass ich einen kleinen Meilenstein in meinem Leben passiert hatte. Zu Hause in der Schule, wo sich in der Umkleidekabine der Turnhalle die erfundenen Geschichten über unbekannte, an fernen Orten geküsste Mädchen förmlich überschlugen, würde mir natürlich kein Mensch glauben. Solche Dinge geschahen immer nur irgendwo anders, ohne Zeugen. Und jetzt war ich tatsächlich im Königreich Anderswo, frei von den Fesseln der Vertrautheit von Orten und Menschen.

Der Boden in dieser Region eignete sich nicht für Ackerbau, und die Häuser lagen zu weit auseinander, also wandte ich mich nach Süden, fällte und sägte, hämmerte und klopfte, hackte und häckselte. Ich war einen Tag hier, einen Tag dort, folgte der Sonne und ruhte mich aus, wenn es Zeit zum Ausruhen war. Endlich war ich nicht mehr Sklave des bleiernen Tickens der Uhr im Klassenzimmer, deren Zeiger sich an manchen Tagen scheinbar mit quälend langsamem Spott bewegten und mitunter sogar ganz zu stocken schienen, sodass der erstarrte Moment sich ewig lang ausdehnte, während meine Klassenkameraden nichts von dieser Verschwörung mitbekamen, uns für immer gefangen und eingeschlossen zu halten. Stattdessen wurde ich mein eigener Herr, und mit jeder Wegkrümmung, die ich hinter mir ließ, konnte ich meine jugendliche Haut weiter abstreifen.

Wenn die Müdigkeit mich überkam, verbrachte ich die Nacht in Scheunen und Schuppen und längst verlassenen Wohnwagen, und mehrmals schlief ich den Schlaf des Gerechten eingezwängt zwischen dichten Heckenwänden aus Brombeersträuchern und Stechpalmen, die vielleicht schon seit dem Mittelalter hier wuchsen, drei Meter hoch und so undurchdringlich wie die Stacheldrahtrollen in Bergen-Belsen.

In anderen Nächten, wenn der Himmel wolkenlos war und die Farmer vorhersagten, dass es trocken bleiben würde, suchte ich mir eine Weide, baute aus meiner Plane ein improvisiertes Zelt und schlief mit dem Schein des sterbenden Feuers im Gesicht ein, ein Bett aus platt gedrücktem Gras unterm Rücken, um dann steif und oft auch klatschnass aufzuwachen und die unzuverlässigen Prognosen der Bauern zu verfluchen.

Essen bekam ich geschenkt. Ich ernährte mich hauptsächlich von Eiern und Kartoffeln und Äpfeln vom Vorherbst, und gelegentlich bekam ich Milch für meine Feldflasche oder ein paar Kugeln frische Butter, eingewickelt in Sackleinen, und vielleicht einen Kanten Brot, so hart und trocken, dass man damit Ziegel hätte zertrümmern können. Ich erhielt auch Gemüse. Spinat und Mangold hatten gerade Saison. Manchmal eine Rübe, die ich in großen Bissen roh aß, ohne je Geschmack daran zu finden. Fleisch war

Mangelware. Einmal schenkte man mir ein Glas Honig, und ich stellte fest, dass ich fast alles hineintunken konnte. Selbst ein Stück Rübe, auf meine Gabel gespießt, wurde zur Delikatesse, wenn ich die Augen schloss und es bis in die bittere Mitte zerkaute.

Je weiter ich mich von allem entfernte, was ich je gekannt hatte, desto leichter fühlte ich mich. Das Unbehagen, das im Verlauf des letzten Schuljahrs immer stärker in mir gegärt hatte, legte sich allmählich, und zugleich stellte sich ein Gefühl geistiger Klarheit ein. Zum ersten Mal hatte ich den Schatten des quietschenden und rasselnden Förderturms verlassen, war weit weg von dem dunkelgrauen Staub, der sich an klaren Tagen scheinbar überall niederließ, sodass er ebenso aus Bettzeug geklopft werden musste wie aus der Wäsche, die auf den Hinterhöfen an Leinen trocknete. Jetzt atmete ich tief und ging mit so beschwingten Schritten, dass ich an manchem erwachenden Morgen schon glaubte, ich könnte tagelang wandern, ohne zu rasten. Auch spürte ich, dass meine Knochen, Gelenke, Muskeln und mein Gehirn in vollkommener Symbiose zusammenarbeiteten, wie die Einzelteile einer gut geölten Maschine, die im Grunde bloß von Jugend und gerade genug Essen angetrieben wurde.

Solange ich zurückdenken konnte, hatte die Unausweichlichkeit eines Arbeitslebens in der staubigen Dunkelheit wie ein Schreckgespenst in meinem Unterbewusstsein gelauert und alles mit einem dunklen Tuch bedeckt. Anfangs hatte ich mich vor der Vorstellung gefürchtet, doch in letzter Zeit lehnte ich sie mit einer Unnachgiebigkeit ab, die an Hass grenzte.

Meine Eltern hatten nie auch nur in Betracht gezogen, dass ich beruflich etwas anderes machen könnte, als im Bergwerk zu arbeiten. Es gab Jungen, mit denen ich aufgewachsen war, die bereits zwei oder drei Jahre unter Tage arbeiteten, doch für jemanden, der frische Luft und Einsamkeit so sehr liebte wie ich, war gerade die Erwartungshaltung, dass ich ebenso meinem Vater in den Schacht folgen würde, wie er seinem Vater in den Schacht gefolgt war, der Grund dafür, dass ich jetzt über Englands Landstraßen zog. Es war ein Akt der Befreiung und Rebellion, doch die Fesseln des alten Lebens waren noch immer so festgezurrt, dass ich mich fragte, ob meine Wanderung lediglich eine kurze Galgenfrist war, ein erstes und letztes Hurra vor der düsteren Aussicht auf den *Ernst des Lebens.* Ich musste wenigstens versuchen, eine andere Welt zu sehen, bevor die Kohle – oder schlimmer noch der Krieg – gänzlich von mir Besitz ergriff.

Um mich herum kam der Frühling zum Vorschein, und in jenen wärmer werdenden Wochen begegnete ich unterwegs mancherlei Sonderlingen. Vagabunden und Fischern und etlichen Landfahrern. Kesselflicker oder Lumpenvolk nannte man sie, und sie verdienten sich Geld, indem sie Töpfe und Pfannen ausbesserten, aus Weidenzweigen Körbe flochten, kauften und verkauften. Einmal saß ich mit einer siebenköpfigen Familie am Feuer, die sich jede Nacht irgendwie in einen Zigeunerwagen zwängte, der von einem sanftmütigen alten Gaul gezogen wurde.

Diese Zeit nach dem Krieg erwies sich noch immer als wie geschaffen für all jene, die in den Künsten Sparsamkeit und Improvisation bewandert waren. Ich traf an Land

Matrosen, die keine Eile hatten, wieder in See zu stechen, ich traf Obstpflücker, die ungeduldig auf die erste Ernte von Blaubeeren oder Brombeeren warteten, Hopfenpflücker, die sich die Zeit vertrieben, bevor sie nach Süden aufbrachen, um dort den Sommer zu verbringen, und Männer, die riesige Besen aus großen rauchenden Teerfässern hoben und auf die Straße klatschten. Ich verbrachte träge Momente mit den Verlorenen und den Verstörten, Überlebende samt und sonders.

Das Wetter war der Schlüssel, um mit Fremden ins Gespräch zu kommen. Schließlich beschäftigen sich Engländer ständig damit, ob es zu heiß oder zu kalt ist, zu nass oder einfach nicht nass genug. Selten äußert sich ein Engländer über die bestmöglichen meteorologischen Bedingungen oder über das satte Grün seines Grases, wenn er weiß, dass es nur fünfzig Meilen weiter noch grüner ist. Über das Wetter zu reden, ist lediglich eine Art Code oder ein Währungsumtausch, eine Transaktion, um wichtigere Themen anzuschneiden, sobald gegenseitiges Vertrauen hergestellt ist. Das lernte ich unterwegs, als mich die Umstände und die schlichten Erfordernisse des Überlebens zwangen, öfter den Mund aufzumachen, als ich das von zu Hause gewohnt war. Dort ging es in meinen Interaktionen mit Erwachsenen lediglich darum, ihren Befehlen mit gelangweiltem Stöhnen und Ächzen zu gehorchen. Ein anfängliches Gefühl von Alleinsein lockerte mir die Zunge, wenngleich ich lernte, dass Einsamkeit in der freien Natur nichts Beängstigendes ist. Tatsächlich erlebte ich angesichts der überwältigenden Ziellosigkeit, die ich nun empfand, zahlreiche und völlig unerwartete Momente der Euphorie.

Ich konnte irgendwohin gehen, irgendetwas tun. Irgendwer sein.

In diesen Gesprächen mit Fremden wurde der Krieg kaum erwähnt; diese Bestie blieb begraben. Sie war noch zu frisch, um exhumiert zu werden.

Mit der Zeit hatte ich genug von Bächen und Wäldchen und spürte stattdessen die Verlockung des Meeres, also wandte ich mich Richtung Europa und folgte den Straßenschildern, die mich durch Dörfer entlang des äußersten östlichen Randes von Cleveland und North Yorkshire nach Süden führten.

Skinningrove und Loftus.

Staithes und Hinderwell.

In jedem Ort fand ich genug Arbeit, um mich für ein paar Tage zu versorgen, ehe ich weiterzog.

Ich besuchte Runswick Bay und Sandsend, und schließlich erreichte ich das Städtchen Whitby mit seinem Bogentor aus Walzähnen und der würzigen Brise, und jenseits der Bucht sah ich hoch oben die Silhouette einer alten Klosterruine.

An diesem Teil der Küste kam ich an zwei Flugzeugen vorbei, die vom kriegsgeteilten Himmel geschossen worden waren, eines eine verkohlte Abstraktion aus hitzeverbogenem Metall, alles Glas in einem brüllenden Feuerball zerschmolzen. Das zweite entdeckte ich in einem Kornfeld, ein Flügel abgerissen, doch ansonsten intakt, die Nase zwischen die Weizenkeimlinge gesteckt, die jetzt ringsherum sprießten, als wäre es gedankenlos von Picknickausflüglern dort abgestellt worden.

Doch auf dem Heck und dem verbliebenen Flügel prangten die infamen Symbole eines Schreckensreiches, und drum herum lagen die Trümmer der grimmigen Todesmission, die von den Einheimischen noch nicht aufgesammelt worden waren, da sie den Fundort irgendwie übersehen hatten: ein verformtes Propellerblatt, so lang, wie ich groß war, und ein zerfetztes Stück Stoff, das ich mich nicht traute aufzuheben. Es fühlte sich an, als wäre der Bomber nur Minuten zuvor kreiselnd über den schachbrettartigen Feldern eines fremden Landes abgestürzt, eine Rauchfahne hinter sich herziehend, während der Tod auf den verzweifelt betenden Piloten zuraste, ein weiteres Opfer im irrwitzigen Tanz des Krieges.

Ich verweilte nicht länger dort, und schon bald erreichte ich das auf einem Hügel gelegene High Normanby und blickte hinab auf die Weidehänge von Fylingthorpe und die Bucht unter ihnen. Ihr Wasser war ein herrliches Mosaik, die zusammengefügten Splitter eines geborstenen Spiegels aus Smaragd und Malachit.

*

Ich ging durch die Wiesen, die sich zum Meer absenkten, und rostfarbene Pollen hafteten an meinen Hosenbeinen, bildeten ein Muster aus Staubpartikeln, und als ich mit dem Daumen darüberfuhr, hinterließen sie einen Streifen aus Korallenrot, die Farbe einer träge untergehenden Sonne.

Die Häuser, die ich sah, waren robust und solide und aus hellem Goathland-Stein erbaut. Es waren schöne Behausungen, dem Moor abgerungen, verwittert und mit roten

Dachziegeln, viele auf ihrem eigenen Stück Land und so ganz anders als die rußgeschwärzten, zusammengedrängten Reihenhäuser in den engen Backsteindörfern daheim.

Es war eine eher landwirtschaftlich als industriell geprägte Gegend – der Erde zugehörig statt von ihr beschmutzt.

Hecken umsäumten mich, und ich kam an Kühen vorbei, deren Euter wie Partyballons herumbaumelten, gelegentlich auch an Pferden, die auf tristen Koppeln angebunden waren und mit großen feuchten Augen den Boden nach mehr als bloß kargen Stoppeln absuchten und deren Rippen hervortraten wie die Rümpfe von gestrandeten Booten. Das trostlose Vermächtnis des Krieges hatte die Tiere nicht verschont, aber solange ihre Herzen noch schlugen, bestand Hoffnung für diese ausgehungerten Geschöpfe.

Auf den Hängen grasten auch verstreute Schafe, und auf einer Weide etwas, das wie das absurde Zerrbild eines Schafs aussah – ein sonderbares Viech, etwa so groß wie ein kleines Pferd, mit einem überlangen Hals und wolligen Beinen, bei dem es sich, wie ich später erfahren sollte, um ein Alpaka handelte.

Es war eine Wohltat, bergab in die sanfte Brise hineinzugehen, die vom Meer heranwehte. Die Luft roch nach der sich verändernden Jahreszeit: Die frische grüne Würze der Wildgräser und Schösslinge und der steigende Saft in den Bäumen erfüllten die gewundenen Straßen mit ihrem Duft. Durch die hohen Hecken fühlte ich mich wie in einem Irrgarten, und an Gabelungen entschied ich spontan, welchen Weg ich nehmen wollte, ließ mich von den weiten Hängen abwärts tragen.

Die akustische Untermalung war das Blöken der im März geborenen Lämmer, die nun schon Schafe waren und bald geschoren würden. Hier war Leben, geschah überall um mich herum und in mir und durch mich hindurch, in dieser neuen Zeit des Wachsens und Werdens, dieser Phase des ungehemmten Entstehens.

Während meiner Wanderung auf diesen Landstraßen war das Meer gleichsam ein Trugbild im Kopf eines jungen Mannes, dessen einzige maritime Erfahrung ein verschlafener Kindheitsmorgen war, an dem er beobachtet hatte, wie das kabbelige graue Wasser gegen die steinernen Piers der Schiffswerften von Sunderland klatschte.

Schon damals hatte mich am Meer nicht das Wasser selbst am stärksten beeindruckt, sondern das, was vom Meer und für das Meer lebte: eine Welt aus Nieten und Funken, aus Feuer und Lärm, große graue Ungetüme wie stählerne Kathedralen, demontiert und zur Seite gekippt, ungeschlachte, halbfertige Kriegsschiffe, deren schiere Dimensionen fast unbegreiflich waren.

Das Flüstern der Wellen war vom Kreischen von Metall auf Metall ebenso übertönt worden wie vom Kreischen der Möwen hoch in der Luft.

Das Wasser selbst war mir nicht in Erinnerung geblieben, nur, dass es sich irgendwo versteckt hatte, kaum sichtbar, hinter den Betonmauern eines Trockendocks und dem Drahtzaun der Werft, der die geschäftige menschliche Kakofonie umschloss.

Mein Vater war an einem seiner seltenen freien Tage mit mir dorthin gefahren: fünfzehn Meilen und zwei lange Stunden im Bus, in dessen Oberdeck bläulicher Zigarettenqualm waberte. Wir hatten mithilfe von dicken Schnüren, die wir mit langen Nägeln beschwert und an die wir fettige Eisbeinstücke aus Metzgerabfall als Köder befestigt hatten, Krebse aus dem trüben Hafenwasser gefischt. Der Benzingestank und die grün schillernden Panzer der Krebse hatten ausgereicht, um uns den Appetit zu verderben, sodass wir den Eimer mit unserem Fang zurück in das ölige Wasser kippten.

Hier jedoch, nur sechzig oder siebzig Meilen weiter südlich, an einer Küste, die ich viele Wochen lang erwandert hatte, lagen die Werften und die koksschwarzen Wasser von Wearmouth weit hinter mir. Das Land strömte jetzt in einem grünen Potpourri aus Feldern und Weiden dahin, durchzogen von staubigen Feldwegen und dicht mit Bäumen bestandenen Waldwiesen. Durch schattige Senken und Gräben rannen winzige, glasklare Wasseradern, plätscherten der salzigen Nordsee entgegen, die glitzerte, als bestünde ihre Oberfläche aus gewaltigen frisch gelaichten Heringsschwärmen.

Die Küste hatte hier einen anderen Zweck als in meiner Heimat mit ihren Trockendocks und Kipploren, wo das Meer als Fertigungsband für eine Industrie diente, die vom Krieg profitiert hatte, und wo die müden Gezeiten mit der dumpfen Gleichmäßigkeit eines Steinmetzhammers an den schrumpfenden Klippen nagten.

Hier war der Ozean ein Tor, eine Einladung, und ich nahm sie bereitwillig an.

Ich folgte Pfaden durch wispernde Wiesen und zerfurchtes Gestrüpp, sprang über Steinmauern, stieg über Zauntritte und trat durch Schwinggatter, deren oberste Sprossen im Laufe der Jahrhunderte von den schweißfeuchten Händen umherziehender Landarbeiter oder Bergwanderer schädelglatt abgegriffen worden waren.

Ich nahm einen noch schmaleren Weg, der nicht für Fahrzeuge gedacht war. Hinter einer Biegung verwandelte er sich in einen bewaldeten Pfad, der bergab führte, und schließlich durchquerte ich eine kleine Furt mit uralten Trittsteinen. Auch hier hatte die Zeit sich eingeprägt, hatten genagelte Stiefel im grob behauenen Stein Riefen hinterlassen. Unwillkürlich fragte ich mich, ob diese Steine auch in weiteren hundert Jahren noch hier sein würden oder ob der Bach dann vergiftet wäre, die alten Cottages zerfallen, die Weiden überwuchert wie verwahrloste Friedhöfe. Würde, so fragte ich mich, ein weiterer Krieg das alles vernichten?

Ich bewegte mich durch ein altes Geflecht von Pfaden, jeder eine gewundene Rinne, eingegraben in den trockenen Lehm, von der Zeit geschlagene Kerben.

Tief im kühlen dunklen Schlund eines dieser Hohlwege sah ich einen Dachsbau in der lehmigen Böschung, umgeben von kompakten trockenen Erdhaufen. Stellenweise waren sie bis zu zwei Meter hoch. Diese aufgeworfenen Hänge führten in zahlreiche Kammern, die mit frisch gekratzten Krallenspuren verschönert waren. Es waren Hieroglyphen, gleichsam eine wortlose Poesie, und dicht daneben waren deutliche Muster von Tunneln zu erkennen, die durch Lücken in den Hecken ins hohe Gras der umliegenden Wiesen führten. Die Gänge dieses gewaltigen Baus verliefen mindestens zehn oder fünfzehn Meter in alle Richtungen, ragten tief in das dunkle Reich, das dieses rätselhafte Tier seit Generationen besiedelt hatte. Sie waren Portale zum Königreich dieser faszinierenden Geschöpfe.

Die Sonne fiel in breiten Strahlen auf die trockene, zusammengepresste Erde und beleuchtete die Kalligraphie der Krallenspuren. Ich verweilte einen Moment in dem Bewusstsein, dass ich höchstwahrscheinlich ganz in der Nähe einer Dachsfamilie war, die in ihren irdenen Bunkern schlief, geschützt vor den Geräuschen der Außenwelt.

Ich wollte einen Schluck aus meiner Feldflasche nehmen, stellte jedoch fest, dass sie leer war.

Ich schaute mich um, kroch dann unter einem Zaun hindurch und überquerte eine offene Wiese mit fast kniehohem wächsernem Gras, durch das die sanfte Brise vom Meer wehte. Nur von der Schwerkraft hangabwärts geführt, stieß ich bald auf einen weiteren Pfad, dem ich kurz folgte, ehe ich nach links abbog.

Irgendetwas bewog mich, diesem Sträßchen zu folgen, obwohl es sich ausnahm wie eine Sackgasse. Es sollte einer dieser Momente werden, in denen das Leben einen neuen Weg eröffnet, dessen Bedeutung sich vielleicht erst Jahre später voll und ganz erfassen lässt.

Nach gut hundert Metern verengte sich das Sträßchen, das inzwischen nur noch ein holpriger Weg war, von Furchen und tiefen, knöchelverdrehenden Löchern durchzogen, und ich gelangte zu einem Cottage.

Das Haus war aus einheimischem Stein erbaut und mit Wildem Wein bedeckt, der sich daran klammerte wie ein Krake im Sturm an einen Felsen, die wirren Ranken tentakelartig um die Ecken gestreckt. Ich erreichte das Haus von hinten und folgte der Wurzel der strangulierenden Pflanze, die aus dem Boden kam und seitlich um das Cottage herumwuchs, während ihre Blätter nacheinander flatterten, wenn eine leichte Brise hindurchstrich.

Es mutete an wie ein Traumbild.

ANTON ČECHOV

Die Fischerei

Dichter Traktat zu einer dünnflüssigen Frage

Unseren heutigen Leitartikel widmen wir jenen unglücklichen Sommergästen, welche die Angewohnheit besitzen, sich an das eine Ende eines Stocks zu setzen, an dessen anderem ein Faden mit einem Wurm befestigt ist ... Wir geben den Freunden des Angelns (beachten Sie bitte: gratis!) einen ganzen Traktat mit Ratschlägen. Um dieser unserer Arbeit ein Höchstmaß an Seriosität und Wissenschaftlichkeit zu verleihen, unterteilen wir sie tiefsinnig in Paragraphen und Punkte.

1. Fische fängt man in Ozeanen, Meeren, Seen, Flüssen und Teichen, in der Umgebung Moskaus auch in Pfützen, Kanälen und Gräben.

Anmerkung. Den größten Fisch fängt man in Fischgeschäften.

2. Angeln sollte man fern von besiedeltem Gebiet, andernfalls riskiert man, eine badende Sommerfrischlerin am Bein zu fangen oder den Satz zu hören: »Welches Recht haben Sie, hier zu angeln? Oder wollen Sie ein paar hinter die Ohren?«

3. Bevor man die Angeln auswirft, muß man einen Köder auf den Angelhaken stecken, je nach Art des Fisches ... Du

kannst auch ohne Köder angeln, denn du fängst sowieso nichts.

Anmerkung. Hübsche Sommerfrischlerinnen, die mit der Angel am Ufer sitzen, nur um die Aufmerksamkeit eines Bräutigams zu erringen, können ebenfalls ohne Köder angeln. Weniger ansehnliche Sommerfrischlerinnen dagegen müssen Köder einsetzen: ein- bis zweihunderttausend Rubel oder ähnliches …

4. Wenn du beim Angeln sitzt, wedle nicht mit den Armen, zucke nicht mit den Füßen und ruf nicht um Hilfe, denn der Fisch liebt keinen Lärm. Das Angeln erfordert keine sonderliche Erfahrung: liegt der Schwimmer ruhig auf dem Wasser, bedeutet dies, daß der Fisch noch nicht beißt; wenn er sich bewegt, so triumphiere: von deinem Köder wird gekostet; wenn er hingegen auf den Grund gesunken ist, gib dir keine Mühe, ihn herauszuziehen, weil du sowieso nichts herausziehst.

Diese Seite unseres Traktats halten wir hiermit für erschöpfend behandelt (zugrunde liegt nichts). Das nächste Mal befassen wir uns eingehender mit der lebensvollen Frage der Fischarten, die man in Moskaus trüben Wassern fangen kann.

*

In der letzten Ausgabe des »›Budilnik‹ in der Sommerfrische« haben wir mit unfaßlichem Tiefsinn und mit unwahrscheinlicher Gelehrsamkeit die Frage der Angelmethoden »traktiert«. Gehen wir jetzt zum zweiten Teil unseres Traktats über, in dem von den Fischarten die Rede sein soll.

In der Umgebung Moskaus werden folgende gefangen:

a) *Der Hecht.* Ein häßlicher Fisch, wenig schmackhaft, aber von wachem Verstand, positiv, überzeugt von seinen Hechtrechten. Verschlingt alles, was ihm unterwegs begegnet: Fische, Krebse, Frösche, Enten, Kinder ... Jeder einzelne Hecht frißt weitaus mehr Fische als alle Besucher des Gasthauses Egorov. Ist niemals satt und beklagt sich ständig über den Niedergang der Geschäfte. Weist man ihn auf seine Habgier hin oder auf die unglückliche Lage der kleinen Fische, sagt er: »Sag das noch einmal, und ich fresse dich bei lebendigem Leib!« Erhält er den gleichen Hinweis von seitens eines Ranghöheren, erklärt er: »Aber mein Lieber, heute ißt doch jeder Fisch! Es ist nun mal seit Menschengedenken so eingerichtet, daß wir Hechte satt werden müssen.« Will man ihn mit einer Notiz in der Zeitung erschrecken, sagt er: »Da pfeif ich drauf!«

b) *Der Großkopf,* auch Hasel, Döbel. Der Intellektuelle unter den Fischen. Galant, gewandt, hübsch und mit hoher Stirn. Ist Mitglied zahlreicher Wohltätigkeitsgesellschaften, rezitiert Nekrasov mit viel Gefühl, schimpft auf die Hechte, verzehrt hingegen kleine Fische mit ebensolchem Appetit wie der Hecht. Hält im übrigen die Vernichtung der Gründlinge und gemeinen Weißfische für bittere Notwendigkeit, für eine Lebensfrage unserer Zeit ... Hält man ihm im vertraulichen Gespräch vor, daß bei ihm Wort und Tat auseinanderklaffen, seufzt er und sagt:

– Was willst du machen, mein Lieber! Noch sind die Gründlinge nicht reif für ein Leben in Sicherheit, und außerdem – geben Sie zu: wenn wir sie nicht verzehren, was könnten wir ihnen als Ersatz dafür bieten?

c) *Der Nalim.* Schwerfällig, unbeweglich und phlegmatisch wie ein Kassierer an der Theaterkasse. Ist berühmt für seine riesige Leber, woraus hervorgeht, daß er ein harter Trinker ist. Lebt im Gestrüpp und ernährt sich von allem möglichen Dreck. Von Natur aus ein Raubfisch, bringt er es fertig, sich mit Aas, Würmern und Gräsern zu begnügen. »Als könnten wir uns mit den Hechten und Großköpfen messen! Wir essen, was da ist. Und sind auch dafür noch dankbar.« Auf dem Haken gefangen, läßt er sich wie ein Baumstumpf aus dem Wasser ziehen, ohne das geringste Anzeichen von Widerstand … Ihm ist alles schnurzegal …

d) *Der Barsch.* Hübscher Fisch mit ziemlich scharfen Zähnen. Raubfisch. Die Männchen sind Theaterunternehmer, die Weibchen geben Konzerte.

e) *Der Kaulbarsch,* auch Schroll. Wendiges und gewitztes Individuum, das sich einbildet, vor Hechten und Großköpfen durch »Privilegien« geschützt zu sein, die ihm die Natur verliehen hat, das aber dennoch regelmäßig in der Fischsuppe landet.

f) *Die Karausche.* Sitzt im Schlamm, dämmert und wartet, bis der Hecht sie frißt. Von klein auf an den Gedanken gewöhnt, schön nur in gebratenem Zustand zu sein. Das Sprichwort »Der Hecht ist im Teich, damit die Karausche nicht schläft« versteht sie als Kompliment für den Hecht … – Tag und Nacht müssen wir gewärtig sein, dem Hecht zu gefallen … Ohne seine Wohltaten …

g) *Der Gründling.* Regelmäßiger Besucher von Darlehenskassen, schlechten Sommervergnügungen und Vorzimmern. Angestellt bei der Eisenbahnstrecke Moskau–Kursk, bringt den Hechten Dankbarkeitsadressen und arbeitet Tag und Nacht, damit die Großköpfe in Waschbärpelzen gehen können.

h) *Rotfeder* oder auch Plötze. Kleiner, halb schwindsüchtiger Fisch, der sich als Statist die Füße abfriert oder schlechte Übersetzungen für dicke Zeitschriften liefert. Werden in großer Zahl von Hechten und Barschen gefressen. Die Weibchen werden von Aalraupen und Schleien ausgehalten.

i) *Die Schleie* (Schleihe), örtl. auch Der Schleich. Träger, schleimiger und schlaffer Fisch in schwarzgrüner Uniform, der sich bis zur Pensionierung hinaufdient. Schnupftabak durch das eine Nasenloch, übertölpelt Karauschen und ist wegen Verstopfung ständig in ärztlicher Behandlung.

j) *Ukelei* oder Der gemeine Weißfisch. Läßt sich auf Fliege fangen. Bettlernatur.

k) *Die Brasse.* Unterhält Gasthäuser an der Großen Straße und arbeitet im Akkord. Erweckt den Anschein, als ernähre sie sich von Fastenspeise. Hat sie einen Fisch verzehrt, wischt sie sich schnell die Lippen ab, damit die »Herrschaft« nichts merkt …

PATRICIA HIGHSMITH

Einer zu den Inseln

Die Überfahrt würde nicht mehr allzu lange dauern. Die meisten Passagiere wollten aufs Festland, das nun nicht mehr weit war. Andere wollten zu den Inseln weiter westlich, von denen einige allerdings sehr weit weg lagen.

Dan wollte auf eine Insel, von der er glaubte, sie sei weiter weg als alle anderen, bei denen das Schiff anlegen sollte. Er nahm an, er würde so ziemlich der letzte Passagier sein, der von Bord ging.

Am sechsten Tag der ruhigen, ereignislosen Überfahrt war er in hervorragender Stimmung. Er genoß die Gesellschaft seiner Mitreisenden und hatte sich ein paarmal an den Spielen beteiligt, die ständig vorn auf dem Oberdeck im Gange waren; meist jedoch schlenderte er mit der Pfeife im Mund und einem Buch unter dem Arm über das Deck, die Pfeife kalt und das Buch längst vergessen, und sah versonnen zum Horizont hinüber, in Gedanken bei der Insel, zu der er unterwegs war. Es würde die hübscheste Insel von allen sein, sagte er sich. Seit Monaten schon verwandte er den Großteil seiner Zeit darauf, sie sich in allen Einzelheiten auszumalen. Es bestand kein Zweifel, so entschied er, daß er mehr über seine Insel wußte als irgend jemand anders auf der Welt, und dieser Gedanke entlockte ihm jedesmal ein Lächeln. Nein, niemand würde je auch nur einen Bruchteil von dem wissen, was er über die Insel wußte, obwohl er sie noch nie gesehen hatte. Doch wer weiß, vielleicht hatte sie auch kein anderer je gesehen.

Am glücklichsten fühlte sich Dan, wenn er ganz allein über das Deck schlenderte, den Blick von den flauschigen Wolken zum Horizont, von der Sonne zum Meer schweifen ließ und sich ausmalte, daß seine Insel vielleicht noch vor dem Festland in Sicht kommen könnte. Er würde sie an ihrer Küstenlinie sofort erkennen, da war er sich sicher. Seltsamerweise würde es ihm so vorkommen, als wäre ihm dieser Ort insgeheim seit jeher vertraut, nur daß keiner davon wußte. Und dort würde er endlich allein sein.

Er war jedesmal wieder peinlich berührt, wenn er unverhofft an irgendeiner Ecke mit einem anderen Passagier zusammenstieß. Er fand es lästig, ständig in einen der herumschwirrenden Stewards hineinzulaufen, wenn er einen der verschlungenen Korridore von Deck D nahm, das zur dritten Klasse gehörte und daher noch mehr an eine Katakombe erinnerte als das restliche Schiff, und auf diesem Deck hatte Dan seine Kabine. Und dann hatte er einmal, am zweiten Tag der Überfahrt, einen kurzen Moment lang ganz dicht vor seinen Augen den geriffelten Fußboden des Korridors gesehen, mit einem Zigarettenstummel in einer Ritze, einem Kaugummipapierchen und ein paar abgebrannten Streichhölzern. Auch davon war er peinlich berührt gewesen.

»Fahren Sie zum Festland?« wollte Mrs. Gibson-Leyden wissen, Passagierin der ersten Klasse, als sie eines Abends gemeinsam an der Reling standen.

Dan lächelte verhalten und schüttelte den Kopf. »Nein,

zu den Inseln«, sagte er liebenswürdig, wenn auch leicht überrascht, daß Mrs. Gibson-Leyden das immer noch nicht wußte. Doch andererseits war unter den Passagieren wenig darüber gesprochen worden, wo jeder hinwollte. »Aber Sie fahren aufs Festland, nehme ich an?« fragte er aus reiner Höflichkeit zurück, denn er wußte sehr gut, daß Mrs. Gibson-Leyden aufs Festland wollte.

»O ja«, sagte Mrs. Gibson-Leyden. »Mein Mann hatte eigentlich vor, auf eine Insel zu fahren, aber das ist nichts für mich, habe ich ihm gleich gesagt.«

Sie lachte und strahlte, und Dan nickte. Er mochte Mrs. Gibson-Leyden, weil sie immer gut gelaunt war. Von der Mehrzahl der Passagiere der ersten Klasse konnte man das nicht sagen. Jetzt stützte er die Unterarme auf die Reling und blickte ins mondlichtbeschienene Kielwasser und auf das Meer hinaus, das wie der Rücken eines gigantischen Seedrachens mit silbrigen Schuppen schimmerte. Dan konnte sich nicht vorstellen, wie jemand lieber aufs Festland gehen wollte, wenn es doch Inseln im Überfluß gab, aber diese Dinge hatte er noch nie verstanden, und bei einem Menschen wie Mrs. Gibson-Leyden hatte es auch wenig Sinn, so etwas erörtern oder auch nur verstehen zu wollen. Dan zog sachte an seiner leeren Pfeife. Er fing einen Hauch Lavendelduft aus Mrs. Gibson-Leydens Richtung auf. Er erinnerte ihn an ein Mädchen, das er einmal gekannt hatte, und nun fand er es amüsant, daß er sich zu Mrs. Gibson-Leyden hingezogen fühlen könnte, die bestimmt alt genug war, seine Mutter zu sein, nur weil sie einen vertrauten Duft aufgelegt hatte.

»So, ich sollte mal wieder ins Spielzimmer zu meinem

Mann«, sagte Mrs. Gibson-Leyden, bereits im Gehen. »Er wollte sich nur einen Pullover holen.«

Dan nickte und war jetzt etwas verlegen. Er kam sich nun plötzlich verlassen und schrecklich einsam vor, und er machte sich Vorwürfe, weil er sich nicht mehr um eine Unterhaltung mit ihr bemüht hatte. Lächelnd richtete er sich auf und spähte über seine linke Schulter in die Dunkelheit, wo noch vor Tagesanbruch das Festland auftauchen würde und dann, später, seine Insel.

Zwei Menschen, ein Mann und eine Frau, spazierten langsam über das Deck, Seite an Seite und doch getrennt, ihre Gestalten schwarz in der Finsternis. Jetzt trat noch eine einzelne Gestalt, gedrungen und dick, in das Licht vor den Fenstern der Deckaufbauten: Dan erkannte Dr. Eubanks. Weiter vorn sah er noch eine Gruppe von Passagieren an der Reling herumstehen, auch alle einzeln. Er stellte sich die Männer und Frauen vom Bordpersonal vor, wie sie einzeln an winzigen Tischchen in den Korridoren ihre Mahlzeiten einnahmen und dazwischen mit Handtüchern, Tabletts und Speisekarten umherschwirrten. Auch sie waren alle allein. Niemand hier berührte jemals einen anderen, dachte er, kein Mann ergriff je die Hand seiner Frau, Liebespaare küßten sich nicht – zumindest hatte er auf der Überfahrt bisher keine gesehen.

Dan richtete sich noch gerader auf. Ein überwältigendes Gefühl der Einsamkeit, seiner eigenen Isolation, hatte ihn ergriffen, und da er den Impuls verspürte, sich in sich zu verkriechen, richtete er sich unbewußt zu voller Größe auf. Dennoch konnte er das Schiff nicht länger ansehen und wandte sich deshalb wieder dem Meer zu.

Nur der Mond, so dünkte es ihn, breitete die Arme aus und spreizte sein Strahlennetz schützend und liebend über den Körper des Meeres. Dan starrte auf die Schleier des Mondlichts, so intensiv er konnte und so lange er konnte – etwa fünfundzwanzig Sekunden –, dann ging er hinunter in seine Kabine und legte sich schlafen.

Er erwachte vom Geräusch eiliger Schritte auf Deck und von aufgeregtem Stimmengemurmel.

Das Festland, dachte er sofort und warf die Decke zurück. Sehen wollte er das Festland schon. Dann, als er vollends aus dem Schlaf auftauchte, wurde ihm klar, daß die Aufregung an Deck einen anderen Grund haben mußte. Wieder eiliges Getrappel und dann das erstaunte »Oh!« einer Frau, halb Hilferuf und halb Freudenschrei. Dan zog sich rasch an und stürzte aus seiner Kabine.

Der Ausblick von der Kajütstreppe zum Deck A hinauf ließ ihn innehalten und nach Luft schnappen. Das Schiff fuhr *abwärts,* stetig abwärts, auf einer langen, breiten Bahn mitten ins Meer hinein. So etwas hatte Dan noch nie gesehen. Und auch sonst niemand, wie es schien. Kein Wunder, daß alle so aufgeregt waren.

»Wann?« fragte ein Mann, der dem dahinhastenden Kapitän hinterherrannte. »Haben Sie es gesehen? Was ist passiert?«

Der Kapitän hatte keine Zeit, ihm zu antworten.

»Alles in Ordnung. Alles richtig so«, sagte ein Maat, dessen ruhige, ernsthafte Miene einen seltsamen Kontrast zu den alarmierten, weit aufgerissenen Augen aller anderen setzte.

»Unten merkt man gar nichts davon«, sprudelte Dan, zu

dem neben ihm stehenden Mr. Steyne gewandt, hervor und kam sich im selben Moment idiotisch vor, denn was spielte es schon für eine Rolle, ob man es unten merkte oder nicht? Das Schiff fuhr abwärts, die See neigte sich in einem Winkel von etwa zwanzig Grad zum Horizont, und so etwas war noch nie dagewesen, nicht einmal in der Bibel.

Dan rannte zu der Schar von Passagieren, die sich auf dem Vorderdeck drängten. »Wann hat das angefangen? Ich meine, wo?« fragte er den Nächststehenden.

Der Mann zuckte die Achseln, obwohl er genauso unruhig und besorgt war wie alle übrigen.

Dan versuchte zu erkennen, wie es an den Seiten des Wasserbands aussah, denn der Abhang schien nicht mehr als zwei Meilen breit zu sein. Aber was immer hier vor sich ging, ob das Band seitlich in einer scharfen Kante endete oder allmählich zur waagerechten Meeresoberfläche ringsum anstieg – er konnte es nicht erkennen, weil ein feiner Dunst zu beiden Seiten die Sicht auf das Meer verhüllte. Jetzt fiel ihm auch der goldene Lichtschein auf, der rings über allem lag, auf dem Wasserband, der Atmosphäre, dem Horizont vor ihnen. Das Licht war nicht auf einer Seite heller als auf der anderen, also konnte es nicht die Sonne sein; die konnte Dan auch nirgends entdecken. Doch der Rest des Himmels und die höheren Teile des Meeres hinter ihnen waren hell wie der Morgen.

»Hat irgendwer das Festland gesehen?« fragte Dan in das Stimmengewirr hinein.

»Nein«, sagte jemand.

»Es gibt kein Festland«, sagte derselbe Maat gefaßt wie zuvor.

Dan fühlte sich mit einem Mal hinters Licht geführt.

»Richtig«, setzte der Maat lakonisch hinzu. Er war damit beschäftigt, zwischen Handfläche und Ellbogen eine dünne Schnur aufzuwickeln.

»Richtig?« fragte Dan.

»Das war's«, sagte der Maat.

»Richtig, das war's«, bestätigte ein Mann an der Reling.

»Auch keine Inseln?« fragte Dan beunruhigt.

»Nein«, sagte der Maat, keineswegs unfreundlich, aber so brüsk, daß es Dan einen Stich gab.

»Ja, aber – warum dann das ganze Gerede über das Festland?« wollte Dan wissen.

»Gerede eben«, gab der Maat mit einem Augenzwinkern zurück.

»Ist das nicht wun-der-bar?« sagte eine Frauenstimme hinter ihm, und Dan sah im Umdrehen, wie Mrs. Gibson-Leyden – Mrs. Gibson-Leyden, die so begierig auf das Festland gewesen war – ganz verzückt in den leeren weißgoldenen Dunst schaute.

»Wissen Sie etwas darüber? Wieviel weiter geht das noch so?« fragte Dan, aber der Maat war weg. Dan wünschte, er könnte so ruhig sein wie alle anderen – meist war er ruhiger –, aber wie sollte er beim Verschwinden seiner Insel ruhig bleiben? Wie konnten die anderen einfach so an der Reling stehen und das alles mehr oder weniger gelassen hinnehmen, wie er ihren Stimmen und den zwanglosen Körperhaltungen entnahm.

Dan sah wieder den Maat und rannte ihm nach. »Was ist los?« fragte er. »Was passiert jetzt?« Seine Fragen kamen ihm dämlich vor, aber ihm fielen keine besseren ein.

»Das *war's*«, sagte der Maat lächelnd. »Meine Güte, Junge!«

Dan biß sich auf die Lippen

»Das *war's*!« wiederholte der Maat. »Was haben Sie anderes erwartet?«

Dan zögerte. »Land«, sagte er dann und in einem Tonfall, daß es fast wie eine Frage klang.

Der Maat schüttelte schmunzelnd den Kopf. »Sie können ja jederzeit von Bord gehen.«

Dan sah sich verdattert um. Es stimmte, die Leute kletterten über die Backbordreling, stiegen einfach mit ihren Koffern aus. »Wohin denn?« fragte Dan entgeistert.

Der Maat lachte wieder und ging dann, ohne ihn einer Antwort zu würdigen, mit seiner aufgewickelten Schnur langsam davon.

Dan packte ihn am Arm. »Hier von Bord gehen? Aber warum?«

»Ist doch ebensogut wie anderswo. Wo es Ihnen beliebt.« Der Maat kicherte. »Ist Jacke wie Hose.«

»Alles Meer?«

»Es gibt kein Meer«, sagte der Maat. »Und Land schon gar keins.«

In diesem Moment gingen Mr. und Mrs. Gibson-Leyden von Bord, über die Steuerbordreling.

»Hey!« rief Dan ihnen nach, aber sie drehten sich nicht um.

Dan sah sie rasch entschwinden. Er kniff die Augen zusammen. Sie hatten sich zwar nicht an den Händen gehalten, aber sie waren dicht nebeneinander gegangen, sie waren vereint gewesen.

Plötzlich wurde Dan klar, daß er, wenn er wie sie von Bord ginge, weiterhin allein sein konnte, falls er das wollte. Es war natürlich eine eigenartige Vorstellung, so ins Leere hinauszusteigen. Doch in dem Augenblick, als er es sich vorstellen konnte, ganz vage nur, da kam es ihm schon wie das Richtige vor. Er spürte, wie es ihn mit einer allmählichen, aber überwältigenden Gewißheit erfüllte, der er sich nur widerwillig ergab. Es war richtig so, hatte der Maat gesagt. Und es war ja hier ebensogut wie anderswo.

Dan blickte sich um. Das Schiff war tatsächlich fast leer. Dann konnte er ruhig auch als letzter gehen, dachte er. Er hatte ja der letzte sein wollen. Er würde jetzt hinuntergehen und seinen Koffer packen. Wie ärgerlich! Die Passagiere fürs Festland hatten natürlich schon am Nachmittag gepackt.

Auf der Kajütstreppe, die er einmal fast hinuntergefallen wäre, machte Dan ungeduldig kehrt und stieg wieder hinauf. Er wollte seinen Koffer nicht. Er wollte gar nichts mitnehmen.

Er stellte einen Fuß auf die Steuerbordreling und stieg hinüber. Er ging ein paar Meter über einen unsichtbaren Boden, der weicher war als Gras. Es war gar nicht, wie er es sich vorgestellt hatte, doch jetzt, wo er hier war, kam es ihm auch nicht seltsam vor. In Wahrheit war da sogar dieses Gefühl des Wiedererkennens, das er sich in bezug auf seine Insel ausgemalt hatte, wenn er sie zum ersten Mal betrat. Er drehte sich um für einen letzten Blick auf das Schiff, das weiterhin abwärts fuhr. Dann aber wurde er plötzlich ungeduldig mit sich selbst. Wozu ein Schiff ansehen?, fragte er sich, wandte sich abrupt um und ging weiter.

ARTHUR RIMBAUD

Das trunkene Schiff

Hinab glitt ich die Flüsse, von träger Flut getragen,
da fühlte ich: es zogen die Treidler mich nicht mehr.
Sie waren, von Indianern ans Marterholz geschlagen,
ein Ziel an buntem Pfahle, Gejohle um sich her.

Ich scherte mich den Teufel um Männer und um Frachten;
wars flämisch Korn, wars Wolle, mir war es einerlei.
Vorbei war der Spektakel, den sie am Ufer machten,
hinunter gings die Flüsse, wohin, das stand mir frei.

Derweil die Tide tobte und klatschte an den Dämmen,
flog ich, und es war Winter, wie Kinderhirne stumpf,
dahin. Und wär es möglich, daß jemals Inseln
schwämmen,
kein solcher Gischt umbraust' sie, kein ähnlicher Triumph.

Ein leichter Korken, tanzt ich dahin auf steiler Welle:
die erste Meerfahrt haben die Stürme benedeit.
Von solcher Welle heißt es, sie töte und sie fälle –
Die albernen Laternen der Häfen blieben weit!

So süß kann Kindermündern kein grüner Apfel
schmecken,
wie mir das Wasser schmeckte, das grün durchs Holz mir
drang.
Rein wuschs mich vom Gespeie und von den
Blauweinflecken,
fort schleudert es das Steuer, der Draggen barst und sank.

Des Meers Gedicht! Jetzt konnt ich mich frei darin
ergehen,
Grünhimmel trank ich, Sterne, taucht ein in milchigen
Strahl
und konnt die Wasserleichen zur Tiefe gehen sehen:
ein Treibgut, das versonnen und selig war und fahl.

Die Rhythmen und Delirien, das Blau im rauchigen
Schleier,
verfärbt sind sie im Nu hier, versengt sind sie, verzehrt:
so brannte noch kein Branntwein, kein Lied und keine
Leier,
wie hier das bittre Rostrot der Liebe brennt und gärt!

Ich weiß, wie Himmel bersten, ich kenn die
Dämmerungen,
die Strömung und die Dünung, die Woge, die sich bäumt,
die Früh – verzückt wie Tauben, die sich
emporgeschwungen,
und manchmal sah mein Auge, was Menschenauge träumt.

Ich sah die Sonne hängen – mystisch geflecktes Grauen,
und violett, geronnen. Leuchtstreifen, endlos weit,
und sah die Fluten schaufeln und groß die Bühne bauen,
ein Schauspiel sah ich spielen, das alt war wie die Zeit!

Im Traum sah ich die Schneenacht, die grüne, sich
erheben:
ein Kuß stieg zu den Augen der Meeres-Au empor.
Ein Kreisen wars von Säften, ein unerhörtes Weben,
und blau und gelb erwachte der singende Phosphor!

Ich folgt und folgt der Horde von wildgewordnen Kühen:
der See, die Klippen stürmte, folgt ich auf ihrem Ritt.
Vergessen wart ihr, Füße der leuchtenden Marien:
hier keuchten Meeresmäuler – sie schloß kein
Heiligentritt!

Wißt ihr, ich lief auf Land auf, wie ihrs nicht schaut im
Traume:
Des Menschenpanthers Augen – den Blumen beigesellt!
Ich sah im weitgespannten, im Regenbogenzaume
flutgrün die Herden ziehen am Grund der Meereswelt.

Ich sah, wie's in den Sümpfen, den Riesenreusen, gärte,
darin den Leviathan, verwesend zwischen Tang.
Und Wasserstürze sah ich, wo sich die Stille mehrte,
und schaute, wie die Ferne zur Tiefe niedersank!

Sah Gletscher, Silbersonnen, Gluthimmel, Perlmuttfluten,
den braunen Golf, wo greulich ein Wrack beim andern
steht,
und sah die Riesenschlange, ein Fraß der Wanzenbruten,
vom Krüppelbaume fallen, von schwarzem Duft
umweht!

Wo seid ihr, Kinderaugen, zu schaun die Herrlichkeiten?
Das Schuppengold der Welle, den Goldfisch, der da
singt!
– Dies schaumumblühte Driften, dies Zwischen-
Blumen-Gleiten!
Der Wind, der Wind unsäglich, der meine Fahrt
beschwingt!

Und litt ich Pein, der Pole und Wendekreise müde,
so schluchzt' es in den Wassern, ich schlingerte dahin,
mit gelbem Saugnapf tauchte empor die Schattenblüte –
ein Weib, so blieb ich liegen, ein Weib auf Weibesknien.

Gewölle und Gezanke hab ich an Bord genommen,
ich war das Vogel-Eiland – blond äugte, was da flog.
Ich trieb mit loser Spante, ich schwamm und ward
durchschwommen:
ein Leichnam um den andern, der rücklings schlafwärts
zog.

Und ich – verstrickt, verloren im Haar geheimer Buchten,
hinauf ins Vogellose geworfen vom Orkan:
sie fahren nicht, die Klipper, die Koggen, die mich
suchten,
des wassertrunknen Rumpfes nimmt sich kein Schlepptau
an.

Frei war ich und ich rauchte, von Nebelblau bestiegen,
ich stieß durch Feuerhimmel, ich stieß sie alle ein,
und was den Dichtern mundet, das fühlt ich auf mir liegen:
es waren Sonnenflechten, es war azurner Schleim.

Ich – mondgefleckt, elektrisch: die tollgewordne Planke!
Seepferdchen kam in Scharen und war mein schwarzer
Troß.
Ihr Himmel blau und tiefblau, ich sah euch alle wanken,
ich sah, wie euch der Juli durch Glutentrichter goß!

Der Behemoth, der Mahlstrom durchstöhnte jene Breiten,
ich spürte beider Brunstlaut – ein Schauder ging durch
mich,
ich schwamm und schwamm durch blaue, durch
Regungslosigkeiten –
Europa, deine Wehren, die alten misse ich!

Und ich sah Inselsterne, sah Archipele ragen,
darüber Fieberhimmel – das Tor der Wanderschaft!
– Hats dich dorthin, ins Nächtige und Nächttigste
verschlagen,
du goldnes Vogeltausend, du künftige, du Kraft?

Doch wahr, genug des Weinens! Der Morgen muß
enttäuschen.
Ob Nacht-, ob Taggestirne, keins, das nicht bitter wär:
ich schwoll von herber Liebe, erstarrt in Liebesräuschen –
O du mein Kiel, zersplittre! Und über mir sei, Meer!

Und gab es in Europa ein Wasser, das mich lockte,
so wärs ein schwarzer Tümpel, kalt, in der Dämmernis,
an dem dann eins der Kinder, voll Traurigkeiten, hockte
und Boote, falterschwache, und Schiffchen segeln ließ'.

Wen du umschmiegt hast, Woge, um den ist es geschehen,
der zieht nicht hinter Frachtern und Baumwollträgern her!
Nie komm ich da vorüber, wo sich die Fahnen blähen,
und wo die Brücken glotzen, da schwimm ich
nimmermehr!

IWAN BUNIN

Der Schrei

Einmal fuhren wir zu Beginn des Frühlings von Port Said nach Batumi.

In Stambul war die Pest, zu erledigen hatte unser Frachter dort nichts; wir beschlossen, das Goldene Horn zu umfahren und bis Tagesanbruch bei Kavak, an der Einfahrt zum Schwarzen Meer, abzuwarten: In der Nacht wird man nicht aus dem Bosporus herausgelassen. Man hatte uns von den Dardanellen zwei Türken mitgegeben, zwei Quarantänewächter, die bei unserer Ankunft in Kavak bestätigen sollten, daß wir im Bosporus keinen Halt gemacht hatten.

Wir hatten um vier in den Dardanellen abgelegt. Um fünf essen die Matrosen. Vor dem Essen steht jedem von ihnen eine Feldflasche mit Schnaps zu. Doch es war Gründonnerstag, und für einige von ihnen war es Sünde, an einem solchen Tag zu trinken. Damit der Schnaps nicht umkam, machten sie sich einen Spaß daraus, ihn den Türken vorzusetzen. Der Schnaps machte sie betrunken, weil sie an Alkohol nicht gewöhnt waren, und sie schliefen ein: Der eine, ein hochgewachsener, baumstarker Kerl, am Heck, direkt über der Schiffsschraube, der andere, kleine, auf der Luke zum Kielraum zwischen Heck und Maschine. Bevor er einschlief, murmelte dieser Kleine unaufhörlich auf türkisch, auf griechisch und sogar auf russisch vor sich hin:

»Russe gutt, Araber nix gutt!«

Er erzählte, daß er, ein einfacher, armer Mann, eine solche Schönheit zur Frau gehabt habe, daß er sie nie beim Namen, sondern immer »*canim*, mein Herz« genannt habe; sie sei schon lange tot und habe ihm einen Sohn geboren, und auch sein Sohn sei sehr schön, zart und respektvoll gewesen, wie ein Mädchen, aber man hätte ihn nach Stambul und von da in den Krieg, nach Arabien, geschickt. Und aus Arabien kommt man nicht wieder, nein! sagte er. Er sprang hoch, schrie laut auf, als schieße er aus einem Karabiner, fiel auf den Rücken, tat so, als sei er tot umgefallen, und zog seine krummen Beine in den gestreiften Wollstrümpfen ein. Seine nach unten hin sehr schmale Hose war voller Flicken, die Uniformjacke war zu kurz und abgewetzt, der Fez schmutzig, seine Schafsaugen trüb, der Schnurrbart schlapp herunterhängend, das Kinn schon lange nicht rasiert, sein Gesicht voller Falten. Und die Matrosen lachten und sagten mitleidig:

»Das ist der Wein, Freunde, was der so alles anrichtet!«

Am Abend legte ich mich schlafen und befahl, mich zu wecken, sobald der Leuchtturm zu sehen wäre. Gegen zwei Uhr nachts klopfte ein Steward an die Tür meiner Kajüte und sagte leise:

»Wir sind gleich da.«

Ich zog mich an und ging hinaus. In der Messe glomm trüb und traurig nur ein Gasbrenner. Eine leichte, frische Brise wehte zur offenen Tür herein, hinter der die Mondnacht bläulich schimmerte, und mit einem trockenen Rascheln zitterten die gefiederten Zweige der japanischen Zwergpalme, die in einem Topf am Kamin stand. In der

Stille, die überall herrschte, war nur dieses Rascheln und das langsame Ticken der Wanduhr zu vernehmen. Das sanfte Klirren der Gläser hingegen, mit denen die Decke des Geschirrschranks behängt war, sowie das sich auf den ganzen Dampfer übertragende, schwache Vibrieren der Maschine, die tief im Innern des Schiffs dumpf und gleichmäßig arbeitete wie ein gewaltiges Herz, störten die Stille nicht. Ich ging hinaus auf die Backbordseite und betrachtete das herannahende Stambul, seine wenigen nächtlichen Lichter, die matt durch den fahlweißen, zarten Dampf blinkten, sein schemenhaftes Bild, phantastisch und großartig, geheimnisvollblaß in der dunklen Bläue der Mondnacht …

Dann stieg ich auf die Brücke. Nach vorn blickend, zum Fockmast, taten der Kapitän und der Wachhabende ihren Dienst am Telegraphen, in Mützen und warmen Jacken. Sie drehten sich nicht um, als ich mich hinter sie stellte, neben das Steuerhaus, wo im Dämmerlicht reglos der Steuermann stand, die Hände am Steuerrad und den Blick unverwandt auf den von einer niedrig hängenden elektrischen Lampe mit schwarzem Schirm beleuchteten Kompaß gerichtet. Auch sie waren verzaubert von der Nacht, von Stambul, und gaben ihre Kommandos langsam und halblaut.

»Fünf Grad backbord«, sagte der Kapitän verhalten, ohne sich umzuwenden.

»Zu Befehl, fünf Grad backbord«, antwortete der Steuermann mit gedehntem, heiserem Alt.

Gleichmäßig und langsam drang aus der Tiefe das Ächzen der Maschine, und im Vorüberziehen entfaltete sich vor uns langsam das märchenhafte Reich der großen Stadt.

»So bleiben«, sagte der Kapitän einfach und vorsichtig.

»So-o bleibe-en!« wiederholte der Steuermann vier Töne höher.

Ich kletterte auf das Steuerhaus … Totenstille. Der helle Vollmond steht rechts, beinahe hinter uns, über den dunstigen Silhouetten der Prinzeninseln. Ein gewaltiger goldener Streifen zieht sich funkelnd der Länge nach zwischen ihnen hin, mit jenem Schatten, der immer hinter dem Mondglanz am Horizont liegt. Der Glanz der grünlichen Scheibe erstrahlt und erlischt, schillert auf den Wellenkämmen an der Bordwand. Doch es ist alles weit weg – die hüglige Küste, das Goldene Horn, das sich langsam vor uns auftut, die blassen Schemen von Skutari, Stambul und Galata – alles überzogen mit einem mattweißen Schleier, zart und durchscheinend wie kostbare Bursa-Seide. Und hinter diesem Schleier glitzern wie unzählige Augen geheimnisvoll und wunderschön, matt und reglos unzählige ferne und nahe Lichter: Golden und winzig sind sie dicht gestreut in den dunklen Gärten am Ufer von Skutari; scharenweise übersäen sie den Galata-Berg von oben bis unten; smaragdgrün, rubinrot und groß hängen sie an den Masten am Goldenen Horn, auf den Bojen und den Wachbooten und spiegeln sich länglich auf der Wasseroberfläche; vereinzelt und schläfrig blinken sie in Stambul, das mit offenen, glänzenden Augen auf seinen Hügeln gegenüber dem Mond schläft … Ich konnte die Holzhäuser seiner Vorstädte unterscheiden, die schlanken, unendlich hohen Minarette um die schalenförmigen Kuppeln der weißen Achmed-Moschee, die uralte, mir so liebe Kuppel der Hagia Sophia, die Gärten des Serail und die graue Mauer des Konstantin-Palastes. Ich roch wieder dieses besondere, süße, trockene Aroma der Küsten der Türkei … Mit einem Mal drang von ferne ein schwacher, klagender Ruf durch die Stille:

»Ju-u-ssuf!« schrie jemand.

Immer näher umschwirrten uns die Lichter. Wir fuhren weiter, und an uns vorbei zogen die roten Laternen auf den Wachbooten. Ich dachte: Da hat wahrscheinlich jemand auf einem Wachboot geschrien; vielleicht war es eine Mordtat und ein Flehen um Gnade; vielleicht hat man einen griechischen Schmuggler gefaßt …

Wieder ein leises Kommando und der Alt des Steuermanns. Der Mond wechselt den Platz, von rechts nähert sich das Ufer von Skutari – weithin über das spiegelnde Wasser hat sich sein Schatten gelegt. Schon ist der Galata-Berg vorbei, der von oben bis unten übergossen ist mit der steinernen Stadt, überzogen von einer durchscheinend weißen Hülle. Hinter uns bleiben zwei schlaftrunkene, durchbrochene Smaragde zurück, die niedrig, einer über dem anderen, dicht über dem Wasser hängen – dort, wo der weiße Leander-Turm aus dem Wasser ragt. Der Bug des Dampfers wendet sich langsam, und es schließt sich die Ausfahrt ins Marmara-Meer, das glänzend wie ein gläsernes, goldenes Feld neben der Landspitze des Serail liegt. Dieses Feld erlischt; das kurze, kristallene Klimpern des Telegraphen erklingt; wir drehen immer schärfer nach rechts. Jetzt ist nirgends mehr Glanz. Weißmarmorne Paläste ziehen sich entlang dem linken Ufer, baden die breiten Stufen ihrer marmornen Anleger im Wasser. Der Schatten erreicht auch sie; grünlich-blaß im Schatten ist der Marmor …

»Jussuf!« kommt es erneut von irgendwo weit her.

Ich lausche, und dann vergesse ich den kläglichen Schrei wieder.

Leuchtender und grüner scheint die kalte Frühlingsnacht im Schatten, spiegelnder der Mond. Klarer und blauer der Sternenhimmel. Dann und wann entfernen sich die Höhen des kleinasiatischen Ufers, das mit Villen, Gärten und Hainen gesäumt ist. Vor uns sehe ich einen hohen, runden Hügel. Wie weich und deutlich er sich vor dem hellen Himmel abhebt! Wie still und zart die Umrisse der italienischen Pinien sind, die seinen Scheitel krönen, ihre kurzen Stämme und die dunklen Schirme! Da ist ein Gebirgssattel – und der Mond, der dahinter steht, verblaßt ein wenig ... Doch auch der Gebirgssattel verschwindet – wir fahren unter einem dunklen, dicht mit Gärten bestandenen Abhang vorbei, wo über Ziegeldächern schwarze Zypressen aufragen. Die erste zaghafte Nachtigall ruft klingend und süß in den Gärten – und verstummt wieder ...

»Jussuf!« Inbrünstig, tränenerstickt ruft eine Stimme vom Heck. »Ju-u-ssuf!«

Ich kletterte vom Steuerhaus hinunter und ging rasch dorthin. Ich lief über das Fallreep vom Brückendeck hinunter, an der gleichmäßig und heftig ächzenden Maschine vorbei, die mich mit ihrer Wärme und dem Geruch von erhitztem Öl einhüllte ... Wieder hatte der Mond seinen Platz geändert. Er stand weit hinter dem Heck, über dem riesigen goldenen See, zu dem der Bosporus zwischen den ihn umschließenden Ufern geworden war. Ich lief noch eine Treppe hinunter und erblickte eine schwarze, kleine Gestalt, die mit dem Rücken zu mir auf der Luke zum Kielraum kniete. Sie setzte sich hin und wieder auf die Fersen, wie man es beim Gebet macht, richtete sich dann ruckartig auf, suchte etwas auf der Matte, die ihr als Teppich diente, lehnte sich wieder zurück und schrie mit erhobenen Händen, leidenschaftlich, kurz, mit unsäglichem Schmerz und flehentlich bittend:

»Ju-u-ssuf!«

Da begriff ich alles.

Er, dieser abgerissene kleine Türke, war eingeschlafen, nachdem er im Suff zuviel geredet und zu viele griechische Lieder gesungen hatte. Er hatte das ganze Marmara-Meer verschlafen. Und plötzlich war er direkt vor Stambul erwacht, das ihm den Sohn genommen hatte … Demütig, als echter Muslim, hatte er seinen Schmerz angenommen und ihn in seinem Herzen verborgen. Niemand hatte die Spuren des Kummers in seinen gleichmütigen Falten, in den gelassen erhobenen Brauen und in dem herabhängenden Schnurrbart bemerkt. Doch allzu hartnäckig hatte dieser Kummer an seinem Herzen genagt. Und nun diese Fahrt nach Kavak, diese fremden Menschen, die ihm Machorka und den scharfen Schnaps angeboten hatten … Vom Schnaps um den Verstand gebracht, im Gefühl dessen, daß er zur Stadt des Padischah fuhr, erinnerte er sich mit schmerzlicher Faszination, wie man seinen Sohn hierhergebracht hatte, stellte sich in unfaßbarer Verzückung vor, wie man ihn in Arabien getötet hatte … Bis er schließlich umfiel, das Bewußtsein verlor … Und dann war er plötzlich erwacht. Irgendetwas hatte ihn in seinem berauschten, schweren Schlaf heftig gequält. Als er die Augen aufschlug, erkannte er an der Stille ringsum, daß es späte Nacht war, und er erblickte die großartige, im Mondlicht phantastische

Silhouette von Stambul – und unversehens kam ihm, mit seinem ganzen Wesen, vielleicht zum ersten Mal die ganze tiefe Bedeutung dessen, was Stambul seinem von niemandem beachteten, erbärmlichen Leben und der wunderbaren Jugend von Jussuf angetan hatte. Und von ihm, von seinem Sohn, hatte er den lachenden russischen Hunden erzählt!

Ich trat zu ihm. Er wandte mir sein im Mondlicht bleiches, tränennasses Gesicht mit dem feuchten herabhängenden Schnurrbart zu und riß seine Schafsaugen auf, die vom Gift, vom Weinen und von der Anstrengung glasig waren … Warum kniete er auf dieser zerknitterten Matte? Vielleicht war ihm auch eingefallen, daß er das Abendgebet verschlafen hatte, und er hatte, niederfallend und sich wieder aufrichtend, die Matte ausbreiten wollen … Aber als ob ihm nach Beten zumute gewesen wäre! In seinem Gehirn vermischt sich alles, er verspürt nur eines – Entsetzen und Trauer. Und plötzlich beginnt er, Stambul und der Mondnacht zuzuschreien, daß er alleine ist und zugrunde geht. Nein, es kann nicht sein! Sein Sohn lebt, er muß am Leben sein, er muß zurückkehren!

Ich ergriff seine eiskalte Hand. Er wich zurück, entzog sie mir. Und fiel wieder, noch immer nicht ganz nüchtern, schwerfällig rückwärts auf die Fersen. Die unaufhaltsam rinnenden Tränen verschleierten seine erstaunten Augen, ein betrunkener Schnupfen ließ ihn nicht richtig atmen.

»Jussuf!« schrie er dumpf und kurz, wie jemand, der kurz aus dem Wasser auftaucht.

Und er heulte auf, wurde vom Schluchzen geschüttelt und hob mit sich überschlagender Stimme die Hand gegen Stambul:

»Jussuf! Ju-u-ssuf!«

Das Wasser schwappte an der Bordwand. Der goldene See hinter dem Heck verblaßte.

28.4.1911

EVELYN WAUGH

Taktische Übung

John Verney heiratete Elizabeth 1938, aber erst im Winter 1945 war es so weit, dass er sie durchgängig und von Herzen hasste. Zuvor hatte es zahllose kurze Hassanfälle gegeben, denn dazu neigte er leider. Er war kein Miesepeter im üblichen Sinne des Wortes, eher im Gegenteil; ein müder oder abwesender Blick war das einzig sichtbare Zeichen der inneren Erregung, die ihn mehrmals am Tag ergriff, wie andere vom Lachzwang oder Geschlechtstrieb ergriffen werden.

Während des Krieges galt er bei seinen Kameraden als phlegmatischer Zeitgenosse. Er hatte keine guten oder schlechten Tage; seine Tage waren alle gleichmäßig gut und schlecht; gut insofern, als er zügig erledigte, was erledigt werden musste, ohne »den Kopf zu verlieren« oder »aus der Haut zu fahren«; schlecht wegen der sporadischen unsichtbaren Hassblitze, die ihm bei jedem Hindernis oder Rückschlag durchs Gemüt zuckten. In seiner Ordonnanzstube, wenn er als Kompanieführer den morgendlichen Aufmarsch der Delinquenten und Simulanten erlebte; in der Messe, wenn die unteren Ränge Radio hörten und ihn damit beim Lesen störten; in der Generalstabsakademie, wenn die »Klasse« seiner Lösung widersprach; im Brigadehauptquartier, wenn der Oberfeldwebel eine Akte verlegte oder die Telefonordonnanz einen Anruf versaubeutelte; wenn sein Chauffeur eine Abzweigung verpasste; später im Krankenhaus, wenn der Arzt seine Wunde zu flüchtig zu inspizieren schien und die Schwestern fröhlich plappernd bei sympathischeren Patienten am Bett standen, statt ihm gegenüber ihre Pflicht zu tun – in allen ärgerlichen Situationen des Soldatenlebens, über die andere mit einem Fluch und einem Achselzucken hinweggingen, klappten John Verneys Augenlider müde herunter, eine winzige Hassgranate explodierte, und die Splitter knallten und klirrten an die Stahlwände seiner Seele.

Vor dem Krieg hatte er weniger Anlass gehabt, sich zu ärgern. Er hatte ein gewisses Vermögen und die Aussicht auf eine politische Karriere. Vor der Ehe zahlte er sein Lehrgeld als Kandidat für die Liberalen in zwei hoffnungslosen Nachwahlen. Die Parteizentrale lohnte es ihm mit einem Wahlkreis in einem Londoner Außenbezirk, in dem er bei der nächsten Parlamentswahl gute Erfolgschancen hatte. In den achtzehn Monaten vor dem Krieg pflegte er seinen Wahlkreis von seiner Wohnung in Belgravia aus und reiste häufig auf den Kontinent, um sich über die politischen Zustände zu informieren. Diese Reisen überzeugten ihn davon, dass der Krieg unvermeidlich war; er verurteilte das Münchner Abkommen scharf und sicherte sich einen Offiziersposten im Territorialheer.

In dieses friedliche Vorkriegsleben fügte sich Elizabeth unauffällig ein. Sie war seine Cousine. 1938 war sie, vier Jahre jünger als er, sechsundzwanzig geworden, ohne sich je verliebt zu haben. Sie war eine ruhige, ansehnliche junge Frau, ein Einzelkind mit ihrerseits einem gewissen Vermögen und der Aussicht auf mehr. Eine unbedachte Äußerung, die ihr einst in ihrer ersten Saison entschlüpft und von anderen aufgeschnappt worden war, trug ihr den Ruf der Klugheit ein. Die sie am besten kannten, bezeichneten sie gnadenlos als »tiefsinnig«.

Somit zum gesellschaftlichen Scheitern verdammt, schmachtete sie noch ein Jahr in den Ballsälen der Pont Street und schickte sich dann in ein Leben der Konzertbesuche und Einkaufsfahrten mit ihrer Mutter, bis sie ihren kleinen Freundeskreis damit überraschte, dass sie John Verney heiratete. Anbahnung und Vollzug der Ehe waren lau, verwandtschaftlich, harmonisch. Angesichts des heraufziehenden Krieges kamen sie überein, kinderlos zu bleiben. Niemand wusste, wie Elizabeth zu irgendetwas stand. Ihre Urteile waren hauptsächlich negativ, tiefsinnig oder platt, wie man es sehen mochte. Sie machte durchaus nicht den Eindruck einer Frau, die großen Hass entfachen konnte.

John Verney wurde Anfang 1945 aus der Armee entlassen – mit einem Verdienstkreuz und einem Bein, das fürderhin fünf Zentimeter kürzer bleiben sollte als das andere. Bei seiner Rückkehr wohnte Elizabeth in Hampstead bei ihren Eltern, seinem Onkel und seiner Tante. Sie hatte ihn brieflich über ihre veränderten Lebensumstände unterrichtet, aber anderweitig in Anspruch genommen, hatte er sich kein klares Bild davon gemacht. Die Wohnung, in der sie früher gelebt hatten, war von einer staatlichen Stelle requiriert worden, ihre Möbel und Bücher eingelagert worden und verlorengegangen, teils in einer Bombenexplosion verbrannt, teils von Feuerwehrleuten geplündert. Die polyglotte Elizabeth hatte in einer geheimen Abteilung des

Außenministeriums eine Stelle angetreten. Das Haus ihrer Eltern war einmal eine herrschaftliche georgianische Villa mit Blick über die Hampstead Heath gewesen. John Verney traf dort am frühen Morgen nach einer Nacht im überfüllten Zug aus Liverpool ein. Die schmiedeeisernen Gitter und Tore waren von Schrotthändlern brutal herausgerissen worden, und im einst so gepflegten Vordergarten schossen Unkraut und Gestrüpp zu einem wilden Dschungel empor, den nachts Soldaten mit ihren Liebchen zertrampelten. Der Garten hinterm Haus war ein einziger kleiner Bombenkrater; ringsum aufgeworfene Erde, Skulpturenbruch sowie die Ziegel und Glasscherben zerstörter Treibhäuser; auf den Schutthaufen standen die trockenen Stengel der Weidenröschen brusthoch. Die Fenster auf der Rückseite des Hauses hatten alle keine Scheiben mehr und waren ersatzweise mit Pappe und Brettern abgedichtet, wodurch die Haupträume in ständiges Dunkel gehüllt waren. »Willkommen in des Chaos nächt'gem Reiche«, sagte sein Onkel jovial.

Es gab keine Diener; die alten hatten das Weite gesucht, die jungen waren zum Militär eingezogen worden. Elizabeth kochte ihm einen Tee, bevor sie zur Arbeit ging.

Hier wohnte er nun und konnte sich glücklich schätzen, erklärte ihm Elizabeth, ein Dach über dem Kopf zu haben. Möbel waren nicht zu bekommen, möblierte Wohnungen kosteten mehr, als sie sich mit ihrem Einkommen leisten konnten, das nach Abzug der Steuern zu einem Hungerlohn schrumpfte. Sie hätten vielleicht etwas auf dem Lande gefunden, aber da Elizabeth kinderlos war, konnte sie keine Freistellung von ihrer Arbeit erhalten. Zudem hatte er seinen Wahlkreis.

Auch der hatte sich verändert. Im Park stand eine Fabrik mit einem Stacheldrahtzaun wie ein Kriegsgefangenenlager. In den Straßen ringsherum waren die einst so schmucken Häuser potentieller Liberaler nach Bombenschäden notdürftig ausgebessert, konfisziert und mit proletarischen Einwanderern bevölkert worden. Jeden Tag erhielt er einen Haufen Beschwerdebriefe von Wählern, die in Pensionen in der Provinz ausgesiedelt worden waren. Er hatte gehofft, sein Orden und seine Behinderung würden ihm Sympathien eintragen, doch er musste feststellen, dass das Kriegsgeschehen den neuen Bewohnern gleichgültig war. Stattdessen legten sie ein skeptisches Interesse an Sozialleistungen an den Tag.

»Nichts als Rote, die ganze Bande«, sagte der liberale Wahlkreisreferent.

»Heißt das, meine Chancen stehen schlecht?«

»Na, wir werden denen einen harten Kampf liefern. Die Torys stellen einen Luftschlachtpiloten auf. Ich fürchte, der streicht die meisten Stimmen der noch verbliebenen mittelständischen Wähler ein.«

Am Ende schnitt John Verney bei der Wahl am schlechtesten ab, mit Abstand. Ein zänkischer jüdischer Lehrer wurde gewählt. Die Parteizentrale kam für seine Kaution auf, doch die Wahl hatte ihn einiges gekostet. Und als sie vorbei war, gab es für John Verney absolut nichts zu tun.

Er blieb in Hampstead, half seiner Tante die Betten machen, nachdem Elizabeth ins Büro gegangen war, humpelte zum Gemüsemann und zum Fischhändler und stellte sich voller Hass in die Schlangen; half Elizabeth am Abend spülen. Sie aßen in der Küche, wo seine Tante die spärlichen

Rationen köstlich zubereitete. Sein Onkel ging dreimal die Woche Hilfspakete nach Java packen.

Elizabeth, die Tiefsinnige, sprach nie von ihrer Arbeit, bei der es darum ging, feindliche tyrannische Regierungen in Osteuropa zu installieren. Eines Abends in einem Restaurant kam ein Mann und wechselte ein paar Worte mit ihr, ein hochgewachsener junger Mann, dessen fahles Habichtsgesicht Geist und Humor verriet. »Das ist der Leiter meiner Abteilung«, sagte sie. »Er ist recht amüsant.«

»Sieht wie ein Jude aus.«

»Ist er auch, glaube ich. Er ist überzeugter Konservativer und hasst diese Arbeit«, fügte sie hastig hinzu, denn seit seiner Niederlage bei den Wahlen war John zum glühenden Antisemiten geworden.

»Es ist absolut nicht nötig, jetzt noch für den Staat zu arbeiten«, sagte er. »Der Krieg ist vorbei.«

»Unsere Arbeit fängt gerade erst an. Sie werden keinen von uns gehen lassen. Du musst dir mal klarmachen, was für Zustände in diesem Land herrschen.«

Elizabeth sah sich häufig genötigt, ihm die »Zustände« zu erklären. Strang für Strang, Knoten für Knoten deckte sie ihm in diesem kohlenlosen Winter das ungeheure Netz staatlicher Kontrolle auf, das in seiner Abwesenheit geknüpft worden war. Er war im Geiste des traditionellen Liberalismus erzogen worden, und das System empörte ihn. Mehr noch, es hielt ihn persönlich gefangen, hemmte, fesselte, verstrickte ihn; wohin er auch gehen wollte, was er auch tun wollte oder gern getan hätte, alles wurde durchkreuzt und zunichtegemacht. Und Elizabeth geriet mit ihren Erklärungen in Rechtfertigungsdruck. Diese Bestimmung war nötig, um jenen Missstand zu vermeiden; dieses und jenes Land litt Not, anders als Großbritannien, weil es diese und jene Vorkehrung versäumt hatte; und immer so weiter, ruhig und vernünftig.

»Ich weiß, es ist zum Verrücktwerden, John, aber du musst einsehen, dass es für alle gleich ist.«

»Das wollt ihr alle, ihr Bürokraten«, sagte er. »Gleichheit durch Sklaverei. Der Zwei-Klassen-Staat – Proletarier und Funktionäre.«

Elizabeth steckte mit ihnen unter einer Decke. Sie arbeitete für den Staat und die Juden. Sie kollaborierte mit der neuen, fremden Besatzungsmacht. Und während der Winter sich hinzog und das Gas im Herd schwächlich brannte und der Regen zu den geflickschusterten Fenstern hereinwehte, während endlich der Frühling kam und die Knospen in der obszönen Wildnis rings ums Haus aufsprangen, erlangte Elizabeth in seiner Vorstellung eine neue Bedeutung. Sie wurde ein Symbol. Denn genau wie Soldaten in fernen Feldlagern ihre Frauen mit einer Zärtlichkeit, die sie zu Hause nur selten empfunden haben, zur Verkörperung alles zurückgelassenen Guten machen, Frauen, die vielleicht Schreckschrauben und Flittchen gewesen sind, doch in Wüsten- und Urwaldposten verklärt werden, bis ihre banalen Luftpostbriefe als Sendschreiben der Hoffnung erscheinen, so wuchs sich Elizabeth in John Verneys resignierendem Kopf zu übermenschlicher Bosheit aus, zur Erzpriesterin und Mänade des Jahrhunderts der Masse.

»Du siehst gar nicht gut aus, John«, sagte seine Tante. »Ihr solltet mal wegfahren, du und Elizabeth. Zu Ostern bekommt sie Urlaub.«

»Der Staat bewilligt ihr eine Zusatzration ehemännlicher Gesellschaft, wolltest du sagen. Hat sie denn auch alle vorgeschriebenen Formulare ausgefüllt? Oder sind Kommissare ihres Ranges über so was erhaben?«

Onkel und Tante lachten unsicher. John riss seine kleinen Witze mit einer solchen betonten Mattheit, mit einem solchen Zuklappen der Augenlider, dass sie in diesem Familienkreis manchmal ein Frösteln auslösten. Elizabeth betrachtete ihn ernst und still.

John ging es ganz und gar nicht gut. Sein Bein schmerzte ihn unausgesetzt, sodass er sich nicht mehr in Schlangen anstellte. Er schlief schlecht, wie auch, zum ersten Mal in ihrem Leben, Elizabeth. Sie teilten sich jetzt ein Zimmer, denn der Winterregen hatte in vielen Teilen des erschütterten Hauses Decken zum Einsturz gebracht, und die oberen Räume wurden für unsicher erachtet. Sie schliefen in der früheren Bibliothek von Elizabeths Vater im Erdgeschoss in zwei Einzelbetten.

In den ersten Tagen nach seiner Heimkehr war John nach Liebe zumute gewesen. Mittlerweile mied er Elizabeths Nähe. Nacht für Nacht lagen sie zwei Meter auseinander im Dunkeln. Als John einmal zwei Stunden wach gelegen hatte, schaltete er die Lampe an, die auf dem Tisch zwischen ihnen stand. Elizabeth hatte die Augen weit offen und starrte die Decke an.

»Entschuldige. Habe ich dich geweckt?«

»Ich habe nicht geschlafen.«

»Ich dachte, ich lese ein Weilchen. Stört dich das?«

»Überhaupt nicht.«

Sie wandte sich ab. John las eine Stunde. Er wusste nicht,

ob sie wach war oder schlief, als er das Licht ausschaltete.

Danach hatte er oft das Bedürfnis, das Licht anzumachen, befürchtete aber, sie wach und an die Decke starrend vorzufinden. Stattdessen lag er da wie andere, wenn sie im Nachgenuss der Liebe schwelgen, und hasste sie.

Es kam ihm nicht in den Sinn, sie zu verlassen, beziehungsweise es kam ihm von Zeit zu Zeit in den Sinn, aber er wies den Gedanken hoffnungslos von sich. Ihr Leben war fest an seines gebunden; ihre Familie war seine Familie; ihrer beider Finanzen waren unlösbar verquickt, und ihre Erwartungen gingen in dieselbe Richtung. Sie zu verlassen hätte bedeutet, in einer fremden Welt allein und nackt neu zu beginnen; und John Verney, mit achtunddreißig lahm und müde, hatte nicht den Mut, etwas zu unternehmen.

Er liebte keine andere. Er hatte nichts zu tun, nirgends eine Zuflucht. Außerdem hatte er seit kurzem den Verdacht, dass es ihr nichts ausmachen würde, wenn er ginge. Und vor allem war er von nichts anderem mehr beseelt als dem hartnäckigen Wunsch, ihr Böses zu tun. »Ich wünschte, sie wäre tot«, sagte er sich, wenn er nachts wach lag. »Ich wünschte, sie wäre tot.«

Manchmal gingen sie zusammen aus. Gegen Ende des Winters gewöhnte John sich an, ein- oder zweimal die Woche in seinem Club zu speisen. Er nahm an, dass sie in diesen Fällen zu Hause blieb, eines Morgens aber kam heraus, dass auch sie am Abend zuvor ausgegangen war. Er fragte sie nicht, mit wem, doch seine Tante tat es, und Elizabeth antwortete: »Bloß mit jemand aus dem Büro.«

»Mit dem Juden?«, fragte John.

»Zufällig ja.«

»Ich hoffe, du hast es genossen.«

»Durchaus. Das Essen war natürlich scheußlich, aber er ist sehr amüsant.«

Eines Abends, als er nach einem trostlosen kleinen Nachtmahl und zwei Fahrten mit der überfüllten U-Bahn von seinem Club heimkehrte, fand er Elizabeth im Bett und tief schlafend vor. Sie rührte sich nicht, als er eintrat. Gegen ihre Gewohnheit schnarchte sie. Er stand eine Weile da, fasziniert von diesem unschönen neuen Anblick, den sie bot, der Kopf zurückgeworfen, der Mund offen, sodass seitlich etwas Speichel herauslief. Dann schüttelte er sie. Sie murmelte etwas, wälzte sich herum und schlief fest und geräuschlos weiter.

Eine halbe Stunde später, als er gerade um die innere Ruhe zum Einschlafen rang, begann sie abermals zu schnarchen. Er schaltete das Licht an, betrachtete sie genauer und bemerkte mit Erstaunen, das sich schlagartig in freudige Hoffnung verwandelte, auf dem Nachttisch neben ihr ein Röhrchen mit unbekannten Tabletten, halb leer.

Er sah es sich näher an. *»24 Comprimés narcotiques, hypnotiques«*, las er und dann in großen roten Lettern: »NE PAS DEPASSER DEUX.« Er zählte, wie viele noch übrig waren. Elf.

Mit zitternden Schmetterlingsflügeln begann die Hoffnung in seinem Herzen zu flattern, wurde Gewissheit. Er fühlte, wie in ihm ein Feuer entflammte und sich ausbreitete, bis es ihn in sämtlichen Gliedern und Organen wohlig warm durchströmte. Auf dem Rücken liegend, lauschte er dem Schnarchen mit der gespannten Erregung eines kleinen Jungen am Weihnachtsabend. »Ich werde morgen aufwachen, und sie wird tot sein«, sagte er sich, wie er einst den schlaffen Strumpf am Fußende seines Bettes betastet und sich gesagt hatte: »Morgen werde ich aufwachen, und er wird voll sein.« Wie ein kleiner Junge wollte er unbedingt einschlafen, damit es schneller Morgen wurde, und wie ein kleiner Junge fand er vor wilder Vorfreude keinen Schlaf. Irgendwann schluckte er selbst zwei der Tabletten und verlor fast augenblicklich das Bewusstsein.

Elizabeth stand stets als Erste auf, um für die Familie Frühstück zu machen. Sie war gerade an der Frisierkommode, als völlig abrupt, ohne jede Bettschwere und mit stereoskopisch klarer Erinnerung an das Geschehen am Abend zuvor, John erwachte. »Du hast geschnarcht«, sagte sie.

Die Enttäuschung war so heftig, dass er zunächst keinen Ton herausbrachte. Dann sagte er: »Du hast auch geschnarcht in der Nacht.«

»Das muss die Schlaftablette sein, die ich genommen habe. Ich muss sagen, sie hat mir eine gute Nacht beschert.«

»Nur eine Tablette?«

»Ja, man darf höchstens zwei nehmen.«

»Wo hast du sie her?«

»Von einem Freund im Büro – du nennst ihn den Juden. Er hat sie von einem Arzt verschrieben bekommen, für wenn er zu viel arbeitet. Ich habe ihm erzählt, dass ich nicht einschlafen kann, und da hat er mir ein halbes Röhrchen gegeben.«

»Könnte er mir auch welche besorgen?«

»Ich denke schon. Solche Sachen sind für ihn meistens kein Problem.«

Und so begannen er und Elizabeth, sich regelmäßig zu betäuben, und verbrachten lange, traumlose Nächte. John allerdings ließ die beseligende Tablette häufig noch eine Weile neben seinem Glas Wasser liegen; da er das Wachsein ja jetzt nach Belieben beenden konnte, schob er die Wonne der Bewusstlosigkeit gern noch ein wenig hinaus, hörte Elizabeth schnarchen und hasste sie inbrünstig.

Eines Abends, als die Urlaubspläne noch nicht spruchreif waren, gingen John und Elizabeth ins Kino. Der Film war eine Mordgeschichte ohne große Raffinessen, aber mit spektakulären Landschaftsaufnahmen. Eine Braut ermordete ihren frisch Angetrauten, indem sie ihn aus dem Fenster eine Felsenküste hinunterwarf. Er hatte ihr die Sache dadurch leichtgemacht, dass er für die Flitterwochen einen einsamen Leuchtturm gemietet hatte. Er war sehr reich, und sie wollte sein Geld. Sie musste nichts weiter tun, als dem Arzt im Ort und ein paar Nachbarn anzuvertrauen, dass sie sich Sorgen um ihren schlafwandelnden Mann machte; sie tat ihm ein Betäubungsmittel in den Kaffee, schleifte ihn vom Bett zum Balkon – ein ziemlicher Kraftakt –, wo sie bereits ein großes Stück des Geländers herausgebrochen hatte, und wälzte ihn hinüber. Dann ging sie wieder zu Bett, schlug am nächsten Morgen Alarm und weinte über dem zerschmetterten Leichnam, der wenig später, halb von den Wellen überspült, auf den Felsen gefunden wurde. Die Strafe ereilte sie später, doch zunächst war die Sache ein voller Erfolg.

»Ich wünschte, es wäre so leicht«, dachte John, und nach wenigen Stunden war die ganze Geschichte in eines jener lichtlosen Dachstübchen des Geistes entschwebt, wo Filme und Träume und Anekdoten ein Leben lang spinnwebverhangen lagern, sofern sie nicht, wie es manchmal geschieht, von einem Eindringling ans Licht geholt werden.

Dazu kam es wenige Wochen später, als John und Elizabeth in Urlaub fuhren. Elizabeth hatte das Haus gefunden. Es gehörte einem Kollegen im Büro. Es nannte sich Good Hope Fort und stand an der Küste von Cornwall. »Es ist gerade erst wieder zur zivilen Nutzung freigegeben worden«, sagte sie. »Ich nehme an, wir werden es in einem ziemlich schlimmen Zustand vorfinden.«

»Das sind wir ja gewohnt«, sagte John. Es kam ihm gar nicht in den Sinn, sie könnte ihren Urlaub irgendwie anders verbringen als mit ihm. Sie war ebenso sehr ein Teil von ihm wie sein verstümmeltes und schmerzendes Bein.

Sie trafen an einem stürmischen Aprilnachmittag nach einer Zugfahrt von normaler Unbequemlichkeit ein. Mit dem Taxi ging es dann vom Bahnhof aus acht Meilen auf tiefliegenden kornischen Feldstraßen, vorbei an Granithäuschen und stillgelegten archaischen Zinnhütten. Sie passierten das Dorf, dem das Haus seine Postadresse verdankte, und gelangten auf einer Piste mit hohen Böschungen zu beiden Seiten plötzlich hinaus in offenes Weideland am Rand der Steilküste, über ihnen schnell dahinziehende hohe Wolken und kreisende Seevögel, die Wiese zu ihren Füßen von flatternden Wildblumen übersät, Salz in der Luft, unter ihnen das Donnern des an die Felsen brandenden Atlantiks, ein Ausblick auf tiefblau und weiß wogendes Wasser und dahinter der ruhige Bogen des Horizonts. Hier stand das Haus.

»Dein Vater«, sagte John, »würde jetzt sagen: ›Dein Schloss hat eine angenehme Lage.‹«

»Hat es doch auch, oder?«

Es war ein kleiner Steinbau direkt an der Steilküste, vor einem guten Jahrhundert zu Verteidigungszwecken gebaut, in den Jahren des Friedens als Privathaus umgenutzt, während des Krieges wieder von der Marine als Signalposten übernommen, jetzt abermals friedlicher Nutzung zugeführt. Einige rostige Stacheldrahtrollen, ein Mast, das Betonfundament eines Schuppens zeugten von den früheren Hausherren.

Sie brachten ihre Sachen ins Haus und zahlten das Taxi.

»Eine Frau kommt jeden Morgen aus dem Dorf hoch. Ich habe ihr gesagt, dass wir sie heute Abend nicht mehr brauchen werden. Wie ich sehe, hat sie uns etwas Petroleum für die Lampen dagelassen. Sie hat auch Feuer gemacht, wie nett von ihr, und reichlich Holz gibt es auch. Ach, und schau, was ich von Vater geschenkt bekommen habe. Ich musste versprechen, dir bis zur Ankunft nichts davon zu sagen. Eine Flasche Whisky. Ist das nicht lieb von ihm? Er hat sie sich drei Monate lang von seiner Ration abgespart …« Elizabeth plauderte munter, während sie die Koffer verteilte. »Wir haben jeder ein eigenes Zimmer. Dies hier ist das einzige richtige Wohnzimmer, aber es gibt ein Studierzimmer für den Fall, dass du ein bisschen arbeiten möchtest. Ich glaube, wir werden es recht gemütlich haben …«

Das Wohnzimmer hatte zwei massive Erker, beide mit Glastüren, die auf einen Balkon über dem Meer hinausgingen. John machte eine auf, und Seewind erfüllte den Raum. Er trat hinaus, atmete tief durch und sagte dann plötzlich: »Hoppla, das ist gefährlich.«

An einer Stelle zwischen den Türen war das schmiedeeiserne Geländer weggebrochen, und die steinerne Balkonplatte ragte ungesichert ins Offene. Er besah sich die Lücke und die schäumenden Felsen tief unten und stutzte. Der unregelmäßige Polyeder der Erinnerung rollte holpernd ein Stück und kam zum Stillstand.

Er war vor ein paar Wochen schon einmal hier gewesen, auf der Galerie des Leuchtturms in jenem rasch vergessenen Film. Er stand da und blickte hinab. Genau so waren die Wellen brodelnd über die Felsen gekommen, hatten sie brechend mit Gischt übersprüht und waren wieder zurückgewichen. Dies war das Geräusch, das sie gemacht hatten; dies waren das kaputte Eisengeländer und die nackte Kante.

Elizabeths drinnen weiterplappernde Stimme ging im Wind- und Meeresrauschen unter. John begab sich ins Zimmer zurück, schloss die Tür und sperrte sie ab. In der eintretenden Stille hörte er sie sagen: » …die Möbel erst letzte Woche aus dem Lager geholt. Er hat es der Frau aus dem Dorf überlassen, sie aufzustellen. Sie hat schon komische Vorstellungen, das muss ich sagen. Schau nur, wo sie das –«

»Was hast du gesagt, wie das Haus heißt?«

»Good Hope.«

»Gute Hoffnung. Ein schöner Name.«

An dem Abend trank John ein Glas vom Whisky seines Schwiegervaters, rauchte eine Pfeife und schmiedete Pläne. Er war immer ein guter Taktiker gewesen. In aller Ruhe nahm er eine innere »Lagebeurteilung« vor. Operationsziel: Mord.

Als sie sich erhoben, um zu Bett zu gehen, fragte er: »Hast du die Tabletten mitgenommen?«

»Ja, ein neues Röhrchen. Aber ich werde sie heute Nacht bestimmt nicht brauchen.«

»Ich auch nicht«, sagte John, »die Luft ist herrlich.«

Während der folgenden Tage analysierte er das taktische Problem. Es war kinderleicht. Er hatte die »Stabslösung« bereits. Er analysierte es in den Formulierungen, die er in der Armee gebraucht hatte. » ... Handlungsmöglichkeiten des Feindes ... Erreichen des Überraschungsmoments ... Konsolidierung des Erfolgs.« Die Stabslösung war vorbildlich. Am Anfang der ersten Woche begann er, die Durchführung in Angriff zu nehmen.

Er hatte bereits vorsichtig im Dorf die Fühler ausgestreckt. Elizabeth war eine Bekannte des Besitzers, er der heimgekehrte Kriegsheld, noch ein bisschen unbeholfen im Zivilleben. »Die ersten Ferien, die meine Frau und ich seit sechs Jahren zusammen machen«, erzählte er den Leuten im Golfclub, dann wurde er an der Bar vertraulicher und ließ durchblicken, dass sie daran dachten, die verlorene Zeit aufzuholen und eine Familie zu gründen.

An einem anderen Abend sprach er von den Strapazen des Krieges, davon, dass in diesem Krieg die Zivilisten schlimmer dran gewesen waren als die Streitkräfte. Seine Frau zum Beispiel: die ganzen Luftangriffe durchgemacht; tagsüber Bürodienst, nachts dann die Bomben. Sie sollte dringend mal länger pausieren, irgendwo ungestört sein; ihre Nerven hatten gelitten; nichts Ernstes, aber er konnte es, ehrlich gesagt, nicht auf die leichte Schulter nehmen. Hatte er sie in London doch tatsächlich ein-, zweimal dabei ertappt, wie sie schlafgewandelt war.

Seine Gesprächspartner wussten von ähnlichen Fällen;

kein Grund zur Besorgnis, aber man sollte schon aufpassen; nicht dass noch was Schlimmeres daraus entstand. War sie beim Arzt gewesen?

Noch nicht, sagte John. Sie wisse gar nicht, dass sie schlafgewandelt war. Er habe sie wieder ins Bett geschafft, ohne sie zu wecken. Er hoffe, die Seeluft werde ihr guttun. Sie mache auch wirklich schon einen viel besseren Eindruck. Wenn sie nach ihrer Heimkehr noch Symptome zeigte, kenne er einen sehr guten Mann, zu dem er sie schicken werde.

Der Golfclub war des Mitgefühls voll. John fragte, ob es einen guten Arzt in der Nähe gebe. Ja, sagten sie, Mackenzie bei ihnen im Ort sei erstklassig, eigentlich zu schade für so ein kleines Dorf; alles andere als ein Hinterwäldler. Las die neuesten Bücher; Psychologie und den ganzen Kram. Unbegreiflich, warum Old Mack sich nie spezialisiert und sich einen Namen gemacht hatte.

»Vielleicht rede ich tatsächlich mal mit Old Mack darüber«, sagte John.

»Tun Sie das. Einen Besseren können Sie gar nicht finden.«

Elizabeth hatte zwei Wochen Urlaub. Es blieben noch drei Tage, als John ins Dorf ging, um Dr. Mackenzie zu konsultieren. Er traf einen freundlichen grauhaarigen Junggesellen in einem Sprechzimmer an, das eher einer Anwaltskanzlei als einer Arztpraxis glich, voller Bücher, dunkel, von Tabakrauch gesättigt.

Er nahm in dem abgewetzten Ledersessel Platz und führte in präziseren Worten die Geschichte aus, die er im Golfclub erzählt hatte. Dr. Mackenzie lauschte kommentarlos.

»Es ist das erste Mal, dass ich mit so etwas konfrontiert bin«, schloss er.

Schließlich sagte Dr. Mackenzie: »Sie haben im Krieg ordentlich was abbekommen, nicht, Mr. Verney?«

»Mein Knie. Es macht mir immer noch Beschwerden.«

»Schlimme Zeit im Lazarett?«

»Drei Monate. Ein grauenhaftes Loch außerhalb von Rom.«

»Mit einer solchen Verletzung ist immer auch eine erhebliche nervliche Erschütterung verbunden. Die bleibt oft bestehen, wenn die Wunde längst verheilt ist.«

»Ja, aber ich verstehe nicht recht –«

»Mein lieber Mr. Verney, Ihre Frau hat mich gebeten, nichts zu sagen, aber ich glaube, ich muss Ihnen mitteilen, dass sie bereits hier gewesen ist, um mich in dieser Angelegenheit zu konsultieren.«

»Wegen ihrer Schlafwandelei? Aber sie kann doch gar nicht –« John hielt inne.

»Guter Mann, ich verstehe durchaus. Sie dachte, Sie wüssten nichts davon. Sie sind in den letzten Tagen zweimal aus dem Bett aufgestanden, und sie musste Sie zurückbringen. Sie weiß Bescheid.«

John wusste nicht, was er sagen sollte.

»Es ist nicht das erste Mal«, fuhr Dr. Mackenzie fort, »dass ein Patient mich konsultiert, mir seine Symptome schildert und sagt, er wäre wegen eines Freundes oder Verwandten gekommen. Meistens sind es Mädchen, die befürchten, dass sie in anderen Umständen sind. Es ist interessant, wahrscheinlich entscheidend, dass auch Sie die Beschwerden jemand anderem zuschreiben. Ich habe Ihrer

Frau den Namen eines Mannes in London gegeben, der Ihnen meines Erachtens helfen kann. Einstweilen kann ich Ihnen nur zu viel Bewegung raten, leichten Mahlzeiten am Abend …«

John Verney humpelte völlig konsterniert nach Good Hope Fort zurück. Die Sicherheit war gefährdet; die Operation musste abgeblasen werden; die Initiative war verloren … Alle Phrasen des Taktikunterrichts fielen ihm wieder ein, doch er war nach diesem unerwarteten Rückschlag immer noch wie vor den Kopf geschlagen. Ein riesengroßes nacktes Grauen beäugte ihn verstohlen und wurde beiseitegeschoben.

Als er zurückkam, deckte Elizabeth gerade den Abendtisch. Er trat auf den Balkon und starrte die klaffende Lücke im Geländer mit Augen an, die vor Enttäuschung schmerzten. Es war totenstill an diesem Abend. Zwischen den Felsen stieg und sank und hob sich erneut die Flut, ohne jedes Geräusch. Er blickte nach unten, dann kehrte er ins Zimmer zurück.

In der Whiskyflasche war noch ein großer Drink übrig. Er schenkte sich den Rest ein und kippte ihn.

Elizabeth brachte das Abendessen herein, und sie setzten sich. Nach und nach wurde er innerlich ein bisschen ruhiger. Sie speisten gewöhnlich schweigend. Schließlich sagte er: »Elizabeth, warum hast du dem Arzt erzählt, ich würde schlafwandeln?«

Sie stellte sachte den Teller ab, den sie in der Hand hielt, und musterte ihn mit einem prüfenden Blick. »Warum?«, sagte sie sanft. »Weil ich mir Sorgen gemacht habe natürlich. Ich dachte nicht, dass es dir bewusst ist.«

»Aber bin ich denn wirklich schlafgewandelt?«

»O ja, mehrmals – in London und hier auch. Ich hielt es zunächst für nicht so schlimm, aber vorgestern Nacht habe ich dich auf dem Balkon gefunden, ganz nahe an diesem schrecklichen Loch im Geländer. Da habe ich es wirklich mit der Angst zu tun bekommen. Aber jetzt wird alles gut. Dr. Mackenzie hat mir den Namen eines Arztes gegeben, der …«

Es konnte ja sein, dachte John Verney; die Wahrscheinlichkeit war hoch. Zehn Tage lang hatte er Tag und Nacht an diese Lücke gedacht, an das Meer und die Felsen darunter, das kaputte Eisengitter und die scharfe Steinkante. Mit einem Mal fühlte er sich geschlagen, elend und dumm, genau wie damals, als er mit seinem zertrümmerten Knie an dem italienischen Hang gelegen hatte. Damals wie heute hatte er die Mattigkeit noch stärker empfunden als den Schmerz.

»Kaffee, Liebling.«

Plötzlich war er hellwach. »Nein«, schrie er beinahe. »Nein, nein, nein.«

»Liebling, was ist los? Reg dich doch nicht auf. Geht es dir nicht gut? Leg dich auf das Sofa an der Balkontür.«

Er tat wie geheißen. Er war so müde, dass er kaum von seinem Stuhl hochkam.

»Meinst du, Kaffee würde dich wach halten, Schatz? Du siehst zum Umfallen müde aus. Komm, leg dich hin.«

Er legte sich hin, und wie die unten zwischen den Felsen langsam steigende Flut wuchs die Müdigkeit an und breitete sich in ihm aus. Er nickte ein und schreckte jäh auf.

»Soll ich die Tür aufmachen, Liebling, damit du ein bisschen Luft bekommst?«

»Elizabeth«, sagte er, »mir ist, als wäre was im Kaffee gewesen.« Wie die Felsen draußen vor der Tür – mal von den Wellen überspült, mal daraus auftauchend; jetzt wieder unter Wasser, tiefer nun; jetzt kaum mehr zu sehen, nur noch Tupfer an der Oberfläche des träge strudelnden Schaums – ging sein Gehirn ganz allmählich unter. Er stemmte sich hoch wie ein kleiner Junge, der aus einem Alptraum erwacht, immer noch verängstigt, immer noch halb im Schlaf. »Es kann nicht sein«, sagte er laut, »ich habe den Kaffee doch gar nicht angerührt.«

»Etwas im Kaffee?«, sagte Elizabeth sanft wie eine Krankenschwester, die einen störrischen Jungen beruhigt. »Etwas im *Kaffee*? Was für ein absurder Gedanke. So was gibt es nur im Film, Liebling.«

Er hörte sie nicht mehr. Er schlief tief und fest und schnarchte rasselnd neben der offenen Tür.

MARTIN SUTER

Huber spannt aus

I

Hubers Strandliege hat einen weißen Überzug mit der Aufschrift »Coco Beach«. Caroline liegt neben ihm, dazwischen steckt ein Schirm mit der gleichen Aufschrift. Ein junger Mann in einem T-Shirt mit der gleichen Aufschrift geht zwischen den Liegen umher und kassiert die Mietgebühren.

Solange er nicht bei ihm vorbeigekommen ist, kann Huber sich nicht richtig entspannen. Im Gegensatz zu Caroline. Wenn er sich nicht täuscht, schläft sie bereits. Auf jeden Fall hat sie die Augen geschlossen. Möglich, dass sie das nur zur Vermeidung heller Krähenfüße tut, aber die Wirkung ist die gleiche: Sie bietet ein Bild absoluter Entspannung und hat das administrative Problem an ihn delegiert.

Dabei ist er es, der Ferien braucht. Laut Caroline. »Schalte doch mal ab«, hat sie immer wieder gesagt. »Versuch doch einfach einmal drei Wochen nichts zu tun, nichts zu denken, einfach zu sein.«

Ein paar Liegen weiter spricht der Strandkassierer mit einer Frau. Huber versucht vergeblich, seine Aufmerksamkeit zu erlangen. Schließlich packt er das Portemonnaie, das griffbereit auf der Badetasche liegt, und steht auf.

Auf halbem Weg sieht Huber, dass die Frau, mit der der Kassierer spricht, kein Bikinioberteil zu tragen scheint. Sofort macht er kehrt, geht zurück zu seiner Liege, schlüpft aus den Schlappen und legt sich wieder hin. Caroline hat von seiner Abwesenheit nichts mitbekommen. Er könnte ertrinken, sie würde sich nicht bei ihrer Entspannung stören lassen.

Seine frisch eingecremten Füße sind jetzt von weißem Sand überzuckert wie zwei Berliner. Er setzt sich wieder auf und säubert sie, so gut es geht. Dann die Hände, so gut es geht. Dann das Buch *Relax. Der schnelle Weg zu neuer Energie.*

Als er wieder zur Liege mit der jungen Frau hinüberschaut, ist der Beachboy verschwunden. Selber schuld, denkt Huber. Falls ich dann schlafe, wenn er kassieren will, muss er halt später wiederkommen.

Huber schließt die Augen. Wie einer, der sich schlafend stellt, weil er sich die Liegestuhlmiete nicht leisten kann, kommt es ihm in den Sinn. Er stützt sich auf den Ellbogen und hält Ausschau nach dem Mann im Coco-Beach-T-Shirt.

Wie ein Strandvoyeur, fährt es ihm durch den Kopf. Sofort legt er sich auf den Rücken, greift das Buch und hält es in bequemer Lesedistanz über den Kopf. Ein feiner Sandregen rieselt ihm aus den Seiten in die Augen. Er säubert die Zeigefinger, so gut es geht, und reibt vorsichtig die Augendeckel von der Mitte gegen die Nasenwurzel. Sofort fangen die Augen an zu brennen wie nach einer Pfefferspray-Attacke. *Avoid eye contact* hatte auf der wasserfesten Sonnencreme, Faktor 20, gestanden.

»Mami, warum weint der Mann?«, hört er ein Stimmlein fragen.

»Vielleicht ist er traurig, dass die Ferien so kurz sind«, antwortet die Mutter.

»Armer Mann«, sagt das Stimmlein.

»Hau ab!«, knurrt Huber.

11

Mit einem Zipfel des Badetuchs versucht Huber, sich den Sand aus den brennenden Augen zu tupfen. Caroline hat ihre geschlossen und macht keine Anstalten, ihm beizustehen.

Dabei trägt sie die Verantwortung. Ohne sie wäre er nicht hier, hätte keinen Sand aus den Augen gerieben und keine Sonnencreme an den Fingern gehabt. Andere Frauen wären längst dabei, die Augen ihrer Männer vorschriftsgemäß mit großen Mengen Wasser gründlich zu spülen. Nicht so Caroline. Sie liegt auf der Strandliege und meidet jede Aufregung.

Mit zusammengekniffenen Augen tastet er nach seinen Schlappen, findet sie nicht und macht sich barfuß auf den Weg zur Coco-Beach-Bar. Nach ein paar würdevollen Schritten im glühenden Sand verfällt er in einen lockeren Laufschritt, den Rest der Strecke legt er Haken schlagend von Sonnenschirmschatten zu Sonnenschirmschatten zurück. Mit brennenden Augen und Füßen wartet er, bis die Toilette frei wird.

Im Büro hätte er jetzt die Wahl zwischen drei um diese

Jahreszeit praktisch nicht frequentierten Direktionstoiletten.

Nach ein paar Minuten geht die Tür auf. Die junge Frau, mit der sich der Liegestuhlkassierer so lange unterhalten hat, kommt heraus. Sie wirft ihm einen misstrauischen Blick zu. Huber erkundigt sich beim Barman nach der Herrentoilette und erfährt, dass es nur diese eine Toilette gibt. Er geht zurück und sieht gerade noch, wie der Liegestuhlkassierer in der Tür verschwindet. Um die Begegnung zu vermeiden – er hat das Portemonnaie auf der Badetasche liegen lassen –, beobachtet er die Toilette aus der Distanz.

Als der junge Mann herauskommt, sieht Huber eine ältere Frau auf die Toilette zusteuern. Er schafft es gerade noch, vor ihr die Tür zu erreichen, und hört sie sagen: »Aha, ein Gentleman.«

Huber dreht den Hahn des Waschbeckens voll auf und schaufelt sich mit beiden Händen Wasser in die offenen Augen. Das Brennen nimmt sofort zu. Salzwasser.

Huber eilt zur Theke. »Trinkwasser!«, ruft er dem Barman zu.

»Mit oder ohne Gas?«

Er bestellt eines ohne, trinkt einen Schluck, benetzt unauffällig eine Papierserviette und wäscht sich diskret die Augen aus. Das Brennen lässt nach. Er tänzelt über den heißen Sand zur Liege zurück, Caroline hat sich nicht gerührt.

Das Portemonnaie ist noch dort. Er nimmt es, hüpft zur Bar zurück und bezahlt.

Als er zur Liege zurückkommt, ist Caroline wach.

»Der junge Mann wollte kassieren, aber du musstest ja das ganze Geld in die Bar mitnehmen.«

Es gelingt Huber, sich wortlos hinzulegen und schlafend zu stellen. Der Schweiß in seinem Körper versucht vergebens, die Schicht wasserfeste Sonnencreme, Faktor 20, zu durchdringen.

Im Büro würde er jetzt eventuell das Jackett ausziehen. Oder die Klimaanlage kühler einstellen.

III

Wie soll sich eine Schweizer Führungskraft entspannen auf einer Strandliege, deren Miete nicht bezahlt ist? Noch dazu, wenn die Ehefrau auf der Nachbarliege (deren Miete er ebenfalls schuldet) ihn ermahnt, sich endlich zu entspannen.

»Ich bin ja entspannt«, murrt Huber, ohne die Augen zu öffnen.

»Nein, du denkst ans Geschäft. Du bewegst die Zehen.«

Jetzt, wo sie es erwähnt, wird er sich bewusst, dass er die Füße zu Fäusten ballt und zu Füßen streckt, ballt und streckt, ballt und streckt.

»Das tu ich zur Entspannung«, belehrt er Caroline, ohne Hoffnung, dass sie sich mit dieser Erklärung zufriedengeben würde.

»Und weshalb ist dann dein Gesicht so verkniffen?«

Huber merkt, dass er die Augen so fest zugepresst hat, dass er, falls er tatsächlich einschlafen sollte, mit einem Gesichtsmuskelkater erwachen würde.

»Falls ich schlafe, wenn der Typ die Liegen und den Sonnenschirm kassieren kommt: Das Portemonnaie ist im Außenfach der Badetasche«, sagt er, um das Thema zu wechseln.

»Ach, deshalb«, sagt Caroline.

»Deshalb was?«

»Bist du so verkrampft. Du wartest auf den Strandwächter.«

»Ich warte überhaupt nicht, ich will nur nicht, dass du mich weckst, wenn er kommt. Nur das.«

»Wenn wir schlafen, wenn er kommt, muss er halt später wiederkommen.«

Wir! Sie nimmt also in Kauf, dass sie schläft, wenn der Strandwächter kommt.

Wenn sie sich doch solche Sorgen macht, dass er sich nicht entspannen könne, bis die Miete der Liegen und des Schirms bezahlt ist, warum sagt sie dann nicht »Relax, Schatz, ich kümmere mich um die Sache«?

Wenn Flawiler aus der Finanz anstelle von Caroline neben ihm läge, dann wäre Huber völlig entspannt. Flawiler würde ihn nicht mit Details wie der Abgeltung der Liegenmiete behelligen. Er würde sich zum gegebenen Zeitpunkt darum kümmern und, wie er ihn kennt, sogar noch besonders günstige Konditionen herausholen. Während Huber sich um die wichtigen Aufgaben kümmern könnte. Um seine Entspannung, zum Beispiel.

Oder Hopfer. Wenn Hopfer von der Rechtsabteilung neben ihm läge, würde Huber einschlummern und müsste sich keine Sorgen machen, es könnten Zweifel an der Rechtmäßigkeit seiner Liegenbenutzung aufkommen.

Hopfer würde dem Vermieter zum Beispiel klarmachen, dass es sich in diesem Fall um eine Holschuld des Vermieters handle, dessen Anspruch inzwischen allerdings erloschen sei.

Eine Zeitlang lässt ihn der Gedanke an Flawiler und Hopfer beinahe eindösen.

Aber er liegt neben Caroline! Und riskiert, als Strandliegen-Squatter verhaftet und abgeschoben zu werden!

»Jetzt hast du wieder angefangen, ans Geschäft zu denken«, sagt Caroline. »Ich seh's an deinen Füßen.«

SAŠA STANIŠIĆ

Der Hochsitz

Ich war nicht auf Helgoland im Sommer 1994. Als ich damals in den Weinbergen meinen Freunden von der anstehenden Reise dorthin erzählt hatte, sprach ich nicht die Wahrheit. Ich log nicht, weil ich mich schämte, dass wir uns keinen Urlaub leisten konnten. Ich log, weil ich wollte, dass die Jungs glauben, ich würde etwas Cooles machen. Ich wollte damit angeben, etwas erlebt zu haben.

Heute kommt es mir vor, als hätte ich die Erfindung tatsächlich erlebt.

Ich bin in Heidelberg für eine Lesung zurück. Sie findet am Abend statt vor dem Bürgerhaus, direkt oberhalb der Weinberge. Ich werde die Weinberge lesen, mich selbst, die Jungs. Sie sind alle weggezogen. Im Weinberg liegen bestimmt noch unsere Steine, in Geschichten schlagen unsere Herzen.

Die Wahrheit damals war, dass ich in Heidelberg blieb. Wir konnten die Miete gerade so stemmen, und hätte meine Mutter in der Wäscherei Urlaub beantragt, man hätte sie gehen lassen, aber dann halt für immer.

Dass ausgerechnet Helgoland mein ausgedachtes Reiseziel wurde, verdanke ich Heinrich Heine. Mein ehrgeiziger Deutschlehrer mochte Heine sehr, also mussten wir ehrgeizig viel Heine lesen und über Freiheit und Heimat und

Ironie und so was sprechen und darüber, nicht zu wissen, was soll es bedeuten, dass ich so traurig bin.

Ich sollte ein Referat über Heine halten. Der Lehrer hatte sich für mich das Thema *Heine im Exil* überlegt. Das passt ja, sagte er, weil ich ja selbst im Exil war, irgendwie.

Er gab mir Texte mit, in denen ich finden sollte, was Heine von Deutschland hielt (nicht viel), warum er wegwollte (wegen sehr viel) und was er sich anders für sein Leben wünschte (sehr, sehr viel). Unter den Texten befanden sich Briefe, die Heine auf Helgoland geschrieben hatte. Sie hatten keinen Adressaten, was super ist – Briefe schreiben der Briefe wegen, die Antwort war egal.

Wobei das mit keinem Adressaten, das stimmt gar nicht. Jeder, der die Briefe las, war ein Adressat. Auch ich, der sie hundertsechzig Jahre später auf einem Hochsitz lesen würde, zwischen Wald und unserem Weinberg, in dem wir bald die Zukunft erfinden würden und verliebt in die Sterne starren, als wäre da mehr zu sehen als längst vergangene Zeit.

Heine war nicht mein erster Autor, für den ich in diesem Hochsitz Ruhe fand. Kafka und Fallada und Hilde Domin kannte der Hochsitz auch schon. Ich las die nicht, weil ich die besonders mochte, sondern weil ich sie für die Schule lesen sollte. Und ich las in der Abgeschiedenheit des Hochsitzes, weil ich mir mit meinen schnellen, lauten Cousins ein Zimmer teilen musste, und die beiden aßen sehr viel Nutella über den Tag verteilt.

Mit der Heine-Lektüre begann ich an einem milden Nachmittag im Mai, 1994. Der Wald surrte und sang, ich las und las. Bald ging die Sonne rotglühend über Frankreich unter, und der Tageslichtrest roch nach *Müllermilch Banane.*

Jahrhundertversetzt gleichzeitig wanderte Heinrich am Strand von Helgoland in der Abenddämmerung und *ringsum herrschte feierliche Stille.*

Bei mir herrschte ringsum das sachte Rauschen der Blätter, was wie Stille anmutete. Wald im Wind, Fenster im Regen, Gluckern eines Gewässers, Kuhschellen auf der Alm – das sind Geräusche mit Nebenwirkung von Stille.

So richtig still kam mir Helgoland allerdings gar nicht vor: *Wie eine Wasserorgel rauschten die Meereswellen,* schrieb Heine, *stürmische Choräle, schmerzlich verzweiflungsvoll, jedoch mitunter auch triumphierend.* Klingt ganz schön laut, wenn man mich fragt.

Mein Deutsch war nicht gut genug, um alles zu verstehen, ich konnte mir trotzdem alles gut vorstellen: die tosende, stürmische See.

Und laut ging es auch weiter: Auf Helgoland erreichten Heine die Nachrichten von einer Revolution in Frankreich. Er war völlig aus dem Häuschen, herzte seine Wirtin und andere Badegäste, zitierte sogar Schiller!

Ich hatte nicht die geringste Ahnung, was da los war in Frankreich. Ich kannte nur die andere Revolution, die mit den Guillotinen. Für Heine aber begann *ein neues Frankreich.* Gerade noch Badegast, in meiner Vorstellung mit übergroßem Sonnenhut, sah er sich nun selbst als Revoluzzer:

Ich bin der Sohn der Revolution … die Leier, reicht mir die Leier, damit ich ein Schlachtlied singe … Worte gleich flammenden Sternen, die aus der Höhe herabschießen und die Paläste verbrennen und die Hütten erleuchten! … Ich bin ganz Freude und Gesang, ganz Schwert und Flamme!

Ich fand diesen Gefühlsausbruch übertrieben und daher grandios, ich war schließlich sechzehn Jahre alt.

Gespannt las ich weiter, jetzt doch auch genervt, nicht jedes Wort zu verstehen. Mein Deutschlehrer hatte freundlicherweise jene Passagen unterstrichen, die am wenigsten Blabla enthielten – konkret und zur Sache.

Die Sache war die: Die Revolution ließ Heine frohlocken, weil er darin die Chance für eine neue Ordnung sah, für eine emanzipierte, freiere Gesellschaft, die auch seinem Streben nach einem emanzipierteren und freieren Leben entsprach, welches er auf deutschem Boden nicht zu finden glaubte. Als Jude hatte er früh Bekanntschaft mit dem Antisemitismus der Deutschen gemacht, den traditionellen Nationalismus der Deutschen lehnte er vehement ab. Er musste Zensur fürchten und erlitt Zensur, wurde später mit einem Publikationsverbot belegt. Von Frankreich nach der Revolution versprach er sich lauter Gegenteile: schreiben zu dürfen, was er wollte, schrankenlos sein zu können, wer er war, frei zu sein, weil er es war.

Die tosende See und die tosenden Gedanken des Dichters. Sein leidenschaftlicher Wunsch, an einem Ort zu sein, wo er nach seinen Vorstellungen leben und arbeiten könnte. Sein Enthusiasmus des möglichen Neuanfangs. Das alles gefiel mir auf meinem Hochsitz und bewegte mich sehr. Ich las weiter im Schein der Taschenlampe, ich wollte unbedingt wissen, ob es ihm gelingen würde. Freute mich und war erleichtert, als Heine 1831 Paris erreichte.

Fragt Sie jemand, wie ich mich hier befinde, schrieb er

von dort, *so sagen Sie: wie ein Fisch im Wasser. Oder vielmehr, sagen Sie den Leuten, daß, wenn im Meere ein Fisch den anderen nach seinem Befinden fragt, so antworte dieser: ich befinde mich wie Heine in Paris.*

Ich hätte bei meiner Ankunft in Deutschland geschrieben: Fragt Sie jemand, wie ich mich hier im Gewerbegebiet von Wiesloch-Walldorf in einem Haus voller Flüchtlinge direkt an der Landstraße befinde, so sagen Sie: Ja, was glauben Sie denn?

Ich schaltete die Taschenlampe aus, saß im Dunkeln. Wie unermüdlich der Wald. Wie undurchdringlich die Pläne der Nacht und der Zukunft.

Fatihs Anproberaum, das wäre es jetzt.

Die Gegenwart war klar. Wie Heine hätte auch ich sie oft am liebsten verlassen. Wäre lieber woanders gewesen. Woanders und vor allem weranders. Wenn die Albträume der Abschiebung uns heimsuchten. Wenn zu Hause gestritten und gelitten und das Geld am Ende des Monats knapp wurde.

Oder wenn die Bullen uns mal wieder anhielten und: *Leert die Taschen, Jungs, alles.* In unserem Viertel, idyllisch zwischen Weinberg und Wald, reichte es unterwegs zu sein, um verdächtig zu sein. Hattest du dunklere Haut, fuhr keine Streife an dir vorbei.

Am Sonntag, zum Beispiel, nach unserer Zusammenkunft in den Weinbergen, als ich mit Michel, dem Holländer, vor dem Edeka spazieren war. Michel lebte in der einzigen Gegend in unserem Viertel mit Privatgaragen und einem Kreisverkehr, um den sich die Stadt richtig emsig kümmerte, damit sich die Bienen wohlfühlten. Natürlich gibt es sehenswürdigere Orte als einen Edeka, an denen du spazieren kannst, aber wir waren nun mal dort mit Piero verabredet, und Piero verspätete sich mal wieder, also spazierten wir, um die Zeit totzuschlagen – vor dem Edeka.

Als die beiden Polizisten auch vor dem Edeka losspazierten, dachte ich den Gedanken noch mal: Es gibt doch sehenswürdigere Orte, an denen du spazieren kannst. Dabei wusste ich natürlich, die eigentliche Sehenswürdigkeit waren wir, zwei Jugendliche in »diesem« Viertel.

Wir sagten »Hallo«, sie sagten »Ameisen«.

Verstand ich erst. Gemeint waren Ausweise. Michel hatte seinen Schülerausweis nicht bei sich, und sofort war klar: Das wird jetzt dauern.

»Was macht ihr hier?«, fragten die Polizisten.

»Warten«, sagte Michel.

Die Polizisten sagten: »Auf Mädchen?«

Michel sagte: »You wish …«

Ich wusste, er zitierte Nicos Mutter, aber die Bullen wussten das eher nicht. Also funkte ich dazwischen: »Nein«, sagte ich, »wir warten auf einen Freund. Der ist Italiener und immer zu spät. Wie alle Italiener.« Ein Witz, dachte ich, egal wie blöd, würde die Situation entschärfen, aber wenn du auf Streife bist an einem Sonntag in unserem Viertel vor dem Edeka, dann bist du womöglich gar nicht so sehr auf Entschärfen von Situationen erpicht. Die beiden lachten nicht.

Ihr Interesse wechselte von der Personalie »Piero« zurück auf die Personalien von dem ohne Perso, also Michel.

»Hast du einen Namen für mich?«, fragte ihn der bulligere der beiden.

Michel sagte: »Ja. Polizist.«

Und da glaubte ich schon auch so was wie die Kante von einem Grinsen im Gesicht seines Kollegen gesehen zu haben, was der aber natürlich nicht zulassen konnte, also wurde er statt entspannter noch angespannter.

»Schluss mit dem Blödsinn«, rief er. »Dann ist das hier ganz schnell vorbei.«

Michel und mir konnte unmöglich klar sein, was sie unter »das hier« verstanden, noch wussten wir, was in diesem Zusammenhang »schnell« hieß. Solange Piero nicht kam, war es uns egal, ob wir die Zeit zu zweit totschlugen oder zu viert mit den beiden. Wobei zu viert immer noch die Chance bestand, dass wir irgendwie Ärger kriegten, einen Grund findest du als Bulle immer, wenn du einen finden willst.

Michel wollte natürlich keinen Ärger, also nannte er nun seinen Namen. Er sprach ihn mit seinem Holländischen »l« aus, dieser runden sympathischen Akzentweichheit. Ob die Polizisten die auch sympathisch fanden, sei dahingestellt. Neugierig machte sie die schon – a cappella riefen sie: »Wo kommst du denn her?«

Michel zeigte nach hinten. »Von da.«

Die Bullen sahen nach hinten und nach da.

Michel sagte: »Ein bisschen weiter links. Da.«

Worauf sie die Köpfe ein bisschen weiter nach links drehten, da, bis ihre Millisekundenmienen zeigten, dass ihnen das jetzt zu blöd wurde.

Michel hatte aber ein mega Timing bei so was und warf schnell hinterher: »Oder meinen Sie Rotterdam?«

Wenn ich nur wüßte, wo ich jetzt mein Haupt niederle-

gen kann. In Deutschland ist es unmöglich. Jeden Augenblick würde ein Polizeydiener herankommen und mich rütteln, um zu erproben, ob ich wirklich schlafe.

Unsere beiden »Polizeydiener« filzten Michel und mich. Sie fanden nichts, aber blieben weiterhin bei uns, wollten vielleicht gucken, ob Piero wirklich existierte.

Eine Seniorin bog um die Ecke. Rücken gerade, Handtäschchen, Stock. Die kurzen Schritte eines langen Lebens. Alle vier sahen wir ihr zu, was sonst gab es zu tun?

Sie kam näher, ihr Gesicht auf harmonischste Weise zerknittert, als hätte jemand die Falten nicht dem Zufall überlassen wollen. Hatte sich hübsch gemacht. Vielleicht für die Kirche, hoffentlich für den Besuch der Enkelkinder, denkbar auch: für sich selbst, diesen kleinen Ausflug.

Gefühlt fünf Minuten brauchte sie für circa fünfzig Meter. Jetzt war sie auf Höhe der Sonderangebote für Hack und Gurken, den Rhythmus des Zeitvergehens gab ihr Stock vor, klack, klack, klack, klack.

Und das alles – diese ganze Person vor diesem Edeka, ihre Ruhe und ihr Stock vom Elfenbein, ihre Hochsteckfrisur, und dass sie uns zulächelte, obwohl sie noch gar nicht so nah war –, das passte nicht zu den grauen Pflanzen in den grauen Kübeln in dieser arschtristen Supermarktpassage, passte nicht zu Michel, zu mir, zu den Polizisten, passte nicht zur Anspannung, die von den beiden ausging, und zum Druck, der bei Michel und mir ankam, passte nicht zu der braunen Bananenschale im letzten Einkaufswagen des Einkaufswagentausendfüßlers (wir waren das nicht, ich schwöre!). Diese kleine, feine, irre gemächliche, elegante Person passte nicht mal in unsere Zeit. Ja, vielleicht war sie das Anproberaumbild einer jungen Frau aus der Vergangenheit.

Stück für Stück, Stock-Klack für Stock-Klack. Jetzt war sie auf unserer Höhe, heiter rief sie: »Grüß Gott, die Herrschaften!«

Es war mega, megaschön.

»Grüß Gott!«, sagten die Bullen.

»Hallo, guten Tag«, sagten Michel und ich.

»Na, was haben die beiden denn angestellt?«, fragte die alte Dame, und Michel gab zurück:

»Bisher noch nichts. Haben uns nur gefilzt und leisten uns jetzt noch ein bisschen Gesellschaft.«

Ja, da lächelte die alte Dame, hob die Hand zum Abschied, und am Ringfinger ihrer linken Hand war ein Ring. Tief in der Haut steckte er, tief dort.

Piero bequemte sich etwa eine Viertelstunde später dazu und hatte seinen Ausweis ebenfalls nicht dabei. Während der eine Bulle mit dem Zeigefinger vor Pieros Wange einen Strich zog –

»Wo hast du die Narbe her?«

»Von Volker.«

»Wer ist Volker?«

»Ein LKW-Fahrer aus Heilbronn.«

– überlegte ich, warum ich den Zeigefinger des Mannes nicht mochte, der vor Pieros Gesicht Fragen dirigierte, solche, die ihn angingen, und solche, von denen er sich einbildete, dass sie ihn angehen könnten. Ich mochte nicht, dass wir die Anwesenheit unserer Körper in diesem Land permanent erklären mussten. Ich mochte nicht, dass ich wegen einer Sprache, die ich unvollständig sprach, behandelt wurde, als sei ich unvollständig. Das alles und mehr Unruhe war dieser Finger. Ich dachte an Heine und war froh um ihn. Das schweißt zusammen, wegen ähnlicher Sachen unzufrieden sein.

Aus Frankreich schrieb er: *Es kann mir hier nicht schlechter gehen wie in der Heimath, wo ich nichts als Kampf und Noth habe, wo ich nicht sicher schlafen kann, wo man mir alle Lebensquellen vergiftet.*

Hoyerswerda, Mannheim-Schönau, Mölln, Rostock-Lichtenhagen. Nicht sicher schlafen. Wie sie Xhezo und seine Familie aus dem Schlaf in die Abschiebung holten. Nicht sicher schlafen. Hanau. Die AfD. Kampf und Not. Mutter, die morgens vor der Arbeit in der Küche stumm weint, während sie Brote schmiert. Mich schuldig fühlen vor den Bullen, ohne mich schuldig gemacht zu haben.

Ich schaltete die Taschenlampe wieder ein und leuchtete aus dem Hochsitz in die Waldfinsternis. Hinter Büschen und Bäumen huschten Geschichten. Die einen in festen Roben der Vergangenheit, die anderen in fließenden der Zukunft.

Ich bin wie berauscht, schrieb Heine auf Helgoland.

Und weiter: *Der Himmel hängt voller Violinen.*

So wie für Heine von Frankreich aus ein *Freyheitsmuth nach Deutschland herüberwehte,* konnte ich mir damals ein freieres Leben auf Helgoland vorstellen. In meiner jugendlichen Vorstellerei tauchte ich dort unter oder nahm eine neue Identität an. Man findet mich am Strand, ich bin ein schiffbrüchiger Matrose aus einem fernen Land! Ja, genau, daher der Akzent. Ein anderer sein, um zu vergessen und zugleich zu bestätigen: wer ich war.

Wer ich war: an der Mündung zweier Flüsse in einem engen Tal zwischen schroffen Bergen aufgewachsen.

Im Anproberaum meiner Insel sah ich vor mir *das wogende, unermeßliche Meer* und *smaragdene Wellen.*

Wer ich war: ein Kriegsflüchtling.

Saß, dem prekären Leben zum Trotz, in einer Inselkneipe und trank, was man auf so einer Insel halt trinkt. Krabbenwhisky oder so.

Was ich hatte: einen Termin bei der Ausländerbehörde am Donnerstag um 14 Uhr 30. Es gab das Gerücht, dass nicht mehr alle Visa verlängert werden.

In meiner Vorstellerei war es ein Termin beim Bootsbauer, er stellt mich als Lehrling an.

Ich sah mich, mit einer grünen Kinderschaufel, grabend im Sand. Dieses Bild war anders als die anderen, filmisch irgendwie. Meine Augen waren die Kamera. Ich sah meine Hände, meine Haut wirkte älter. An meinem Handgelenk baumelte ein Armband aus bunten Plastikperlen. Eine Rauchsäule über den Dünen. Der Himmel war vogelschwarmgemustert. Welche Vögel sind das? Möwen schlicht.

Ich logge es ein.

Ich bin wie berauscht, der Himmel hängt voller Violinen.

Komm, Heinrich, lass uns nach Hause gehen! Es ist spät, du bist besoffen von der Revolution, und mir ist kalt.

Ich stieg die Leiter vom Hochsitz herab, Heine erhob sich vom Strand und klopfte den Sand vom Gehrock.

Nachdem ich die Reise nach Helgoland behauptet hatte, musste ich mehr über Helgoland erfahren. Allein deswegen, weil die Jungs nach meiner »Rückkehr« bestimmt fragen werden, wie es auf Helgoland war. Ich konnte ihnen schlecht von den Violinen im Himmel erzählen, vom *beständigen Geigen da droben in himmelblauer Freudigkeit*, das *aus den smaragdenen Wellen wie heiteres Mädchengekicher klang.*

Wie groß war Helgoland überhaupt? Gab es dort Städte? Wo würde ich geschlafen haben, konnte man dort zelten? Wie roch das Meer? Der Minigolfanlage, ob es eine gab oder nicht, verlieh ich schon mal den Namen »Einloch Heine«. Oh je.

In der Stadtbücherei lieh ich das einzige Buch über Helgoland aus, einen Fotoband, immerhin nur fünf Jahre älter als die Gegenwart.

Helgoland in seinem Element, hieß es. *Bilder einer deutschen Nordseelandschaft.* Auf dem Umschlag schlugen Wellen gegen die roten Klippen.

Zu den Bildern des Dichters Heinrich Heine gesellten sich nun die Fotos des Fotografen Wilfried Schmidt, der auf seinem eigenen Foto, Oberkörper frei, in die Sonne guckt. Wilfried Schmidt stammte aus Koblenz und fotografierte gern Möwen und Meer.

Die See duftet nach frischgebackenem Kuchen, schrieb Heine 1830 auf Helgoland. Mein Sommer 1994 roch vor allem nach Moos, Butterbrot und dem Flüggewerden von Spechtküken. Ich verbrachte die ersten beiden Ferienwochen von früh bis spät auf meinem Hochsitz, nach Hause ging ich nur zum Schlafen. Nicht einmal meine Eltern wussten, wo ich war. Sie glaubten, ich ginge zur Ferienfreizeit in die Schule, wenn ich morgens das Haus mit sehr vielen Butterbroten verließ.

Der Hochsitz war meine einsame Insel. Ich hatte Bücher ausgeliehen für gefühlt fünf Jahre. Wasser holte ich aus einem Brunnen im Wald. Ich las, aß die Brote, beobachtete eine Spechtfamilie. Ein Mal am Vormittag, ein Mal am Nachmittag schlug ich mich je eine Stunde quer durch das Dickicht. Zwischendurch langweilte ich mich beispiellos.

Das stete Gejammer der Jungspechte war nur einen Tag lang süß gewesen. Ihr Flüggewerden fand in einer Buche statt. Wie schön das ist, einen Ort da zu haben, wo du deinen Ort haben willst. Wie Heine anfangs in Paris. Nachdem die Kleinen endlich ausgeflogen waren und mit ihnen ihr nerviges Gepiepe, vermisste ich das nervige Gepiepe sofort.

Ich schrieb. Schrieb auch von meiner Zeit auf Helgoland. Ich glaube, in jenem Sommer auf jenem Hochsitz und auf jener Insel bin ich Schriftsteller geworden. In einem Mischwald in der Kurpfalz – auf einem Felsen an der Nordsee. Vom waldverträumten Hochsitz tagträumte ich mich auf eine Insel aus Abenteuern. Oder umgekehrt? Hier schnitt ich aus einer Plastikflasche einen Spender für Vogelfutter – dort warf ich eine Salamischeibe den Vögeln auf den Klippen zu, aber ich warf daneben, und das Ding fiel vierzig Meter in die Tiefe in ein Touristenboot. Ich war von Mücken zerstochen – vom Wind verweht. Ich vermisste die Jungs – und trank Eiergrog mit der Inseljugend, weil die Inseljugend behauptete, man wäre sonst kein echter Insulaner, außerdem sei Eiergrog einfach das leckerste Getränk.

Und beides waren die größten jemals ausgesprochenen Lügen gewesen. Beflügelt vom Eiergrog stahl ich ein Kneipenschild.

In Heidelberg hatte Rike mir noch immer nicht zurückgeschrieben, ich vermute fast, weil ich die Briefe immer noch nicht abgeschickt hatte – auf Helgoland verliebte ich mich unter dem Leuchtturm in ein rothaariges Mädchen mit dem schönen norddeutschen Namen Stientje nicht. (Und sie sich in mich genausowenig.) Ihr Vater ließ mich ein Börteboot um die Insel lenken, und die See, beschloss ich, roch nicht nach Kuchen, oder es war ein älterer Kuchen, ein bisschen ranzig.

An einem Nachmittag zu Beginn der dritten Ferienwoche hörte ich Stimmen, erkannte das heisere Lachen von Piero. Ich spähte aus dem Hochsitz und sah sie näher kommen: Piero, Nico, Michel. Fatih fehlte, er blieb den ganzen Sommer in der Türkei.

Ich duckte mich unter das Fenster. War ich bereit, in die Wirklichkeit zurückzukommen? Mein Herz schlug so fest, es würde mich verraten. Was sage ich, wenn sie mich entdecken? Wie erklären, dass ich mich nicht bemerkbar gemacht habe?

Bei einem Bombenanschlag auf ein jüdisches Zentrum in Buenos Aires waren achtundfünfzig Menschen gestorben. Eine Million Flüchtlinge aus Ruanda lebten in den Flüchtlingslagern in Zaire unter elenden Bedingungen. Die Kriegsparteien in Bosnien-Herzegowina stimmten heute in Sarajevo und Pale über den internationalen Friedensplan ab. Ich lag auf dem Boden eines Hochsitzes, ich war sechzehn Jahre alt. Meine Freunde unterhielten sich drei Meter Luftlinie entfernt, und Piero fragte genau jetzt: »Wann kommt Saša eigentlich zurück?«

Ich steckte den Kopf aus dem Fenster und rief: »Jetzt!«

Der Hochsitz steht noch. Das Holz ergraut, von der Leiter fehlt eine Sprosse, so muss das in Geschichten mit alten Leitern sein.

Ich steige hinauf, setze mich auf die kleine Bank. Es ist der 23. Juni 2023. Ich habe noch ein paar Stunden Zeit vor der Lesung am Abend. Ein Specht zählt bis fünf. Nachfahr eines Lebens, neben dem ich erfand, was nicht sein konnte und später dann war?

Ich ziehe meinen Namen im Holz nach, der diese Kerbe geworden ist am 18. Juli 1994.

Es ist der 8. April 2023. Ich sitze unter dem Leuchtturm. Weich schneidet das Licht flüchtige Schneisen in die Finsternis. Unter mir das Meer, *mein wahlverwandtes Element, und schon sein Anblick ist mir heilsam. Es geht ein starker Nordostwind, und die Hexen haben wieder viel Unheil im Sinne.*

Die Hexen haben wieder Unheil im Sinn, ja.

Wirklich glücklich wurde Heine in Frankreich nicht: *Schon die ersten Tage meiner Ankunft in der Hauptstadt der Revolution merkte ich, daß die Dinge in der Wirklichkeit ganz andere Farben trugen, als ihnen die Lichteffekte meiner Begeisterung in der Ferne geliehen hatten.* Die Revolution hatte den Schwächsten kaum etwas gebracht, *der Zustand des niedern Volkes von Paris ist indessen, wie man so sagt, trostlos …*

Ich habe noch etwas Zeit, also schreibe ich. Heine benennt die Vergangenheit als *alte Garderobe des menschlichen Geistes.* Ich ziehe mir eine von vielen möglichen Vergangenheiten an:

An einem heißen Weinbergnachmittag 1994 warf Fatih einen Stein in die Luft, und wir anderen versuchten, seinen Stein mit unseren Steinen zu treffen, und Fatih sagte, »Wartet mal kurz«, und die Steine prasselten zu Boden.

RICHARD BACH

Die Möwe Jonathan

Es war Morgen, und die neue Sonne flimmerte golden über dem Wellengekräusel der stillen See. Von einem Fischerboot, eine Meile vor der Küste, wurden die Netze ausgeworfen. Blitzschnell verbreitete sich die Nachricht in der Luft und lockte einen Schwarm Seemöwen an. Tausende flitzten hin und her und balgten sich kreischend um ein paar Brocken. Ein neuer Tag voller Geschäftigkeit hatte begonnen.

Nur ganz draußen, weit, weit von Boot und Küste entfernt, zog die Möwe Jonathan ganz allein ihre Kreise. In dreißig Meter Höhe senkte sie die Läufe, hob den Schnabel und versuchte schwebend eine ganz enge Kurve zu beschreiben. Die Wendung verringerte die Fluggeschwindigkeit; Jonathan hielt so lange durch, bis das Sausen der Zugluft um seinen Kopf nur noch ein leises Flüstern war und der Ozean unter ihm stillzustehen schien. In äußerster Konzentration machte er die Augen schmal, hielt den Atem an, erzwang noch ein einziges … kleines … Stück … dann sträubte sich das Gefieder, er sackte durch und kippte ab.

Niemals dürfen Seemöwen aufhören zu schweben oder zu fliegen, niemals dürfen sie absacken. Für eine Möwe bedeutet das Schmach und Schande.

Aber die Möwe Jonathan, die da so ungeniert und ohne Zaudern nochmals mit ausgespannten Flügeln die schwierige Kurve versuchte und immer langsamer werdend wieder absackte, war kein gewöhnlicher Vogel.

Die meisten Möwen begnügen sich mit den einfachsten Grundbegriffen des Fliegens, sind zufrieden, von der Küste zum Futter und zurück zu kommen. Ihnen geht es nicht um die Kunst des Fliegens, sondern um das Futter. Jonathan aber war das Fressen unwichtig, er wollte fliegen, liebte es mehr als alles andere auf der Welt.

Diese Neigung machte ihn bei den übrigen Vögeln nicht gerade beliebt, das merkte er bald. Selbst seine Eltern waren unzufrieden, dass Jonathan ganze Tage mit seinen Experimenten im tiefen Gleitflug verbrachte und seine Übungen hundertfach wiederholte.

Er entdeckte zum Beispiel, ohne den Grund zu wissen, dass er sich länger und müheloser in der Luft halten konnte, wenn er ganz dicht über dem Wasser dahinflog, nur eine halbe Spannweite seiner Schwingen hoch. Dann endete der Gleitflug nicht mit dem üblichen Aufplatschen der vorgereckten Läufe, er setzte vielmehr mit stromlinienförmig dicht am Körper anliegenden Füßen in langem flachen Gleiten auf. Als er aber dann auch bei Gleitflügen über dem Strand mit angezogenen Beinen zur Landung anzusetzen begann und hinterher die Länge der Gleitspur abtrippelte, da wurden seine Eltern wirklich böse.

»Wozu das, Jon? Warum in aller Welt?«, fragte seine Mutter. »Ist es denn wirklich so schwer, wie alle anderen zu sein? Warum überlässt du den Tiefflug nicht den Pelikanen oder dem Albatros?! Warum frisst du nicht wie die anderen? Du bist ja nur noch Federn und Knochen, wie siehst du bloß aus.«

»Das ist mir ganz einerlei, Mama. Ich muss herausfinden, was ich in der Luft kann und was nicht, das ist alles. Ich muss es einfach wissen.«

»Sieh einmal, Jonathan«, sagte sein Vater nicht unfreundlich. »Bald kommt der Winter. Da gibt es nicht viele Boote, und die Fische schwimmen nicht mehr dicht unter der Oberfläche, sondern in der Tiefe. Wenn du unbedingt etwas lernen willst, dann lerne, wie man sich sein Futter beschafft. Fliegerei, gut und schön, aber von einem Gleitflug kann man nichts abbeißen, verstehst du? Zweck des Fliegens ist, dass man etwas zu essen hat, vergiss das nicht.«

Jonathan nickte gehorsam. Einige Tage lang versuchte er, genauso wie die übrigen Möwen zu sein; er gab sich wirklich alle Mühe, er flatterte und kreischte mit dem Schwarm um die Anlegestellen und Fischerboote und schnappte im Sturzflug nach Fischabfällen und Brotkrumen, aber er war nicht glücklich dabei.

Es ist so sinnlos, dachte er und ließ absichtlich eine mit Mühe ergatterte Sardine fallen, die ihm eine alte hungrige Möwe abjagen wollte. Schade um die Zeit – wie viel könnte ich da richtig fliegen üben. Ich muss noch so viel lernen!

Und so dauerte es denn nicht lange, und die Möwe entwischte wieder, wagte sich weit auf die offene See hinaus und machte hungrig, aber glücklich neue Flugversuche.

Jetzt ging es Jonathan um die Geschwindigkeit. Nachdem er eine Woche geübt hatte, wusste er darüber mehr als jede andere Möwe.

Aus dreihundert Metern Höhe stürzte er sich nach kräftigen Flügelschlägen tollkühn in die Tiefe, den Wellen entgegen, und lernte durch Erfahrung, warum keine Möwe mit voller Wucht solche Sturzflüge versucht. Schon nach sechs Sekunden schoss er mit einer Geschwindigkeit von mehr als hundert Stundenkilometern abwärts, und bei diesem Tempo können die Schwingen dem Luftdruck nicht standhalten.

Es war immer das Gleiche. Sosehr er sich auch bemühte und anstrengte – bei hoher Geschwindigkeit verlor er die Kontrolle über den Flügelschlag.

Er stieg hoch auf, mit voller Kraft, setzte flatternd zum senkrechten Sturzflug an, und dann versagte immer wieder der linke Flügel im Aufschlag, so dass der Körper heftig nach links abdrehte. Er fing sich durch Abstellen des rechten Flügels wieder und schoss wie ein Blitz kreiselnd schräg nach rechts abwärts.

Er konnte gar nicht achtsam genug sein. Zehnmal nacheinander versuchte er den Sturz, und jedes Mal zerflatterte er bei der hohen Geschwindigkeit und klatschte haltlos als wild gesträubtes Federbündel hart auf dem Wasser auf.

Schließlich dachte er – tropfnass –, vielleicht darf man bei hohen Geschwindigkeiten die Flügel nicht bewegen, muss bis circa fünfzig mit den Flügeln schlagen und sie dann stillhalten.

Er versuchte es noch einmal. Aus sechshundert Metern Höhe kippte er, Schnabel senkrecht nach unten zum Sturzflug, flatterte mit voll ausgespannten Schwingen bis zu einer Stundengeschwindigkeit von etwa achtzig Kilometern und hielt sie dann unbeweglich weit ausgespannt. Das erforderte alle seine Kräfte, aber es gelang. Innerhalb von zehn Sekunden hatte er das schwindelerregende Tempo von hundertfünfzig Stundenkilometern erreicht und überschritten. Jonathan hatte einen Weltrekord in Geschwindigkeit unter Seemöwen aufgestellt!

Doch der Sieg war trügerisch. Kaum änderte er zum Aufsetzen aus dem senkrechten Sturzflug den Winkel der Flügelstellung, so verlor er die Kontrolle, der Luftdruck traf ihn wie eine Sprengladung. Er schien mitten in der Luft zu explodieren, dann prallte er auf die See auf, die hart war wie Beton.

Als er wieder zu sich kam, war es bereits dunkel, er trieb im Mondlicht auf dem Meer dahin. Die Flügel waren zerzaust und schwer wie Blei, doch noch schwerer bedrückte ihn das Gefühl des Versagens. Fast wünschte er, die Last möge ihn sacht auf den Grund drücken, dass alle Mühe ein Ende habe.

Doch als er langsam tiefer sank, klang es seltsam dumpf aus ihm heraus. Du darfst nicht aufgeben, aber du bist nur eine Möwe und kannst über deine Natur nicht hinaus. Wärest du zu solchen Flügen bestimmt, dann hättest du dafür Diagramme, Richtlinien im Kopf. Wärest du zum raschen Fliegen bestimmt, du hättest kurze Flügel wie der Falke und würdest Mäuse fressen statt Fische. Dein Vater hatte recht. Schluss mit den Torheiten. Flieg heim zu deinem Schwarm, und finde dich damit ab, dass eine kleine Seemöwe ihre Grenzen hat.

Die Stimme schwieg, und Jonathan musste ihr zustimmen. Möwen verbringen die Nacht nahe der Küste, auf dem Wasser; und er wollte von jetzt an eine normale Möwe sein, sich dem Schwarm zugesellen, glücklich sein unter seinesgleichen. Erschöpft hob er sich von der dunklen Wasserfläche ab und zog mit mattem Flügelschlag landeinwärts, froh, dass er früher den kräftesparenden Flug in niedriger Höhe geübt hatte.

Doch nein, Schluss mit alten Gewohnheiten. Schluss mit allem Lernen. Ich bin eine Möwe, dachte er, ich bin wie die anderen Möwen, ich will auch fliegen wie die anderen Möwen. So stieg er mühsam bis zu dreißig Meter Höhe, schlug angestrengt mit den Flügeln und strebte der Küste zu.

Er war erleichtert über die Entscheidung. Er fühlte sich befreit von allem Zwang zum Lernen, von nun an würde es keine Herausforderung mehr geben, keine Fehlschläge. Und es war angenehm, so gedankenlos durch das Dunkel auf die Lichter an der Küste zuzufliegen.

Dunkel! Die dumpfe innere Stimme meldete sich, brüchig im Erschrecken. *Möwen fliegen nicht bei Dunkelheit!*

Jonathan beachtete sie nicht. Schön, dachte er. Mond und Sterne blinken im Wasser und ziehen ihre schmalen Leuchtspuren durch die Nacht. Alles ist friedlich und still …

Komm herunter! Möwen fliegen nicht bei Dunkelheit! Nie! Wärest du zum Nachtflug bestimmt, du hättest Augen wie die Eule. Du hättest Blindflugkarten im Kopf! Du hättest die kurzen Flügel des Falken! Doch die Möwe Jonathan, die in dreißig Meter Höhe durch die Nacht flog, achtete nicht auf die Warnung, hörte nur die letzten Worte. Angst, Erschöpfung, gute Vorsätze waren vergessen.

Kurze Flügel. *Die kurzen Flügel des Falken!*

Das war die Lösung! Was für ein Narr war ich doch! Ich brauche nur winzig kleine Flügel, ich brauche meine Flügel nur einzuziehen, nur mit den Flügelspitzen zu fliegen! Kurze Flügel!

Er schwang sich sechshundert Meter über die schwarze See empor, und ohne auch nur eine Sekunde an Misserfolg und Tod zu denken, faltete er die Flügel an den Rumpf, dass nur die wie schmale Sicheln gebogenen Spitzen dem Wind ausgesetzt waren, dann ließ er sich senkrecht fallen.

Tosend brauste die Luft um seinen Kopf. Hundert Kilometer Stundengeschwindigkeit, hundertfünfzig, hundertneunzig und noch mehr. Der Anprall des Flugwindes auf die Flügel war nun nicht annähernd so stark wie vorher: Jetzt konnte er sich mit einer ganz leisen Wendung der Flügelspitzen abfangen, aus der Senkrechten in die Waagrechte übergehen und wie eine grauweiße Kugel unter dem Mond über die Wasserfläche hinschießen.

Gegen den Wind schloss er die Augen halb und schrie jubelnd. Zweihundert Kilometer in der Stunde in voller Flugbeherrschung! Wenn ich aus der doppelten Höhe herabstoße – wie schnell ich dann wohl bin? Alle guten Vorsätze waren vergessen, waren fortgerissen von diesem Geschwindigkeitsrausch. Ohne Bedenken brach er das Versprechen, das er sich selbst gegeben hatte. Derlei Schwüre gelten nur für Möwen, die mit dem Mittelmaß zufrieden sind. Wer einmal das Außerordentliche erfahren hat, kann sich nicht mehr an die Normen des Durchschnitts binden.

Als die Sonne aufging, war die Möwe Jonathan längst wieder bei ihren Flugversuchen. Aus fünfzehnhundert Metern Höhe waren die Fischerboote nur noch Pünktchen auf der weiten blauen Wasserfläche, war der Schwarm futtersuchender Möwen nur noch eine blasse Wolke aus kreiselnden Staubteilchen.

Und er lebte – leise bebend vor Entzücken, stolz, seine

Furcht bezwungen zu haben. Ohne lange Vorbereitungen legte er die Armschwingen fest an, spreizte die geschweiften Handschwingen aus und stürzte sich senkrecht hinab. Bei zwölfhundert Metern über dem Meer hatte er die äußerste Geschwindigkeit erreicht. Wie eine kompakte Wand aus Gebrüll schlug ihm die Luft entgegen und machte weitere Beschleunigung unmöglich. Er flog jetzt abwärts mit über zweihundert Kilometern pro Stunde. Er schluckte krampfhaft.

Entfalteten sich bei diesem Tempo die Flügel ganz wenig, dann würde er in winzige Fetzchen zerplatzen, nichts würde von ihm bleiben. Aber Geschwindigkeit war Macht, war Schönheit, war reines Glück.

Bei dreihundert Metern versuchte er wieder hochzuziehen. Die Flügel dröhnten und schwirrten im übermäßigen Luftdruck, Boot und Möwenschwarm kippten seitwärts ab und schienen dann mit meteorgleicher Schnelligkeit genau in seine Flugbahn zu stürzen.

Er konnte nicht anhalten; er wusste nicht einmal, wie er bei diesem Tempo wenden konnte.

Zusammenstoß bedeutete Tod.

Er schloss die Augen.

Und so geschah es, dass die Möwe Jonathan an jenem Morgen, kurz nach Sonnenaufgang, im rasenden Sturzflug wie ein Schuss durch das Zentrum des Möwenschwarms knallte, ein schreckliches, kreischendes Bündel aus Luftwirbeln und Federn. Doch das Glück blieb ihm treu, niemand kam zu Schaden.

Als er den Schnabel endlich wieder hochgereckt hielt, flitzte er immer noch pfeilschnell dahin, und als er endlich die Geschwindigkeit genügend verlangsamt hatte und aufatmend die Flügel ausbreitete, war der Fischkutter wieder ein Punkt auf dem Meer, zwölfhundert Meter unter ihm.

Er triumphierte. Ich habe höchste Geschwindigkeit erreicht, über zweihundert Stundenkilometer. Ein beispielloser Erfolg, das größte Ereignis in der Geschichte des Schwarms. Eine neue Epoche beginnt. Während er zu seinem einsamen Übungsplatz hinausflog und die Flügel zum Sturzflug aus zweitausendvierhundert Metern einfaltete, beschloss er, nun herauszufinden, wie man im Sturz die Richtung ändern kann. Und auch das gelang. Verstellte er nur eine einzige Feder an der Flügelspitze um wenige Millimeter, so erreichte er auch bei großen Geschwindigkeiten eine weiche, fließende Kurve. Doch bis es so weit war, musste er durch Versuch und Irrtum lernen, dass man bei hoher Geschwindigkeit keinesfalls mehr als eine Feder verstellen durfte, sonst kam man wie eine Gewehrkugel in eine Drehung. So wurde Jonathan die erste und einzige Möwe, die Kunstflugfiguren vollbrachte. An diesem Tag nahm Jonathan sich nicht die Zeit, den anderen Möwen seine Kunst zu zeigen, er übte weiter bis nach Sonnenuntergang und entdeckte den Looping, die langsame Rolle um die eigene Achse, das Rollen nach Punkten, das verkehrte Trudeln, den Abschwung und das Windrad.

Es war Nacht geworden, als die Möwe Jonathan sich wieder bei dem Schwarm an der Küste einfand. Jonathan war schwindlig vor Müdigkeit, aber so glücklich, dass er beim Landen noch einen Looping machte. Wenn die anderen von diesem großen Durchbruch hören, werden sie vor Freude außer sich sein, dachte er. Ein herrliches Leben wird jetzt beginnen. Statt der einförmigen Alltagsplage mit dem ewigen Hin und Her zwischen Küste und Fischkuttern hat unser Leben jetzt einen tieferen Sinn! Wir vermögen uns aus unserer Unwissenheit zu erheben, dürfen uns als höhere Wesen von Können und Intelligenz verstehen. Wir werden frei sein!

DORIS DÖRRIE

Tek Sing

Am 17. 11. 2000 las ich in der Früh in der Zeitung von dem sagenhaften Porzellanschatz Tek Sing, der noch am selben Tag in Stuttgart versteigert werden sollte. Eine knappe Stunde später saß ich im Zug. Nie zuvor war ich bei einer Auktion gewesen. Noch ein wenig später hob ich wie unter Hypnose mehrmals die Hand, und abends kehrte ich schwer beladen mit chinesischem Porzellan nach München zurück. Sechs Teller, sechs Suppenschalen, sechs Schälchen und sechs Löffel. Dabei interessiere ich mich gar nicht sonderlich für Porzellan. Warum sprang ich also wie ferngesteuert in den Zug, um nach Stuttgart zu eilen?

War es die gute Geschichte? Oder meine Liebe fürs Tauchen, für alte Seefahrer, für das japanische Gespenst Okiku, das einen kostbaren Teller zerschlug und grausam dafür bestraft wurde? Oder einfach nur meine Begeisterung für den gedeckten Tisch?

Es bleibt rätselhaft, warum wir die Dinge tun, die wir tun. Was uns im tiefsten Inneren antreibt. Welche Assoziationen und Erinnerungen sich in unseren Gedanken zu einer Handlung verknüpfen. Welchen Geschichten wir folgen und welchen nicht. In der Zeitung las ich: *1822 lief die chinesische Dschunke Tek Sing – wahrer Stern – auf dem Weg von China nach Jakarta, damals Batavia, auf eine Sandbank auf und sank.*

Das Wort Batavia erinnerte mich an Winternachmittage als Kind, wenn meine Mutter uns Balladen vorlas, unter anderem *Die Vergeltung* von Annette von Droste-Hülshoff. Von einem Korsarenschiff war dort die Rede, von einem »schwarz gelockten Fremden« und einem Schwerkranken:

Da hebt von morschen Balkens Trümmer
Ein Kranker seine feuchte Stirn,
Des Äthers Blau, der See Geflimmer,
Ach, alles quält sein fiebernd Hirn!
Er lässt die Blicke, schwer und düster,
Entlängs dem harten Pfühle gehn,
Die eingegrabnen Worte liest er:
»Batavia. Fünfhundert Zehn.«

Das Schiff sinkt, der Kranke klammert sich an einen Balken, auf dem Batavia 510 steht. Er bietet dem fast ertrinkenden Fremden an, sich ebenfalls dort festzuhalten, prompt wird er von ihm ins Wasser gestoßen und stirbt. Der Fremde überlebt, aber die Gerechtigkeit siegt: Am Ende wird er gehenkt, weil er für einen Piraten gehalten wird.

Und als er in des Hohnes Stolze
Will starren nach den Ätherhöhn
Da liest er an des Galgens Holze
»Batavia. Fünfhundert Zehn.«

Ein Schauermärchen, ein Horrorfilm. Ich verstand kaum die Hälfte, aber ich liebte diese Ballade am meisten von allen (auf Platz zwei: *Die Füße im Feuer* von Conrad Ferdinand Meyer). Beim Zuhören fühlte ich mich bereits fiebrig, sah den schwankenden Schiffsboden unter mir, die schwarzen Wellen, die mich verschlingen würden, und schmeckte Salz auf den Lippen.

Im Hallenbad Goseriede spielen wir Kinder das Drama nach. Der schönste Moment: Wenn der Mörder zum Galgen, dem Sprungturm, geführt wird und ich ihn in meiner Rolle als der gemeuchelte Kranke aus dem Jenseits im Nichtschwimmerbecken beobachten und dazu murmeln darf: Batavia 510. Unbegreiflich ist mir, wie eine Frau dieses Gedicht geschrieben haben kann. Ist sie zur See gefahren? Woher kannte sie Piraten? Hatte sie denn gar keine Angst?

Als Kind war mir das Meer unheimlich. Die graue Nordsee Mordsee. Auf der Insel Juist gab es mitten im Sommer Sturmflutwarnung. Kurz zuvor hatten wir mit unseren Eltern eine kleine Kirche besichtigt, die am Weihnachtsabend von einer Sturmflut buchstäblich verschluckt worden war, eine himmelschreiende Ungerechtigkeit vom lieben Gott. Ausgerechnet an Weihnachten!

Ich erinnere mich, wie ich im Speisesaal der Pension saß, der Regen an die Scheiben klatschte und ich überzeugt war, dass die Sturmflut bereits auf das kleine Haus zurollte und wir jeden Moment untergehen würden wie ein Schiff.

Mein Vater gab mir *Sigismund Rüstig, Seeteufel* und *Die Meuterei auf der Bounty* zu lesen, die Lieblingsbücher seiner Kindheit, und so verbrachte ich viel Zeit mit Männern wie Graf Luckner und Fletcher Christian auf hoher See, statt wie die anderen Mädchen in meiner Klasse mit Hanni und Nanni im Internat. Ich war seltsam.

Batavia 510.

Bei jedem Schluck Meerwasser, das ich in den Sommerferien beim Planschen in der warmen Adria verschluckte, dachte ich an den grausamen Captain Bligh, der seiner Besatzung auf der Bounty das Süßwasser rationierte, worauf sie aus Verzweiflung Seewasser trank und jämmerlich zugrunde ging.

Ich bin nicht gern auf einem Schiff.

Ich fürchte mich vor dem offenen Meer.

Aber ich bin gern unter Wasser.

Dort erscheint alles so viel friedlicher als über Wasser, ich spaziere durch eine Parallelwelt, neugierig beäugen mich die Fische, ich liege im Seegras, das sich rhythmisch und beruhigend mit dem Wellengang bewegt, als läge ich in einer Wiege. Ich spreche die Sprache unter Wasser nicht, ich verstehe nichts und werde nicht verstanden, und genau das empfinde ich als wundervoll.

Die Tek Sing stach am 14. Januar 1822 in Amoy, China, in See mit 1600 Menschen und fast einer Million Stück Porzellan an Bord. Ziel: Batavia. Die Menschen waren fast alle Auswanderer, auf der Flucht vor der angespannten ökonomischen wie politischen Lage. Das Schiff war völlig überladen, die Verhältnisse unter Deck katastrophal. Der Kapitän nahm eine gefährliche Abkürzung, vielleicht wegen der Überladung, vielleicht, weil er Piraten fürchtete. Am 5. Februar lief die Tek Sing auf das Belvedere-Riff auf und sank. Fast alle Menschen an Bord starben. Mehr als bei dem Untergang der Titanic. Das Porzellan lag 180 Jahre auf dem Meeresgrund, bis ein australischer Schatzjäger das Wrack entdeckte und barg.

Es gibt Bilder von der Tek Sing. Sie war riesig und bunt bemalt. Ein Vogel zierte das Heck. Große, weit aufgerissene Augen waren am Bug aufgemalt, um die Dämonen des Meeres abzuschrecken.

Die Dämonen des Meeres mögen kein Weiß, deshalb trägt Tatsus Tante ein weißes T-Shirt und weiße Hosen. Sie ist professionelle Taucherin, eine *ama*, fünfzig Jahre lang ist sie jeden Tag zwanzig Meter tief getaucht, um *awabi*, Seeohren, zu ernten. Sie taucht ohne Sauerstoff, wie alle *ama*. Zum Druckausgleich pfeifen sie. Ein Pfeifkonzert über dem Wasser. Tatsu schürzt die Lippen und pfeift. Niemand im Café sieht sich nach ihr um, aber jeder weiß, dass sie gepfiffen hat, da bin ich mir sicher. Lange habe ich geglaubt, dass mir niemand in Japan zuschaut, weil sich niemand beim Zuschauen erwischen lässt.

Mit der Serviette macht Tatsu vor, wie ihre Tante ein weißes Tuch faltet und um den Kopf schlingt, bevor sie ins Wasser geht. Mit den Dämonen ist nicht zu spaßen. Mit den *ama* allerdings auch nicht. Sie gelten als frech, verrucht und männlich, weil sie schon immer unabhängig waren und ihr eigenes Geld verdienten.

Ich war gern bei meiner Tante, erzählt Tatsu, weil sie so lustig war, so laut lachte, sich nicht darum scherte, was andere von ihr dachten. Sie kam mir vor wie eine Piratin, wenn sie in ihren Gummistiefeln vor mir herstapfte und in einem alten Kinderwagen ihre Beute zum Verkauf auf den Fischmarkt schob. Das Tauchen ist gefährlich. Man kann leicht das Bewusstsein verlieren, und das war's dann. Aber die *ama* können es nicht lassen. Unter Wasser spürt man die Schmerzen in den Knochen nicht, sagte meine Tante. Dafür hatte sie ständig Blasenentzündungen. Das Wasser ist eiskalt, man muss sich daran erst gewöhnen. Ich durfte anfangs nie länger als zehn Minuten im Wasser sein. Jeden Tag bin ich mit den *ama* in einem klapprigen Fischerboot hinausgefahren, der Kapitän war schon seit ewigen Zeiten dabei und beschützte sie. Er brachte mir bei, die einzelnen Taucherinnen nach den Luftblasen auseinanderzuhalten, die von tief unten an die Wasseroberfläche stiegen. Am schönsten war es immer nach dem Tauchgang, in der Hütte der *ama* am Hafen, wo sie ihre weiße Kleidung aufhängten, sich am Feuer aufwärmten, zusammen aßen, sich schminkten und kämmten, ein Nickerchen hielten. Wenn ich mit meiner Tante nach Hause ging, verwandelte sie sich in eine ganz normale Hausfrau, die sich um die Tochter und den Haushalt kümmerte. Stolz hat sie erzählt, dass sie noch am Tag der Entbindung tauchen war, und dass den *ama* die Geburten leichtfallen, weil sie … Ich weiß nicht mehr, warum. Meine Großmutter hat noch nach Perlen getaucht. Über dem kleinen Haus meiner Tante kreischten die Möwen wie zur ständigen Erinnerung an die andere, große, freie Welt unter Wasser.

Als *ama* verliert man jede Weiblichkeit, hat meine Mutter immer gesagt, man wird grob, bekommt eine tiefe Stimme, eine ledrige Haut, man ist nicht Mann, nicht Frau.

Beides eben, lachte meine Tante. Ich bin beides! Besser

kann man es doch nicht haben, oder? Ich tauche weiter, bis ich nicht mehr laufen kann. Wenn ich nicht im Wasser bin, leidet mein Körper, wie ein Fisch auf dem Trockenen.

Sie ist letztes Jahr mit vierundachtzig gestorben, an einer Blinddarmentzündung. Sie hat die Schmerzen nicht ernst genommen. Alle *ama* tauchen bis ins hohe Alter. Wenn sie nicht dabei umkommen. Meine Großmutter hatte ihren Töchtern verboten, *ama* zu werden. Meine Tante hörte nicht auf sie, anders als meine Mutter. Die ging nach Tokio auf die Sekretärinnenschule und träumte von einer klassischen Kleinfamilie mit einem Mann, der sein Leben lang im dunklen Anzug und weißen Hemd ins Büro stapfte, während sie sich um Kind und Haus kümmerte und Romane las. Oder mit Aktien spekulierte wie andere Hausfrauen. Ein beschauliches und ordentliches Leben über Wasser schwebte ihr vor. Stattdessen wurde sie von ihrem ersten und einzigen One-Night-Stand schwanger, sah den Mann nie wieder und zog mich allein auf. Schlug sich mit Jobs als Putzfrau und Verkäuferin in *konbinis* durch, weil es dort im Gegensatz zu Sekretärinnenstellen Teilzeit gab. Manchmal kam meine Tante, die wilde Meerfrau, in die Stadt und zog mit ihr um die Häuser. In den Schulferien nahm sie mich mit ans Meer und brachte mir Schwimmen und Tauchen bei. Sie sagte mir, dass Frauen mit ein bisschen Speck auf den Rippen besser vor der Kälte des Wassers geschützt sind.

Unter Wasser wurde ich von niemandem beurteilt, kommentiert, bewertet, begutachtet, abgeschätzt, gedeutet, bemessen, abgewogen, gesichtet, abgesondert, diagnostiziert, erörtert. Tatsu liest die deutschen Wörter von ihrem Handy ab. Erörtert ist ein gutes Wort, sagt sie. So wie man einem Ort, den man besucht, eine Note gibt, einer Sehenswürdigkeit eine gute und einem uninteressanten, öden Ort eine schlechte. So ein Ort war ich. Ich konnte es in den Augen der anderen sehen. Sie glitten über mich hinweg, bis sie etwas Interessanteres fanden. Und je älter ich wurde, desto schneller gingen sie über mich hinweg. Immer öfter hielt ich mich bei meiner Tante und unter Wasser auf. Ich mochte die anderen *ama,* dicke, dünne, alte, junge Frauen, sie waren so anders, frei von Zwängen, abenteuerlustig, unverschämt und auch ein wenig erschreckend. In ihren weißen Anzügen sahen sie für mich aus wie Gespenster. Meine Tante sagte immer, unter Wasser sei sie eine andere. So ähnlich fühlte ich mich auch, leicht, schwerelos. Meine Tante warnte mich, ich könnte süchtig werden nach dem Tauchen.

Als ich dreizehn wurde, durfte ich meine Tante nicht mehr besuchen. Meine Mutter hatte Angst, ich könnte ihr entgleiten. Zu wild werden. Zu frei. Keinen Plan mehr haben für mein Leben, aufhören, Klavier zu spielen und zu singen.

Darf ich mir Notizen machen?, frage ich Tatsu. Deine Geschichte ist so besonders.

Sie zögert. Ich hab das alles nie jemandem erzählt.

Darf ich?, wiederhole ich. Ich möchte es gern aufschreiben.

ANDRZEJ BOBKOWSKI

Ein baskischer Brief

In Paris wurden es nun vierzig Grad im Schatten. Auf einigen Straßen fing es regelrecht zu tauen an, der Asphalt schmolz und verwandelte sich in Schlamm. Andernorts trockneten die Holzpflasterklötze aus, lockerten sich und klackerten unter den Rädern. Man konnte sie herausnehmen, die Klötze übereinanderlegen und mit ihnen Holzburgen bauen. Noch durch die Schuhsohlen verbrannte man sich an den Steinen der Bürgersteige. Paris stöhnte von früh bis spät »was für eine Hitze« und trank. Wenn ich Menschen mit Gläsern voll Eis in den Händen anschaute, war ich überzeugt, dass sie nicht nur tranken: Sie badeten zugleich. Ich sah dann ein riesiges Glas und kleine Menschlein, die seinen gläsernen Rand erklommen wie die Kante eines hohen Bottichs. Da zog sich jemand an den Armen hoch, legte die Beine rüber und platsch – trank das Glas in einem Zug aus. Daraufhin zahlte er und ging mit einem Eiswürfel im Mund weiter, noch bis zur nächsten Straßenecke. Manchmal fiel aus dem fahlen und rußigen Himmel irgendein Tropfen auf die Hand. Vielleicht ja Regen? Nein, leider. Sogar der Himmel musste schwitzen, so wie die Bäume welkten.

Der Beamtenstreik wurde nach langen nächtlichen Manövern und Gegenmanövern in der Abgeordnetenkammer durch irgendeinen buchhalterisch-budgetären Winkelzug rasch erstickt, den die Zeitungen am folgenden Tag anprangerten. Allein die Presse hat ihre Reaktionsfähigkeit noch nicht vollständig eingebüßt. Dem Bürger war alles gleich geworden, ein jeder dachte nur darüber nach, wie er der Stadt entfliehen konnte, die in der Hitzeproduktion den seit so und so vielen Jahren bestehenden Rekord gebrochen hat. Sogar die Pförtnerinnen waren verstummt und hatten ihr Philosophieren eingestellt, was ebenfalls zu den allerseltensten Vorkommnissen zählt. Zu arbeiten wäre hier wirklich niemand imstande. Tagsüber erwachte man nur über einem Glas aus der Erstarrung, nachts war an Schlaf kaum zu denken. Shorts für die Dame und den Herrn ersetzten die üblichen Kleider und Anzüge, und die jeweils von der Sonne erleuchteten Straßenhälften wurden gemieden. Angeblich war es im Süden Frankreichs, ach was, sogar in Dakar kühler – um ganze zehn Grad.

Erst für die Zugfahrt habe ich mich mit einem Berg von Zeitungen eingedeckt. Man sollte sich nicht bloß damit beschäftigen, dass die Temperaturen in Paris im Juli diese oder jene Marke überschritten haben. Die Hitze dauerte an, doch der Gedanke, ihr zu entfliehen, machte sie schon milder. Langsam kam wieder Ordnung in den Kopf, das Zeitgefühl kehrte zurück. In meine Ferienstimmung spielten bestimmt verschiedenste Regungen hinein, doch das diskrete Flüstern der leidigen, hier und dort noch auftauchenden Ziffern wurde jedenfalls langsam von zuversichtlicheren Gedankengängen übertönt. Wie ein Hund, dem am Ohr gekrault wird, so begann ich unwillkürlich mit der Hinterpfote meiner Gedanken zu zucken. Frankreich, dieses immer beunruhigende Land, und schließlich doch das interessanteste von allen. Es hat etwas von einem internationalen Hefeteig: Alle heben minütlich das Tuch an und schauen, ob er wächst. Ob diese wunderbare französische Hefe wohl zumindest hier ihre Eigenschaften bewahrt hat, wo sie doch überall sonst schwächelt? Ob sie wohl aufgeht, für den Weitergebrauch im jeweils neuen, eigenen Teig taugt? Hinsichtlich der Hefe gibt es immerhin keine zwei Meinungen: An ihr herrscht kein Mangel. Doch bei der feinen französischen Feuilletage etwa sieht es schon anders aus. In meinem Zugabteil habe auch ich für eine Weile das Tuch angehoben. Man könnte glauben, dass die Julihitze Anlass gab, es wieder mit der alten Arznei zu versuchen: der Psychologie. Nur leider findet auch das beste Wohlbefinden sein Ende, sobald alle Preise zusammen eine gewisse Summe erreicht haben. Nicht verzagen! Was hat es den Maréchal Bugeaud einst für Kraft gekostet, die Regierung davon zu überzeugen, dass man Schlachten mit der Marseillaise allein nicht gewinnt … Dieser Aberglaube, wie viele andere mit ihm, gedeiht auch heute noch prächtig. In der großen ökonomischen Schlacht wurde auf ein altes Rezept zurückgegriffen. Bugeaud, der Eroberer Algiers … Algier, Streiks, Lohnerhöhungen, Erhöhung der Geldmenge in Banknoten, deren Wert in Petitschrift am Rand festgehalten werden muss. Und die Preise? Von denen bekam ich einen Eindruck, als ich an der Kasse für einen Fahrschein nach Biarritz nicht tausendsechzig Francs, sondern tausendfünfhundert bezahlte. Damit hörten die Eindrücke noch nicht auf. Derlei Gedanken lohnt es aber nicht nachzugehen, so wie man das Kreuzworträtsel auf der letzten Seite irgendeiner Wochenzeitung löst. Ein kurzer Blick, man prüft, ob die leichteste Lösung passt – bloßer Zeitvertreib. Ferien. Ich reiste ab aus einem Paris, das etwas von einem Hochofen hatte. Wie in Hohlformen gegossen, kühlten alle im Abteil ab. Endlich.

Der Bahnhof in Biarritz erschien mir wie ein paradiesischer Garten. Unter dem gläsernen Dach der Halle standen Palmen und Bäume. Es war Juli und also noch nicht überlaufen. Ich setzte mich auf eine Bank und wartete, bis die Leute hinausgingen. Ein alter Träger wischte sich den Schweiß von der Stirn und setzte sich neben mich. »Sie sind erschöpft«, sprach ich ihn an.

»Ich bin immerzu erschöpft … erschöpft bin ich zur Welt gekommen«, sagte er mit einem Lachen, hinter dem sich allerdings mehr verbarg als nur Schalk. Aber das täuschte vielleicht. Ich jedoch ließ mich in einem Anflug von Leichtsinn dazu hinreißen, diese eine Antwort von ihm von Millionen Stimmen sprechen zu lassen, sie zu multiplizieren … Da zuckte sie wieder, die Hinterpfote. Ihr sollte ich nicht trauen. Morgens waren die Straßen still und die Kühle allgegenwärtig, eine erfrischende Kühle, die vom Meer und von den besenförmigen Tamarisken her wehte. Diese Bäumchen bewahren die Milde den ganzen Tag über, ihre gefiederten Äste saugen die Nebeltropfen und den Wasserstaub auf, der von den Wellenkämmen ausgeht. Hinter dem Leuchtturm findet sich ein großer Strand, dahinter eine Wiese. Kleine Quellen sprudelten aus den Felswänden. Hier haben schon einige ihre Zelte aufgeschlagen. Ich tat es ihnen mit meinem gleich – und machte weiter nichts. Die ersten Tage über war es schwer, sich an diesen

Tagesablauf zu gewöhnen, der keine Stunden kannte und allein von Ebbe und Flut getaktet wurde. Auf den Dünen blühten duftende, weiße Blumen, die Tuberosen ähnelten; zu ihren Füßen bettete sich eine dichte Schicht wilder Nelken, klein und von würzigem Geruch. Vor dem Zelt habe ich ein kleines Beet angelegt. Die weißen Blumen, deren Namen mir niemand sagen konnte, lebten sich ebenso schnell ein wie die kleinen Schnecken, die an ihren Blättern hingen. Nach den ersten verschlafenen Tagen und nachdem sich der Haushalt eingespielt hatte, habe ich das Zelt zugezogen und bin in die Stadt gegangen.

In den Läden mangelte es an nichts, und besonders Orangen, Zitronen und spanische Schokolade gab es zuhauf. »Das ist Schmuggelware«, sagte mir die Ladenbesitzerin ruhig. Sie wird ohne jede Heimlichkeit in den Geschäften verkauft. Ich erfuhr auch, dass der Rotwein, den man für siebzig Francs als französischen kaufen kann, aus Spanien kommt. »In Spanien zahlt man dafür fünfunddreißig Francs; entlang der Grenze trinkt jeder spanischen Wein«, erklärte sie weiter. »Wollen Sie vielleicht Reis? Vierhundertfünfzig Francs das Kilo, die allerbeste Sorte.« Ich dachte ans Brot. Als Zugereister habe ich zur Stadtverwaltung gehen und eine Sondergenehmigung beantragen müssen, um mein Brot in einer bestimmten Bäckerei zu bekommen. Als ich ihnen sagte, dass ich einen ganzen Monat bleiben wollte, hatten sie mich etwas schief angeblickt … Auf den Brotmarken hatten in Paris die nicht durchgestrichenen Buchstaben Gültigkeit, hier nur die durchgestrichenen. »Schreiben Sie sofort an Ihre Freunde in Paris, dass sie Ihnen ihre durchgestrichenen Buchstaben schicken. Sie bekommen dort doch nichts dafür, Sie aber würden hier mehr bekommen«, riet mir die Bäckerin. »Aber dann hätte ich ja mehr als die anderen ...«, begann ich verschämt – und wie es der Anstand gebot, wie ich mir einredete. Sie blickte mich seltsam an und verlor sogleich jedes Vertrauen. Seitdem war sie sehr *stricte:* Zwei Personen, ein Brotlaib, elffünfzig, rezitierte sie ungerührt.

Gegen Ende Juli stiegen die Preise spürbar. Man spürte das in einer so unbestimmten Weise, wie man merkt, wenn das Fieber steigt. Noch gab man täglich so viel aus, wie es die Urlaubskasse vorsah und gebot, aber ... das Obst wurde nicht günstiger, und sich mit Pfirsichen, Weintrauben und Melonen vollstopfen zu können, blieb ein Pariser Wunschtraum. Ich sprach darüber mit meinem Nachbarn, der mir das Krakenfangen bei Ebbe beigebracht hatte. Der Ertrag von ein paar erjagten größeren Exemplaren ersetzte einem das teuer zu kaufende Fleisch. Anfangs kostete es mich einige Überwindung, um unter den Felsen abzutauchen, zuzuschnappen und mit dem »Monster« wieder hervorzukommen, das sich mit den langen Peitschen seiner Tentakel an Schultern und Brust festsaugte, doch der Preis des traditionellen französischen *bifteck* spornte zu größeren Opfern an. Mein Nachbar hörte mir zu und sagte: »Gehen Sie doch nach Spanien und bringen sich Orangen mit. Warum sechzig Francs fürs Kilo Pfirsiche oder Weintrauben zahlen, wenn die Orangen dort vierzig kosten.« Er nahm eine Landkarte und zeigte mir den Weg. »Über Dancharia kommt auch ein Blinder über die Grenze«, warf er mir zu, um mir Mut zu machen.

Er hatte nicht übertrieben. Zwei Tage später sinnierte

ich über das, was gerade geschehen war, und wusste nicht, wie ich es nennen sollte: aktiven oder doch eher passiven Widerstand. In meinem Zelt wälzte ich mich in Orangenschalen. Auch in denen der Nachbarn mangelte es nicht an ihnen. Bis zum Ende unseres Aufenthalts standen nur noch Orangen in Aussicht und es war nicht einmal nur ein Centime für das hiesige Obst geblieben. Dazu noch eine Flasche Wein und ein bisschen Schokolade für unsere Weiterreise.

Zum Sonnenaufgang nämlich waren meine Frau und ich auf den Rädern losgefahren. Das Zelt war »verschlossen« (zugeknöpft), die Töpfe blieben neben der Feuerstelle, ein bisschen Kleinkram unter einer Plane. Ich wusste, dass ich, wenn wir zurückkehrten, sicher nach Einbruch der Nacht, alles wieder exakt so vorfinden würde, wie ich es zurückgelassen hatte, im Zelt wie auch draußen. Sogar den Fotoapparat, den ich nicht »über die Grenze« mitnehmen wollte. Ihn ließ ich auf dem Koffer. Nach der Rückkehr dachte ich darüber nach, während ich das saftige Obst verschlang. Ich nahm es diesem Land persönlich übel, dass ich diesen Ausflug statt zum Vergnügen fast notgedrungen machen musste. Ich liebe Frankreich für das zurückgelassene Zelt, aus dem nichts verschwand, obwohl ringsum bekannt war, dass ich für einen ganzen Tag abreiste. Ich habe ehrliche Achtung vor den Eltern und ihren Kindern, die dort, von den hohen Felsen über uns, keine Steine geworfen haben, die sich ins aufgespannte Zeltleinen gedrückt hätten; ich schätze die Höflichkeit der Nachankömmlinge, die an mein Zelt traten und fragten, ob es mich stören würde, wenn sie ihres zwanzig Meter weiter aufschlügen – wonach sie später nie indiskret herüberlugten. Der Letzte, der mich dies gefragt hatte, war Kellner im »Café Biard« am Gare Saint-Lazare in Paris. Vor ihm fragte ein Arbeiter mit Frau und Tochter aus Colombes bei Paris das Gleiche. Ich unterhielt mich mit ihnen sowohl am Tage als auch in den warmen Nächten am Feuer, an dem der Mensch fast völlig aus der Reserve kommt. Wenn das Gespräch aber jene Bereiche berührte, deren Echo ohnehin täglich vom trägen Rauschen des Meeres widerhallte, wurden sie ratlos. Sie übten sich in einer Schuldabwehr, wollten die ganze Last der eigenen Verantwortung jemand anderem aufbürden. Gleichzeitig weigerten sie sich zu begreifen, dass die größte Gefahr nicht vom Brotmangel oder der gegenwärtigen Wirtschaftslage ausgeht, sondern von deren Konsequenzen, von dem, was gemeinhin auf derlei Krisen folgt. Irgendeines Tages in der Zukunft nämlich werde ich mein zurückgelassenes Zelt nach der Rückkehr nicht mehr vorfinden. Zu Beginn verschwindet vielleicht nur der Fotoapparat, danach erst das Zelt, schließlich aber werde ich wohl auch die verrußten Töpfe vermissen. Dazu bedarf es nicht viel, das geschieht ganz schnell. Mich überkam wieder der Impuls, Millionen zu multiplizieren, ich erinnerte mich aber wieder an den Träger. Ob sie wohl so erschöpft sind, dass sie nicht merken, wie ihre ureigene Lebensart auf dem Spiel steht? Wenn der schmale Faden Moral, nicht mehr durch Wohlstand verstärkt, einmal reißt, ist der Weg zurück zu den »verschlossenen« Zelten nur noch sehr schwer zu finden. Ihre wahre Kultur, das stellte ich hier wieder fest, liegt nicht in den Dutzenden und Hunderten von Schriften verborgen, den vorzüglichen Essays und dem, worin sich der ewige französische Esprit spiegelt, sondern in ebendiesem meinem einsamen Zelt, zurückgelassen im Morgengrauen, in völligem Vertrauen. Jenes andere kann lange überdauern, vielleicht nochmals in grandioserer Flamme auflodern. Ich jedoch werde bei Sonnenaufgang nicht mehr ohne Befürchtung aufbrechen können … Was wäre dann noch zu sagen? Wird man dann noch von einer wirklichen Kultur sprechen können? Ich nahm es ihnen übel, war derart zornig auf sie, dass mich das Gefühl noch in der baskischen Sonne begleitete. Es ließ mich auch später nicht los in den Pyrenäen, an der Riviera der Côte d'Azur und in der Kälte alpiner Gletscher. Es war der Zorn über einen Leichtsinn, ein sorg- und gedankenloses Riskieren der höchsten Güter in einem Spiel, das diesen Einsatz ganz sicher nicht wert ist.

Wie leicht und heiter das war. Auf Feldwegen gelangten wir zur Ebene der Nivelle. In der Ferne Berge, darunter wunderschöne Eichenwälder. Eicheln wurden in der Mittagsstille mit lautem Klackern durch die Äste geschüttet. Es war unmöglich, sich hier zu verlaufen. Der Weg war durch Orangenschalen abgesteckt wie mit Fahnen. Fahrräder, Mopeds und Autos sausten in beide Richtungen über diese Orangenchaussee. Die, die aus Dancharia zurückkamen, waren mit Orangensäcken und mit Wein gefüllten Korbflaschen oder Schläuchen aus angerissenem Ziegenleder beladen. Die touristischen Schmuggler vermischten sich hier mit den berufsmäßigen. Die letzteren hatten in ihrer Gangart etwas von Katzen, die sich zwischen Sträuchern voller Spatzen bewegen. Sie taten das aus Gewohnheit, denn an der Wegkurve saß eine Patrouille französischer Zöllner und gab vor, nichts zu sehen. Als ich einem Freund davon erzählte, entgegnete er mir lachend, dass, wenn die Welt heute schon bloß zwischen Grausamkeit und Heuchelei zu schwanken versteht, es doch besser sei, sich mit der Heuchelei abzufinden. Besser, dass sie sich blind stellten, als dass sie schössen. Sicher – besser der Regen als die Traufe. Aber auch dabei vergisst man allzu häufig, dass es regnet. Und das macht ihn nicht weniger scheußlich.

In einer Farm nahe der Grenze war eine etwas eigenartige Garage. Wir bezahlten zehn Francs je Fahrrad für das Unterstellen, und der Patron zeigte uns einen Pfad durch seinen Garten. Diese Garage warf bestimmt mehr ab als sein Hof. Ich zählte über dreißig Fahrräder, draußen standen noch Motorräder und zwei Autos. Vor uns auf dem Schmugglerpfad ging die ganze Familie aus Boy-Żeleńskis »Sonntagsgedicht« – mit Klementinchen, Klöschen und Franjo im Schlepptau. Direkt hinter der Grenze stand eine *venta,* deren halbe Stube mit Orangen und allen möglichen anderen Waren zugestellt war. Auf der ersten Etage vollzog sich offenbar irgendeine größere Transaktion, denn ständig rannte jemand herunter, rannte wieder hoch, und alle waren genervt. Durch das Fenster konnte man spanische Zöllner in feldgrauer Uniform sehen. Auf dem Rückweg erinnerte die werte Sonntagsfamilie an eine Karawane von Lastenkamelen. Wir allerdings auch. Die geschlossene Grenze gehört hier schlichtweg zu den Ferienamusements. Anfang August wurde es voller. Um mich herum sprossen, wie Fliegenpilze und Pfifferlinge, ziegelsteinfarbene und gelbe Zeltchen aus der Erde. Etwas weiter weg versammelten sich die wie Zimmer eingerichteten Kleintransporter einiger kleiner Handwerker, Händler und Fabrikanten.

Ha, es fuhr sogar ein verhärmter und wortkarger *paysan* aus dem Massif Central vor – mitsamt seinem Hof. Zuerst errichtete er einen großen Ofen aus einem Reststück des Atlantikwalls, dann folgte ein großer Waschgang. Er lief in der Regel in langen Unterhosen herum, dabei immer einen schwarzen Hut auf dem Kopf – seine Strandgarderobe. Das sonntags geschlachtete Geflügel bammelte von einem Käfig im Fenster eines (schon musealen) Renault herab, der mit Pferdedung und Kuhfladen verziert war. Zu dem Fuhrpark gesellten sich noch Buicks und ausladende Pontiacs. Zwischen ihnen stand ein riesiges Zelt mit Feldbetten und einem Gasherd. Geborene Vagabunden, die wir waren, beäugten wir sie mit Missbilligung und Verachtung. Die Preise der Hotels und Pensionen haben in diesem Jahr sogar aus den Reichsten Nomaden gemacht. Aber vielleicht ist das ja ein Zeichen der Zeit? In jedem von uns steckt etwas von einem Kirgisen oder jemandem aus den fahrenden Völkern. Die andere Seite des Felsens, das Zentrum von Biarritz, belebte sich ebenso. Auf der schmalen Kreuzung hatte ein Polizist mit weißem Helm eine Menge zu tun. Biarritz blieb seiner Tradition treu, und obwohl der Putz vom Palais de La Rochefoucauld, der ehemaligen Residenz der Königin Viktoria, herunterbröckelte und der Park um sie herum vor sich hin wucherte, hielt sich die Atmosphäre bürgerlicher Strenge. Es gab keine Exzesse, wenig Nacktheit auf den Stränden und Straßen. Häufiger als kurze Hosen sah man Kleider von Rochas oder Lelong. Die eleganten Messieurs trugen lockere, aber immer vollständige Anzüge, bis hin zur Krawatte. Es war die Zeit der Fêtes de Bayonne mit Stierkämpfen und spanischen Toreros und der

»weißen Nächte« in Biarritz: Feuerwerk und Konfetti. Auf den während schwüler Nächte beleuchteten Straßen glänzten schwarze Fracks und der Lack leise vorfahrender Limousinen. Kuppeln von Hortensien blühten im Zwielicht terrassierter Gärten. Von irgendwoher kam für einen Augenblick der Geruch von Duftwassern angeweht, grell wie das Licht eines aufscheinenden Leuchtturms. Manches Mal überraschte ein plötzlicher Windstoß, drückte die Kleider an die schmalen Körper und machte für einen Moment einen Seidenabguss von ihnen. Da war wieder der rhythmische Wechsel von Stille aus Meeresrauschen und ferner Jazzmusik. Ganz gewöhnlich, friedlich, saturiert wie aus Vorkriegszeiten. Morgens machte ein zierlicher Zeitungsverkäufer seine Runden und brüllte: *Derrrnières nouvelles de Paris. Le gouvernement Ramadier …*

Manchmal las ich sie. Und wieder, zum ich weiß nicht wievielten Mal, erinnerte ich mich an ein Plakat der Luftabwehr, das ich 1939 auf den Mauern von Mezières in den Ardennen, kurz vor der Front, gesehen habe. Es war zur Belehrung ausgehangen worden, wie Brandbomben zu löschen sind, es begann mit den Worten: »Ein gewisser pensionierter Brandoberinspektor der Pariser Feuerwehr pflegte zu sagen: ›Zum Löschen eines jeden Feuers genügt in der ersten Minute ein Glas Wasser, in der zweiten ein Eimer, in der dritten eine Tonne Wasser – und danach macht man, was man kann …‹« Was ich empfand, was wir Zeltmenschen in Summe unter uns beredeten, was der grimmige *paysan* in seinen Strandunterhosen und der feine Herr aus dem Buick in seinem (vorzüglichen) schwedischen Zelt dachten, das alles ließ sich zusammenfassen in der Erkenntnis, dass man hierzulande den Großbrand immer noch mit Wassergläsern zu löschen versucht. Und das nicht nur hier ... Zugleich begannen diese Menschen, ganz unterbewusst, auf den Klang des einen Namens hin, von dem Frankreich zehrte und an den sich noch vor nicht allzu langer Zeit ihr ganzer Glaube richtete, sich wie Knospen zu öffnen: de Gaulle. Sie öffneten sich zwar schüchtern und zögerlich, aber doch. War das angemessen, war das klug? Vielleicht steckt darin schlichtweg ein gewisser Atavismus, eine instinktive Regung, herrührend aus der kollektiven Erinnerung an große Figuren und gleichzeitig an die Größe ihres Landes. Ihr Zögern betraf dabei allein die Größe der Figur. Vor fünfzig Jahren schrieb Gustave Le Bon, dieser ungeliebte und gering geachtete »Amateur«-Philosoph, über den Charakter der romanischen Völker, wobei er vor allem an Frankreich dachte: »Mit lebhafter Intelligenz gehen ein schwacher Unternehmungsgeist und unbeständiger Wille einher. Unfähig zu ausgiebiger Anstrengung, lassen sie sich gerne anleiten, überantworten alles ihren Vorgesetzten und suchen die Ursache für ihren Misserfolg nie bei sich ... Ihre wohl bezeichnendste Eigenschaft ist dieser Mangel an innerer Disziplin, die es dem Menschen erlaubt, sich selbst zu lenken, und es ihm verwehrt danach zu trachten, gelenkt zu werden.« Exakt. Und jetzt geht es nur darum, ob sie von links oder rechts gelenkt werden. Das ist schon das ganze Problem, der Kern des Rätsels. Le Bons Worte kreisten während der weiteren Reise beständig in meinem Kopf herum.

Eines Augusttags sagte mir die Bäckerin: »Zwei Personen, ein Laib Brot, vierundzwanzig Francs.« Das hieß, ein Kilogramm dieses Brots aus Maismehl lag bei zweiunddreißig Francs. Ich lachte.

»Sie lachen?«

»Ja, weil ein Kilo Brot schon fast so viel kostet wie eine Schachtel Zigaretten.« Bei diesen Preisen war die Grenze zur Grausamkeit schon überschritten. Das ist für alle spürbar, denn sobald es ans Zahlen geht, ist Heuchelei zwecklos. Die Tage vergingen.

Bisweilen schließt sich im normalen Leben ein Kreis, in kürzester Zeit, und schließt einen Abschnitt ab wie eine gut geschriebene Erzählung. Die Nacht war finster und stürmisch, der Tag begann bewölkt und mit pfeifendem Wind. In einer langen Phalanx eilten die Wellen auf das Ufer zu, gleichmäßig und riesenhaft, und brachen mit lautem Brausen. Ich ging zum Wasser und schlug mich fröhlich mit ihnen. Rufe vom Strand. Ich kehrte zurück. Man sagt mir, dass dort weiter draußen ein Mensch treibe, ein Ertrunkener. Ich sehe, wie sich etwas Dunkles ungeschickt zwischen den weißen Kämmen wälzt. Dort soll ich hin? Das ist weit schlimmer als ein Krake. Man ruft und bittet, dass ich ihn herausziehe, selbst haben sie dazu keine Lust. Jung und stark wie sie sind.

Ich blickte sie an – und ging allein. Ich hörte noch, wie meine Frau ihnen die Leviten las. Bewegt haben sie sich nicht. Es war alles andere als leicht. Ich griff nach seinem Gürtel, einem steifen Band baskischen Stoffs, das sich mit Wasser vollgesogen hatte, und schleppte ihn wie einen Holzklotz. Er hatte etwas von einem Palmenstamm, der in der Nacht vom Meer ausgespien worden ist. Sobald sich die Wellen zusammenzogen, ließ ich ihn los, damit sie ihn mir nicht in die Brust drückten. Ich spielte mit den Wogen eine mühselige Partie Wasserpolo. Er hatte gekrümmte Knie und angewinkelte Hände, als würde er am Steuer sitzen. Ich guckte nicht hin, führte weiter meinen Kampf mit dem Wasser. Erst als ich wieder Sand unter den Füßen hatte, schaute ich ihm ins Gesicht. Es war der Träger. Er ruhte sich aus. Aus der Nase rann ihm Blut, das im Wasser rote Adern hinterlassen hatte. Ich flüstere ihm etwas zu, sanft und freundlich schleppte ich ihn weiter. Wie einen Bekannten.

Bis zum Nachmittag lag er auf dem Strand. Die Leute belagerten ihn wie die Fliegen, um »ein bisschen zu gucken« und sich vom Ekel schütteln zu lassen. Am Nachmittag kamen ein Arzt und jemand von der Polizei. Alles geheime Behördensache. Der Arzt erzählte mir jedoch, der arme Kerl habe zuletzt innerhalb weniger Tage sechzigtausend Francs verdient und wurde ermordet. Ach, also ist die Taxe schon wieder auf sechzigtausend gesunken? Er zuckte die Schultern. »Sie wollen immer mehr Geld haben, aber immer weniger arbeiten.« Das habe ich schon oft gehört, ich bin es leid. Ich fragte den Doktor, wie lange er schon in seinem Städtchen vor Biarritz wohnte. Noch nicht lange. Vorher lebte er in Paris, arbeitete in irgendeiner Klinik, verdiente sogar passabel. »Ich ertrage aber keinen ordinären Wein, und der gute ist in Paris teuer. Also habe ich mir hier einen kleinen Weinberg gekauft – beileibe keinen großen, o nein – tausendzweihundert Rebstöcke. Das ergibt etwa sechshundert Liter guten Wein im Jahr. *C'est suffisant.*« Das reicht ihm also. Mit seiner Familie ist er aus Paris hierhergezogen. »Fiel es Ihnen nicht schwer, Paris zu verlassen, das Zentrum von allem?«

»*Ah non* – wissen Sie, ich bin zufrieden. Hier ist es so friedlich, man kommt zur Ruhe. Und ich habe guten Wein«, fügte er mit einem Lachen hinzu, hinter dem sich allerdings mehr verbarg als nur Schalk. Neben ihm lag der Träger und streckte die Fäustchen in die Höhe, wie ein Kind in der Wiege.

C'est calme, c'est reposant. Et j'ai du bon vin, flüsterte ich und schritt vorsichtig über den heißen Sand und die noch heißeren Steine. Wie schwierig es doch ist, gerecht in seinen Urteilen zu sein, wie schwer es fällt, zu schreiben, wenn in solchen Fällen der eigene Geist zum Pendel wird. Er fährt auf zur Sonne und sieht für einen Augenblick bloß das Helle: den Mangel an Furcht der einfachen Leute um ihr bescheidenes Hab und Gut, ihre Zuvorkommenheit und die Kultiviertheit ihrer wohlerzogenen Kinder, die schieren Möglichkeiten dieses immer noch überreichen Landes, die Ruhe und die Erholungslust. Da fällt er mit einem Pfeifen wieder herab, fliegt grauenvoll surrend und gleitet in eine düstere Ecke, wo mit kühlem und kristallinem Flüstern Camus' *Pest* auf ihn einredet, ihn warnt und zum millionenfachen Multiplizieren eines jeden Wortes und Symptoms anstiftet. Er animiert ihn, jene zu belehren, die sich an der hellen und sorglosen, sich ihm aber verfinsternden Sonne freuen. Wie schwer ist es doch, über Frankreich zu schreiben. »Betrachtet man etwas für einen bestimmten Zweck, sieht man nur eine Seite der Dinge«, schrieb Flaubert in einem Brief. Frankreich betrachtet man für vielerlei Zwecke, es absichtslos anzusehen ist unmöglich. Daher immer nur diese »eine Seite der Dinge«, die sich je nach Absicht der Betrachtung darbietet. Und daher auch die Schwierigkeit jeder Betrachtung. Ganz absichtslos, ohne auf einen Zweck zu schielen, kann man sich nur dem widmen, was einem gleichgültig ist. Und Frankreich gegenüber kann man heute, gerade heute, nicht gleichgültig sein.

Nach dem Gewitter war der echte Sommer eigentlich vorüber. Die Sonne hatte ihre Farbe geändert, schien gelber und dichter zu sein. In den Nachmittagsstunden waren der Sand und die Steinchen noch sehr heiß, man konnte sich an ihnen aber nicht mehr verbrennen. Jeden Morgen, immer wenn ich zu dem Bächlein ging, das sich aus den Felsen ergoss, wurde die Schlange jener, die sich Wasser holten, kürzer. Eines Tages verschwanden die Töchter des *paysan* mit ihren Seidendessous und den großen rosa Büstenhaltern. Nur der große Ofen und ein bisschen vom Dung des Renault blieben zurück. Danach fuhren die Herrschaften mit dem Aluminiumanhänger ab. Der Kellner aus dem »Café Biard« trank einen Tee zum Abschied bei uns und bat, dass wir ihn einmal nach unserer Heimkehr in seinem Lokal zum Abendessen besuchten. Ein Ingenieur aus Aurillac verabschiedete sich lang und herzlich. Die Abreisenden hinterließen den Bleibenden meist einige Kleinigkeiten, die mitzunehmen nicht lohnte: ein bisschen Brennholz, Zwiebeln, Tomaten, Salz, Kartoffeln. Abends habe ich begonnen, die Landkarte zu studieren. Ich suchte nach Straßen, darunter versuchte ich auch jene auszumachen, die auf derlei Karten unsichtbar bleibt: die Straße in dieses Land. Nicht die ganze, das wäre wohl zu schwierig, aber doch einen Zipfel von ihr. In der Nachmittagshitze der zweiten Augusthälfte brach ich auf, sie zu finden.

BESSA MYFTIU

Nur eine Nacht

Der Arzt hatte mir verschrieben, Liebe zu machen. Das erzählte ich meiner Familie, die in aller Unschuld zu Mittag aß. In meinem Kopf hatte sich der Rat des Arztes in eine Anweisung verwandelt. Mein Vater riss die Augen auf, meine Mutter tat so, als hätte sie nichts gehört – wie immer, wenn es um Sex ging –, und meine Schwester fragte mich mit größtem Interesse:

»So was gibt es?«

»Ja, aber man muss krank sein«, antwortete ich herausfordernd.

Mein Bruder sparte sich seinen Kommentar für den nächsten Tag auf. Gerade, als ich mich übergeben musste – die Nebenwirkungen des Medikaments machten sich bemerkbar –, erklärte er lächelnd:

»Jetzt verstehe ich, warum man mit deiner Behandlung nicht schwanger wird: Man fühlt sich so elend, dass man erst gar keine Lust hat, mit einem Mann zu schlafen.«

So wurde das Medikament zu einer öffentlichen Angelegenheit. Jeden Tag fragten mich mein Chef und meine Kollegin in der Redaktion der Zeitschrift »Bühne und Bildschirm« nach den Fortschritten der Therapie: Hatte ich schon jemanden gefunden, um die Anweisung des Arztes zu befolgen? Ich dachte nicht einmal daran. Nach den ersten Tagen der Übelkeit durch das Medikament genoss ich endlich meine Freiheit, ohne das geringste Bedürfnis zu verspüren, sie auch unter Beweis zu stellen. Frei ging ich durch die Straßen. Frei kehrte ich heim. Meine alten Kinderfreundinnen, die noch in der STRASSE wohnten, waren ganz aufgeregt. Anita beglückwünschte mich, Mara gab mir Ratschläge zum Thema Sex, und Rakie betrachtete mich voller Neid: Ich war eine von den weiblichen Zwängen losgelöste Frau. Mit dieser sich selbst genügenden Freiheit ausgestattet, nahm ich den Zug nach Shkodra, um mir ein Theaterstück anzusehen, über das ich für meine Zeitschrift einen Artikel schreiben sollte. Nach der Vorstellung traf ich den Regisseur und die anderen Mitglieder des Ensembles.

»Du bist ja noch schöner geworden«, bemerkte Gimi, der Bühnenbildner, den ich noch von der Kunstakademie her kannte.

Seit Jahren sagte er mir denselben Satz, um mir dann ins Ohr zu flüstern:

»Ich träume davon, eine Nacht mit dir zu verbringen.«

Meine Zurückweisung erwiderte er jedes Mal mit einer Zeile aus einem Lied von Adriano Celentano:

»Du sagst Nein, doch ich werde wiederkommen.«

Nach diesem rituellen Wortwechsel, der über Jahre hinweg derselbe geblieben war, lud Gimi mich in ein traditionelles Restaurant ein. Wir redeten übers Theater und über die Malerei. Ich starrte ihn an. Mit seinem schönen Körper, dem lockigen Haar, seinem Lächeln und vor Geist sprühend kam er bei Frauen äußerst gut an. Wenn er, wie meine Schwester sagen würde, bislang nicht mein Liebhaber geworden war, dann einzig und allein, weil ich eine

Schwäche für die Impotenten, Komplizierten, Gequälten und Schwindsüchtigen hatte – auch wenn Letztere nicht mehr existierten, seit die Tuberkulose zu meinem Leidwesen von den Antibiotika besiegt worden war.

Doch vielleicht würde ich mit meinem neuen Status ja auch meinen Männertyp wechseln? Meine früheren Verehrer passten zu einer Frau, der man ihren Körper genommen hatte. Heute war ich eine andere. Diese Überlegungen gingen mir auf der Rückfahrt nach Tirana durch den Kopf, nach einer Nacht im besten Hotel von Shkodra, dem ein Frühstück als freie Frau gefolgt war.

Ich traf eine Entscheidung: Ich würde mit Gimi Liebe machen. Man konnte keinen passenderen Mann finden: sportlich, fröhlich, weder kompliziert noch gequält, normal schön und, nach Aussage meiner Freundinnen von der Akademie, sehr männlich. Aus Angst, meine Meinung zu ändern, ging ich sofort zur Post. Ich schickte ihm ein Eiltelegramm ans Theater, in dem ich Celentanos Strophe aufgriff: »Ich habe Nein gesagt, aber du kannst wiederkommen.« Ich unterzeichnete mit meinem Vor- und Nachnamen.

Gimi rief mich am nächsten Tag an, zehn Minuten nachdem er das Telegramm erhalten hatte: Er war gerade mit seinen Freunden etwas trinken gegangen, als ein Schauspieler in der Bar aufgetaucht war.

»Ein Eiltelegramm für dich.«

Bei uns kündigte diese Art Telegramm für gewöhnlich einen Todesfall an. Daher geriet Gimi trotz des heiteren Gesichts des Boten sehr in Sorge.

»Wir haben es im Theater alle gelesen«, fuhr der Schauspieler fort und zog ein Papier aus seiner Tasche, »aber niemand hat etwas verstanden. Bis auf den Namen.«

Er wollte die Spannung noch steigern, aber Gimi riss ihm das Papier aus der Hand. Während der Schauspieler die Neugier der Freunde in der Bar befriedigte, indem er ihnen den merkwürdigen Text vortrug, las Gimi ihn erst einmal, dann ein zweites Mal, ohne es glauben zu können.

»Was für eine Überraschung!«, sagte er am Telefon zu mir.

Ich wusste nicht, was ich antworten sollte:

»Wann kommst du?«

»Morgen ist Samstag.«

»Dann treffen wir uns um sechs Uhr abends am Bahnhof«, erklärte ich.

Der einzige Ort für ein derartiges Abenteuer war der STRAND. Es war noch warm, obwohl die Feriensaison vorüber war. Ich sah auf mein Kleid: Es war einem solchen Ereignis nicht angemessen. Aber ich hatte kein Geld, um mir ein anderes zu kaufen, und auch keine Zeit. Im besten Falle konnte ich mir einen neuen Kajal, Make-up und Lidschatten besorgen. Ich holte bei Anita Rat. Sie gab gerade ihrer bettlägerigen Großmutter Hatibe, der stillen Zeugin all unserer Gespräche unter jungen Frauen, ein Schälchen Obst in die Hand.

»Ich habe ihn gefunden, und morgen fahre ich zum STRAND«, verkündete ich Anita ohne weitere Erklärungen.

»Genial! Ist er schön?«

»Ja.«

»Ist er halbwegs normal?«

»Mehr als normal, aber ich, ich habe kein Kleid.«

»Mach dir keine Sorgen, das kriegen wir hin.«

Anita brachte mir zwei Kleider, Mara Slips und BHs, während Rakie, die Ärmste von uns, vorschlug, mir die Beine zu epilieren. Ich konnte mein neues Make-up, das ich noch schnell im Supermarkt gekauft hatte, nicht mehr ausprobieren, denn die Vorbereitungen für mein sexuelles Abenteuer kosteten uns viel Zeit. Ich zog die Kleider über meine seidigen Beine, aber keines war mir recht. Zuletzt entschied ich mich für die Samthose meiner Schwester.

»Pass aber auf und zerreiß sie nicht, indem du dich irgendwo hinsetzt, ohne achtzugeben«, warnte sie mich.

Maras BH passte, der Slip nicht.

»Ich habe dir doch mal einen Slip genäht, damit du bei einer großen Gelegenheit nicht unvorbereitet bist«, erinnerte sich meine Schwester.

Ich fand ihn ganz hinten in einer Schublade, gerade als Violetta, eine weitere Freundin aus Kindertagen, verheiratet, zweifache Mutter und ehemalige Bewohnerin der STRASSE, in die Küche platzte, um mir rasch eine todschicke Tube Hautcreme vorbeizubringen, denn Anita hatte sie über mein sexuelles Abenteuer ins Bild gesetzt. Ich musste mich konzentrieren und bat meine Freundinnen, mich allein zu lassen. Als ich epiliert, eingecremt, in Unterwäsche, die dieses Namens würdig war, und Samthose hinaus auf die STRASSE trat, sah ich sie, jede auf ihrer Türschwelle. Sie winkten mir zu.

»Viel Glück!«, schrie Rakie.

»Hals- und Beinbruch!«, brüllte Mara.

»Wir erwarten dich voll Ungeduld!«, setzte Anita hinterher.

»Pass auf die Hose auf«, ermahnte mich meine Schwester.

Nur Violetta sagte nichts. Ich ging ein paar Schritte und drehte mich um, um noch einmal dieses unglaubliche Bild zu betrachten, diese Frauen, die, jede auf der Schwelle ihrer Tür, mit beiden Händen winkten, um mir bei meinem Abenteuer als freie junge Frau Erfolg zu wünschen.

Von Freiheit durchdrungen, näherte ich mich dem Bahnhof. Schon von Weitem entdeckte ich Gimi.

»Wohin gehen wir?«, fragte er mich nach einer kurzen Begrüßung.

»Zum STRAND!«

Wir sprangen in den abfahrbereiten Zug. Gimi las mir jeden Wunsch von den Augen ab, wenn auch erstaunt und verwirrt. Er verstand nichts, wagte aber nicht, mir Fragen zu stellen, aus Angst, eine Abfuhr zu bekommen. Ich war im siebten Himmel.

Ich redete über meine letzten Begegnungen mit Künstlern, über die Bücher, die ich kürzlich gelesen hatte, über alles und nichts, außer über das, was wir am STRAND machen würden. Ich ließ mich von meiner Freude treiben, ans Meer zu fahren und frei zu sein an der Seite eines liebenswürdigen Mannes.

Er erzählte mir die neuesten Witze vom Theater, und ich lachte viel. Als wir ankamen, war der STRAND leer. Wir spazierten ziellos umher, gut gelaunt wie zwei Freunde, die sich durch Zufall bei Sonnenuntergang getroffen haben. Nach einer halben Stunde bemerkte ich drei Männer, die uns entgegenkamen. Als sie näher waren, erkannte ich den in der Mitte, er war in der achten Klasse mein Banknachbar gewesen. Wir hatten uns schon seit Jahren nicht mehr gesehen. Ob er sich wohl noch an mich erinnern würde?

»Hallo!«

Also ja.

»Hallo«, antwortete ich.

Wir wussten nicht, was wir uns nach so langer Zeit sagen sollten. Aus Höflichkeit fragte er mich dann doch:

»Was treibst du denn hier?«

»Ich bin hergekommen, um mit diesem Jungen hier zu schlafen«, antwortete ich automatisch.

Mein ehemaliger Banknachbar schluckte und glaubte wohl, als er mein offenherziges Gesicht sah, dass ich ihn bat, mir zu helfen, einen Platz zu finden, wo ich mit meinem Begleiter übernachten konnte.

»Ich arbeite als Kellner in dem Restaurant da drüben«, sagte er und wies auf ein rosa Gebäude. »Kommt zum Essen, dann besprechen wir das im Detail. Ich kenne einen Mann, der im Hotel am Empfang sitzt. Bis später!«

Gimis Überraschung war so grenzenlos wie seine Freude.

»Du bist unglaublich! Ich habe mich schon gefragt, wie ich es anstellen soll, um einen Platz für die Nacht zu finden. Ich war mir nicht sicher, ob ich einen Freund in Durrës anrufen soll, denn ich hatte Angst, dass du es mir übel nehmen würdest, und jetzt hast du schon alles arrangiert. Kennst du diesen Typen gut?«

»Ich habe ihn seit mindestens zehn Jahren nicht mehr gesehen, ich dachte sogar, er würde mich nicht wiedererkennen …«

»Jetzt mal langsam! Du hast ihn doch gerade gebeten, für uns einen Platz zu finden …«

»Ich habe ihn um gar nichts gebeten.«

»Warum hast du ihm denn gesagt, dass du hierherkommst, um mit mir zu schlafen?«

»Weil es so ist.«

Gimi setzte sich in den Sand.

»Hör mal, jetzt verstehe ich überhaupt nichts mehr. Ich flüstere dir ganz diskret ins Ohr, ob du eine Nacht mit mir verbringen willst, weil ich mich lächerlich fühle, dir tiefer gehende Dinge zu sagen, wie zum Beispiel, dass ich bereit wäre, dich zu heiraten …«

»Nein, echt? Eine so große Ehre würdest du mir erweisen?«

»Siehst du, jetzt ziehst du alles ins Lächerliche! Bleiben wir bei der Nacht. Zuerst sagst du mir Nein. Und am nächsten Tag schickst du mir ein Telegramm ins Theater, mit deinem eigenen Namen unterzeichnet, ein offenes Eiltelegramm, das jeder hat lesen können. Findest du das nicht bescheuert?«

»Nein. Ich kann diese schäbige Heimlichtuerei von euch Männern nicht ausstehen: immer aufpassen, den Ruf einer Frau nicht beschmutzen. So was brauche ich nicht.«

»In Ordnung. Aber ich finde es absurd, dem Erstbesten zu erzählen, dass du hergekommen bist, um mit mir zu schlafen. Keine Frau tut das, und sei es bloß aus Vorsicht.«

»Ich schon. Gehen wir essen?«

Wir gingen ins Restaurant, wo mein ehemaliger Schulkamerad uns einen schönen Fensterplatz mit Blick aufs Meer reserviert hatte. Er trug uns ein prachtvolles Abendessen auf: frischen Fisch mit Gemüse. Ich war blendender Laune. Als befreite Frau tauschte ich zum ersten Mal nicht nach Angst stinkendes Liebesgeflüster und sentimentale Phrasen aus. Ich fragte mich nicht, ob der Mann mir gegenüber mich heiraten würde oder ob ihn mein schlechter Ruf einschüchterte, ob ich, wenn ich mit ihm schlief, an Anmut verlieren und seine Liebe nachlassen würde, ob es sich lohnte, mein Leben für eine sexuelle Beziehung zu riskieren. Nein, diese langweiligen Themen hatte ich hinter mir gelassen. Ich diskutierte über die Größe des menschlichen Geistes von Shakespeare bis van Gogh und lauschte dem Rauschen des Meeres.

Am Ende des köstlichen Essens kam der Kellner und flüsterte uns ins Ohr:

»Ihr müsst noch eine Stunde warten, mein Bekannter fängt seinen Dienst an der Rezeption erst um Mitternacht an.«

Wir bestellten noch Kaffee und Wein, und im Nu war die Stunde verflogen. Punkt Mitternacht verließen wir das Restaurant und folgten dem Kellner, der uns durch die Bäume zu einem kleinen, gelb verwaschenen Gebäude führte. Auf dem Hof bat er uns, auf ihn zu warten, und verschwand, nachdem er von Gimi eine Stange Geld bekommen hatte, um sich mit dem Portier zu einigen.

»Wenn es ein Uhr morgens schlägt, betretet ihr im Abstand von einer Viertelstunde einer nach dem anderen das Hotel«, sagte er, als er zurückkam. »Dann biegt ihr rechts ab in einen langen Korridor. Geht bis zum Ende durch und die Treppe hoch. Dann nach links. Zählt die Türen ab. Die vierte ist euer Zimmer. Der Schlüssel steckt von innen, die Tür wird offen sein. Ganz einfach.«

Mir erschien das Ganze im Gegenteil ziemlich kompliziert, aber da ich schon so weit gekommen war, stand es nicht zur Debatte, jetzt noch einen Rückzieher zu machen! Unser Wohltäter wünschte uns eine gute Nacht und verschwand, von Gimis endlosen Dankesworten begleitet, im Dunkel. Wir mussten uns noch eine halbe Stunde gedulden, bevor wir im vierten Zimmer der ersten Etage anlangen würden, nachdem wir rechts abgebogen, den langen Korridor durchquert, die Treppe genommen und links abgebogen waren. Ich beschloss durchzuhalten, hatte mein ganzes Arsenal an Konversation allerdings schon aufgebraucht. Ich setzte mich auf den Boden, sprang aber sofort wieder auf, es war nass. Unglücklicherweise blieb meine Hose an einem Ast hängen und zerriss. Was würde ich meiner Schwester sagen? Sie hatte mich gewarnt, sie kannte mich. Zum Teufel mit der Hose, ich musste an etwas Fröhlicheres denken! Der große Moment war gekommen, und es wäre dumm gewesen, ihn wegen einer Hose zu verderben. Ich atmete tief durch und betrachtete den Mond. Wie schön er war! Ein Gedicht von Puschkin kam mir in den Sinn. Ich versuchte, diesen leeren Momenten eine lyrische Note zu verleihen. Ich stellte mich vor Gimi und begann, den Mond betrachtend, zu rezitieren:

»Als blau, blau die Nächte waren …«

Bei der zweiten Strophe wandte ich den Blick meinem Mann für diese Nacht zu. Ich hatte mir vorgestellt, dass er gerührt war, fast verliebt, mit geweiteten Pupillen und weißer Haut, denn Puschkins Gedicht erschüttert die Seele. Aber seine Augen waren auf etwas jenseits von meinem Kopf fixiert. Ich blickte hinter mich, um nachzusehen, was ihn noch mehr interessieren konnte als die Verse des großen russischen Dichters aus meinem Munde. Und sah ein halb nacktes Mädchen, das von zwei Männern begrapscht wurde. Das Trio schien genau wie wir den Portier bestochen zu haben, um an ein Zimmer zu kommen, doch vor Ungeduld hatten die Mannsbilder mit dem Vorspiel bereits begonnen. Etwas weiter hinten küsste sich ein Pärchen. Der ganze Hof war von Kreaturen bevölkert, die sich berührten, betatschten und befingerten, während sie auf ihr Zimmer warteten. Die übertrieben geschminkten Frauen lachten und stießen Obszönitäten aus, während sie mit den Händen in der Hose ihres Partners wühlten. Und ich betrachtete den Mond und rezitierte Verse von Puschkin!

ISMAIL KADARE

In der Vorstadt, neben dem Flughafen

»Das ist eine Tu.«

»Nein, das ist eine Caravelle.«

Unsere Blicke folgten dem großen Flieger, der tief und mit ohrenbetäubendem Lärm und grünen Signallichtern über unsere Köpfe flog. Er würde am internationalen Flughafen landen, weit über dem dunklen Wald.

Wir waren hinter der Holzhütte vor dem Schilfzaun und rauchten.

»Ist dir kalt?«, fragte sie.

»Nein.«

Sie trug ein weißes Sommerkleid, wie sie die Mädchen aus der Vorstadt trugen.

Ich fand es schade, dass ich ihr Gesicht in der Dunkelheit nicht richtig erkennen konnte, denn sie war schön, und ich würde nie genug davon haben, sie anzuschauen. Nur wenn sie an der Zigarette zog – und sie zog fest daran, wie alle, die eigentlich gar nicht rauchen –, konnte ich im roten Schimmer ihre Lippen ausmachen und ihre Augen, die die Spitze der Zigarette anschielten.

»Woher könnte die Caravelle geflogen sein?«, fragte sie.

»Wer weiß. Vielleicht aus Paris?«

»Oder aus Kopenhagen?«

»Vielleicht aus Kopenhagen.«

Aber ihr weißes Kleid war in der Dunkelheit gut zu sehen. Mir haben schon immer die Mädchen in einfachen weißen Kleidern gefallen, die an den unzähligen Bahnstationen abseits der Stadt mit einer kleinen weißen oder auch blauen Tasche aus den Zügen stiegen. Jene Mädchen, die dir, ohne dich zu kennen, zuwinken, während sie zurückblieben und die man nie mehr im Leben wiedersehen würde.

»Das ist eine Tu.«

»Ja, das ist eine Tu.«

Wir schwiegen, bis der Flieger mit einem schrillen Lärm, als würden eine Million Glöckchen läuten, über unsere Köpfe hinweggeflogen war.

»Vielleicht ist das eurer«, sagte sie.

Hin und wieder hatte ich das Gefühl, dass sie nicht sie war, sondern eines dieser Vorstadtmädchen mit ihren weißen Kleidern, die einem immer aus den Zügen zuwinken. Ich wartete, bis sie an ihrer Zigarette zog und ich durch den roten Schimmer ihre Lippen und ihre halb geschlossen nach unten schielenden Augen sah.

In der Ferne ertönte das Horn eines Zugs und das dumpfe Zischen der Gleise.

»Zugmodelle kann man nicht kennen«, sagte sie.

»Das stimmt. Darüber hatte ich noch nie nachgedacht.«

»Es gibt vieles, über das ich noch nie nachgedacht habe.«

»Jeder Mensch hat doch Dinge, über die er nie nachgedacht hat«, sagte ich und zündete mir eine neue Zigarette an.

»Ich habe keine Angst vor dem Zugfahren. Züge fahren keine weiten Strecken.«

»Es gibt Züge, die ziemlich weit fahren.«

»Trotzdem, ich fürchte mich nicht davor.«

Wäre sie auch nicht sie, sondern eines der Mädchen in weißem Kleid, würde es mir trotzdem leidtun, dass wir uns trennen. Und umso mehr tat es mir leid, dass sie sie war.

Die Nacht war kühl, und die Hunde bellten am Ende der Straße, die in die Dunkelheit führte.

»Tut es dir leid, dass wir uns trennen?«, fragte sie mich.

»Ja.«

»Lass uns nicht darüber sprechen«, sagte sie. »Erzähl mir etwas anderes, erzähl mir doch etwas über deine Heimat.«

»Ich habe dir schon alles erzählt.«

»Etwas anderes. Etwas, das nichts *damit* zu tun hat.«

Ich wusste nicht, was ich sagen sollte, und ich sah ihr Gesicht auch nicht mehr, weil sie fertig geraucht hatte. Nun schien mir, dass sie nicht sie war, und nichts fiel mir ein.

»Bitte«, sagte sie. »Kein Wort zur Trennung.«

»Klar, das ist unsere letzte Nacht, das sollte uns nicht unnötig beschäftigen.«

»Ja. Das braucht es echt nicht.«

»Zünd dir eine Zigarette an«, sagte ich. »Sonst sehe ich dein Gesicht nicht.«

Sie zündete sich eine Zigarette an und zog noch fester daran, sodass ich ihre Lippen und ihr Schielen noch viel klarer im roten Schimmer erkennen konnte.

»Sag doch was«, sagte sie. »Erzähl mir etwas.«

Was sollte ich erzählen, dachte ich mir. Nichts kam mir in den Sinn, oder besser gesagt, über das, was mir in den Sinn kam, sollte ich nicht sprechen. Das war unsere Abmachung.

»Rede doch, bitte.«

»Nun«, sagte ich. »Nun, dann werde ich dir etwas erzählen. Habe ich dir schon mal davon erzählt, wie wir eine Nacht sturzbetrunken Zug gefahren sind?«

»Nein, das hast du mir noch nie erzählt.«

»Wir waren vierzig Personen aus zwanzig verschiedenen Ländern in einem Seminar.«

»So viele?«

»Wieso viele? Wir sind doch nur zwei und auch aus zwei verschiedenen Ländern.«

Ihre Zigarette erlosch, und ich sah ihr Gesicht nicht mehr, ich hörte nur noch ihren sanften Atem.

»Weiter«, sagte sie.

Ich erzählte ihr, wie wir, wie das ganze Seminar einen Ausflug gemacht hatte. Der Zug ging abends um zehn Uhr dreißig, und wir waren alle schon betrunken angekommen, Gott weiß, wie wir unseren Wagen gefunden hatten. Als der Zug losgefahren war, tranken wir weiter, und die Flaschen schleuderten wir aus den Fenstern in die Dunkelheit.

Am Himmel dröhnte ein weiteres Flugzeug.

»Tu«, sagte sie.

»Nein, das ist eine Il.«

»Woran erkennst du das?«

»Am Klang«, sagte ich.

»Sie sind doch alle nur laut«, sagte sie, und nach einer kurzen Pause fragte sie: »Auf welchem Platz sitzt du?«

»Das weiß ich nicht, ich habe mein Ticket noch nicht angesehen.«

»Hast du es in deiner Tasche?«

»Es ist doch gleich, auf welchem Platz ich sitze.«

»Stimmt, es ist völlig gleich. Mach weiter«, sagte sie. »Erzähl mir von deinem trunkenen Waggon.«

»Der trunkene Waggon, sehr schön gesagt. Und es stimmt, alles war wie betrunken in jener Nacht. Selbst der Zug und die Gleise, und auch die Flaschen.«

Und ich erzählte weiter, wie wir getrunken und gesungen, wie wir die Flaschen zerschmettert hatten, während die Zugbegleiter die Türen verriegelten, damit keiner aus dem Wagen fiel. Die Mädchen aus unserer Gruppe hatten sich in die Kabinen zurückgezogen und deshalb nichts gehört, während wir uns fragten, wohin sie verschwunden waren ...

»Noch mal ein Flugzeug«, unterbrach sie mich. »Das ist eine Tu.«

»Ja, das ist bestimmt eine Tu. Du kannst sie jetzt auch unterscheiden.«

»Ich müsste sie mittlerweile erkennen. Wir haben ja auch schon einige Monate in dieser Hütte neben dem Flughafen verbracht.« Sie hielt kurz inne und zündete sich eine Zigarette an. »Aber erst kürzlich haben mich die Flugzeuge angefangen zu interessieren. Das weißt du.«

»Klar.«

»Erzähl«, sagte sie. »Sprich weiter.«

Ich erzählte ihr, wie wir alle getrunken und jeder in seiner Sprache gesprochen hatte und wir uns trotzdem sehr gut verstanden, während wir nicht wussten, wohin wir eigentlich fuhren. Wir hatten sogar bald das Gefühl, dass wir eigentlich nirgends hingingen, und auch, dass wir von keinem bestimmten Ort zurückkehrten, als wäre es etwas anderes, etwas dazwischen, etwas, das wir nicht verstanden, und deshalb hatten wir einfach weitergetrunken.

»Du sprichst unsere Sprache ziemlich gut«, sagte sie. »Du machst wenig Fehler. Nur in der dritten Person feminin. Aber es gefällt mir so, mit Fehlern.«

Ich lächelte.

»Meine Freundinnen machen sich schon lustig über mich, weil ich auch angefangen habe, Fehler zu machen.«

Ich lachte.

»Deine Fehler«, sagte sie.

Ach, Liebste, dachte ich, meine Teure.

In der Ferne zirpten die Grillen, und die Straße war kaum zu sehen. Ich sah nur ihr weißes Kleid, und es schien mir, als würde sie langsam in der Ferne verschwinden und bald nicht mehr greifbar sein. Wir schwiegen lange, und ich konnte nichts sagen, denn ich dachte an vereinzelte Schneeflocken, die sich bedeutungslos auf die Tiefen meiner Erinnerung legten.

»Bis wann landen die Flugzeuge?«, fragte sie.

»Bis Mitternacht.«

»Mitternacht ist bald vorüber.«

»Dann gibt es wohl keine mehr«, sagte ich.

»Vielleicht.«

Ich bemühte mich, etwas zu finden, was ich sagen könnte, und wir hatten keine Zigaretten mehr.

Du wirst heute nicht mehr aus der Dunkelheit treten, dachte ich, du wirst bald in das Zimmer deiner Eltern gehen, und ich werde mich in das andere Zimmer aufs Klappbett legen, und das wäre das Ende.

»Vielleicht solltest du bald schlafen, der Weg ist lang und anstrengend«, sagte das Mädchen.

»Ich gehe bald.«

Ich hörte aus der Ferne einen dumpfen Lärm.

»Ich glaube, der letzte Flieger kommt«, sagte ich.

Wir spitzten beide unsere Ohren und hörten, wie der dumpfe Lärm in der tiefen Nacht anschwoll.

»Wer weiß, wieso er so spät ist.«

»Ja. Er ist sehr spät dran.«

Wir schwiegen wieder, so lange, wie das Flugzeug noch am dunklen Horizont zu sehen war und mit ohrenbetäubendem Lärm über unsere Köpfe hinwegflog – der Rumpf und die Flügel voller Signallichter, die aus- und angingen, als wären sie lebendig, und keiner von uns wusste, was für ein Modell es war.

»Fertig«, sagte sie, »es wird kein weiteres geben.«

Ich wusste nicht, was ich sagen sollte, und es schien mir, als würde sich die Dunkelheit, die sich vor uns aufgemacht hatte, immer weiter verdichten.

»Lass uns schlafen gehen«, sagte ich. »Es ist spät.«

»Ja, Liebling«, sagte sie.

Ich küsste ihre kalten Lippen, und wir sagten einander Gute Nacht.

Tirana, 1961.

HEINRICH HEINE

Das Fräulein stand am Meere

Das Fräulein stand am Meere
Und seufzte lang und bang,
Es rührte sie so sehre
Der Sonnenuntergang.

Mein Fräulein! sein Sie munter,
Das ist ein altes Stück;
Hier vorne geht sie unter
Und kehrt von hinten zurück.

Nachweis

Der Verlag dankt folgenden Rechteinhaber:innen für die Genehmigung zum Abdruck:

Andersch, Alfred (1914, Onsernone – 1980, Onsernone)
Ein Vormittag am Meer. Aus ders., *Gesammelte Erzählungen*. Copyright © 1983, 1999 Diogenes Verlag AG, Zürich.

Bach, Richard (* 1936, Illinois)
Die Möwe Jonathan (im Original *Jonathan Livingston Seagull*). Auszug aus dem gleichnamigen Roman. Copyright © 2003, Ullstein Buchverlage GmbH, Berlin. Aus dem amerikanischen Englisch von Jeannie Ebner.

Bichsel, Peter (1935, Luzern – 2025, Zuchwil)
Vom Meer. Aus: ders., *Eigentlich möchte Frau Blum den Milchmann kennenlernen*. Copyright © 1996, Suhrkamp Verlag AG, Berlin. Alle Rechte vorbehalten.

Bobkowski, Andrzej (1913, Wien – 1961, Guatemala)
Ein baskischer Brief. Aus ders., *Hinter dem Wendekreis*. Copyright © 2023 Aufbau Verlage GmbH & Co. KG, Berlin. Aus dem Polnischen von Ron Mieczkowski.

Bunin, Iwan (1870, Woronesch – 1953, Paris)
Der Schrei. Aus: ders., *Der Sonnentempel (literarische Reisebilder).* Copyright © 2008, Dörlemann Verlag, Zürich. Aus dem Russischen von Dorothea Trottenberg, herausgegeben von Thomas Grob.

Čechov, Anton (1860, Taganrog – 1904, Badenweiler)
Die Fischerei. Aus: ders., *Sommergeschichten.* Copyright © 2020 Diogenes Verlag AG, Zürich. Aus dem Russischen von Peter Urban, herausgegeben von Christine Stemmermann.

Dörrie, Doris (* 1955, Hannover)
Tek Sing (Titel vom Herausgeber). Auszug aus: dies., *Die Heldin reist.* Copyright © 2022, Diogenes Verlag AG, Zürich.

Fischer, Elena (* 1987)
Hotel dei Fiori. Exklusivbeitrag für diese Anthologie. Abdruck mit freundlicher Genehmigung der Autorin. Copyright © 2025, Elena Fischer.

Heine, Heinrich (1797, Düsseldorf – 1856, Paris)
Das Fräulein stand am Meere. Erstmals erschienen 1832 in der Zeitschrift *Der Freimüthige.*

Highsmith, Patricia (1921, Texas – 1995, Locarno)
Einer zu den Inseln. Aus: dies., *Leise, leise im Wind.* Copyright © Diogenes Verlag AG, Zürich. Aus dem amerikanischen Englisch von Werner Richter.

Kadare, Ismail (1936, Gjirokastra – 2024, Tirana)
In der Vorstadt, neben dem Flughafen. (im Original *Në periferi, pranë aeroportit*) Aus: ders., *Ëndërr mashtruese.* Erschienen 1991 in der Shtëpia Botuese Naim Frashëri, Tirana. Copyright © 1991, Ismail Kadare, used by permission of The Wylie Agency (UK) Limited. Aus dem Albanischen von Adrian Asllani.

Larcher, Anna (* 1996, Uster)
Cure. Abdruck mit freundlicher Genehmigung der Autorin. Copyright © 2025 Anna Larcher.

Mann, Thomas (1875, Lübeck – 1955, Zürich)
Reise nach Venedig. Auszug aus: ders., *Der Tod in Venedig.* Gesammelte Werke in dreizehn Bänden. Band VIII. Erzählungen. Copyright © S. Fischer Verlag GmbH, Frankfurt am Main, 1960, 1974.

Myers, Benjamin (*1976, Durham)
Hinaus ins große Unbekannte (Titel vom Herausgeber). Auszug aus: ders., *Offene See.* Copyright © 2020, DuMont Buchverlag, Köln. Aus dem Englischen von Ulrike Wasel und Klaus Timmermann.

Myftiu, Bessa (* 1961, Tirana)
Nur eine Nacht. Auszug aus: dies., *An verschwundenen Orten.* Copyright © 2010 by Limmat Verlag, Zürich. Aus dem Französischen von Katja Meintel.

Rimbaud, Arthur (1854, Charleville – 1891, Marseille)
Das trunkene Schiff. Aus: ders., *Le Bateau ivre.* Copyright © 2008, Insel Verlag, Frankfurt am Main. Alle Rechte bei und vorbehalten durch Suhrkamp Verlag Berlin. Aus dem Französischen von Paul Celan.

Stanišić, Saša (* 1978, Višegrad)
Der Hochsitz. Aus: ders., *Möchte die Witwe angesprochen werden, platziert sie auf dem Grab die Gießkanne mit dem Ausguss vorne.* Copyright © 2024, Luchterhand Literaturverlag in der Penguin Random House Verlagsgruppe GmbH, München.

Suter, Martin (* 1948, Zürich)
Huber spannt aus. Aus: ders., *Huber spannt aus und weitere Geschichten aus der Business Class.* Copyright © 2005 Diogenes Verlag AG, Zürich.

Tucholsky, Kurt (1890, Berlin – 1935, Göteborg)
Koffer auspacken. Aus: ders., *Das Tucholsky Lesebuch.* Copyright © 2007, Diogenes Verlag AG, Zürich.

Waugh, Evelyn (1903, London – 1966, Combe Florey)
Taktische Übung. Aus: ders., *Ausflug ins wirkliche Leben.* Copyright © 1947, Evelyn Waugh, used by permission of The Wylie Agency (UK) Limited. Copyright der deutschsprachigen Ausgabe © 2013, 2018, Diogenes Verlag AG, Zürich. Aus dem Englischen von Hans-Ulrich Möhring.

Widmer, Urs (1938, Basel – 2014, Zürich)
Der Müll an den Stränden. Aus: ders., *Gesammelte Erzählungen.* Copyright © 2013, Diogenes Verlag AG, Zürich.

Erzählungen
Ausgewählt von Adrian Asllani
Mit einem Originalbeitrag von Sebastian Stuertz
272 Seiten

Hotel buchen, Koffer packen, Verspätungen, unwägbare Speisen und unbekannte Insekten – um dann in der Ferne lauter Landsleute anzutreffen. Reisen macht doch auch nur Arbeit. Am besten beginnt die Staycation mit einem kühlen Getränk und einem gemütlichen Leseplatz auf dem Sofa, im Garten oder auf Balkonien. Zu Hause ist es sowieso am schönsten, und dann hat man auch endlich mal Zeit zum Lesen – zum Beispiel inspirierende, humorvolle und entspannende Geschichten von Judith Kuckart, Benedict Wells, Daniela Krien, Joseph Roth und vielen anderen.